Desejos Calados

Lorraine Heath

Desejos Calados

Tradução
Daniela Rigon

HARLEQUIN
Rio de Janeiro, 2025

Título original: Surrender to the Devil

Copidesque	Thaís Lima
Revisão	Thaís Carvas e Daniela Georgeto
Design de capa	Renata Vidal
Projeto gráfico e diagramação	Mayara Menezes
Créditos das imagens	Freepik; Adobe Stock (DESIGN BOX, GarryKillian, Harryarts, kotkoa, Manoel, suwi19)

Dados Internacionais de Catalogação na Publicação (CIP)
(Câmara Brasileira do Livro, SP, Brasil)

Heath, Lorraine
Desejos calados / Lorraine Heath ; tradução Daniela Rigon. -- Rio de Janeiro : Harlequin, 2025. -- (Os órfãos de St. James ; 3)

Título original: Surrender to the Devil
ISBN 978-65-5970-532-0

1. Ficção norte-americana I. Título II. Série.

25-275608 CDD-813

Índice para catálogo sistemático:

1. Ficção : Literatura norte-americana 813

Eliete Marques da Silva - Bibliotecária - CRB-8/9380

Rua da Quitanda, 86, sala 601A - Centro,
Rio de Janeiro/RJ - CEP 20091-005
Tel.: (21) 3175-1030
www.harpercollins.com.br

Para Eileen,
uma das mulheres mais
elegantes que conheço.

Prólogo

Do diário de Frannie Darling

Minha lembrança mais antiga é ouvir Feagan dizer, com um sotaque carregado: "Frannie, querida, venha sentar no meu colo".

Para ele, era sempre: "Frannie, querida." "Frannie, querida, me traga gim." "Frannie, querida, massageie meus pés doloridos." "Frannie, querida, vou contar uma história."

E é por isso que, quando me perguntavam meu nome, eu respondia "Frannie Darling".*

Eu morava em uma casa de um único cômodo com Feagan e seu notório bando de crianças com habilidades de furto. Não consigo me lembrar de uma vida sem Feagan. Às vezes, eu imaginava que ele era meu pai biológico. O cabelo dele era tão ruivo e rebelde quanto o meu, mas ele nunca me reconheceu como filha. Eu sempre fui só mais uma de suas muitas crianças. Aquela que se

---

* O sobrenome dos órfãos faz referência a alguma característica específica de cada um. No caso de Frannie, *darling* é querida em português, fazendo referência a como Feagan a chamava: "Frannie, darling/querida". [N.E.]

sentava no colo dele e o ajudava a contar os lenços e as moedas que os outros traziam.

Era eu quem descosturava, com muito cuidado, as linhas bordadas em monogramas nos lenços de seda. Aprendi muito do alfabeto nessa tarefa tediosa, já que as curvas intricadas me fascinavam, e eu sempre perguntava a Feagan o que significavam antes de apagar as evidências da existência delas. Quando penso naquela época, ainda fico surpresa ao me dar conta de que um pedaço de tecido tinha tanto valor. E como tinha.

Acho que Feagan pode ter sido um professor, antes de viver como vivia. Em uma escola onde ensinava letras e números e era admirado por seus alunos. Ou talvez eu só quisesse que ele fosse mais que um criminoso, se de fato fosse meu pai.

Ele nunca falou sobre o passado dele, e eu nunca perguntei sobre o meu.

Apenas aceitei minha vida nas margens de Londres como algo que me era devido. Os rapazes de Feagan sempre me tratavam como se eu fosse especial. Talvez porque, instintivamente, eu tivesse sido a mãe de todos eles. Eu consertava roupas e me aconchegava neles à noite quando ia dormir. Conforme fui crescendo, cozinhava para eles e cuidava de seus machucados. E, às vezes, eu os ajudava a roubar.

Mas nada disso me preparou para o horror ou o medo que me dominaram quando fui capturada e vendida para um bordel aos 12 anos. Na época, Luke e Jack

— os mais velhos da turma de Feagan — me resgataram daquele tormento.

Mas não rápido o suficiente, e Luke matou o homem que roubou minha inocência de forma tão cruel.

Enquanto aguardava o julgamento, ele recebeu uma visita do conde de Claybourne, o pai do homem assassinado. Em Luke, Claybourne viu o neto há muito perdido, e nossas vidas mudaram drasticamente. A Coroa perdoou Luke por seus pecados e o devolveu aos cuidados do avô. Então, o conde também arranjou um lugar para as outras crianças de Feagan em sua casa.

Ele estava determinado a nos oferecer vantagens que nunca tivemos. Quando contratou tutores, eu aprendi com rapidez a ler, escrever e a dominar cálculos complexos que nunca tinha visto. Aprendi etiqueta e a me portar adequadamente, mas nunca me senti confortável na mansão em St. James.

E, conforme Luke adentrou o mundo da aristocracia, comecei a me sentir estranha perto dele. Eu ficava muito mais à vontade com Jack, que abriu um clube de cavalheiros quando a sorte sorriu para ele. Jack me ofereceu um ótimo salário para ser sua contadora. Agradeci ao conde por tudo que ele fez por mim. Eu reconhecia que minha vida tinha mais possibilidades por causa dos esforços e do interesse dele no meu bem-estar, mas senti certo alívio quando saí da casa em St. James.

No fundo, eu sabia que aquele mundo era muito melhor do que eu merecia. Eu não era da aristocracia, e raramente alguém conquistava um lugar nela por esforço ou realização. Um aristocrata era determinado por sua linhagem, e eu não tinha dúvidas de que a minha estava contaminada havia séculos. E agradeci por não ter mais que aguentar os olhares, as fofocas ou as especulações sussurradas.

Eu me convenci de que minha felicidade dependia de nunca mais me relacionar com os lordes e as damas da aristocracia.

Então excluí todos eles da minha vida. Trabalhei muito para criar um porto seguro onde eu fosse feliz e contente. Sabia que minha vida era exatamente do jeito que eu queria, que não desejava mais do que eu possuía.

E então *ele* entrou no meu mundinho seguro... e, mais uma vez, tudo se tornou muito perigoso.

1

Londres, 1851

Sterling Mabry, o oitavo duque de Greystone, não entendia o motivo por ela ter chamado tanto sua atenção.

Mais tarde, quando refletisse sobre aquele momento, ele se perguntaria se tinha sido o cabelo ruivo vibrante que saltou aos seus olhos primeiro. Ou talvez tenha sido o fato de ela ter ficado ao lado da irmã dele, no altar, enquanto Catherine se casava com Lucian Langdon, o conde de Claybourne. Ou talvez tenha sido a maneira — durante a recepção realizada na residência do recém-cunhado — que três homens a rodearam, cada um reivindicando, à sua maneira, seu território, como os leões que Sterling vira na África. Ele ainda se surpreendia por nenhum deles ter rugido...

Encostado na janela da sala de estar, com uma taça de champanhe nas mãos, Sterling aguardava para fazer o brinde obrigatório e finalmente ir para casa. Enquanto isso não acontecia, observou o sorriso quase tímido que a mulher deu a cada um dos homens ao seu redor e como ela inclinava um pouco a cabeça ao falar, como se estivesse compartilhando um segredo escandaloso. Um que ele ansiava por conhecer. Ela estava longe demais para ele ouvir sua voz, mas Sterling imaginou que seria doce como a de um anjo — ou talvez ímpia como o canto de uma sereia, pois era evidente que os homens estavam tão hipnotizados pela simples presença dela quanto ele.

Era óbvio que o grupo compartilhava *alguma coisa* extremamente especial. Mesmo à distância, era possível ver o carinho que a ruiva nutria por cada um dos homens, o sentimento era evidente em seu rosto adorável e expressivo. Será que houve uma época que ela fora amante de cada um deles? Havia uma familiaridade ali muito mais profunda que uma mera amizade.

Os homens pouco interessavam a Sterling, exceto em relação ao papel deles na vida dela. Ele conhecia o primeiro bem o suficiente. Jack Dodger, dono do infame clube de cavalheiros que Sterling visitava com frequência desde seu retorno a Londres. O segundo, mais alto e mais corpulento que os outros, não era alguém que Sterling desejasse encontrar sozinho em um beco à noite — nem durante o dia, a propósito. O terceiro cavalheiro era William Graves, o médico que Claybourne chamara quando Catherine desmaiara durante o recente velório do pai.

Sterling observou com interesse quando Claybourne se aproximou do grupinho e foi recebido como um irmão, com sorrisos largos e palmadinhas no ombro, apertos de mão e um pouco de provocação, também. Nenhum abraço da dama, apenas um sorriso caloroso que dizia tudo. A ruiva o admirava, estava muito feliz por Claybourne e desejava o melhor para ele. E, acima de tudo, ela o amava.

Eles eram iguais, então, os cinco. Todos eram frutos de uma vida nas ruas, sem dúvida. Ladrões, batedores de carteira, assassinos e só Deus sabia mais o que os unia. A descoberta deveria ter acabado com o interesse de Sterling pela dama. Em vez disso, ele se sentiu ainda mais fascinado.

Ao ouvir passos leves e familiares, ele os contou mentalmente, virando-se para a irmã quando ficou óbvio que Catherine se dirigia a ele. O cabelo loiro estava preso, as bochechas tinham um leve rubor alegre pelo casamento e os olhos azuis brilhavam como as joias mais preciosas.

— Fascinado por eles, é? — brincou ela.

Foi então que Sterling percebeu que sua fixação não era apenas rude, mas também óbvia, embora pudesse apostar que os outros convidados também estavam analisando o grupo.

Ele não deveria estar surpreso pela quantidade de nobres presentes. O casamento arranjado às pressas entre o "Conde Diabo" e Catherine Mabry era o assunto do momento em Londres. Os curiosos da elite lotaram a capelinha onde a cerimônia acontecera e agora estavam na casa de Claybourne. Até Marcus Langdon — que muitos acreditavam ser o verdadeiro herdeiro do título de Claybourne — estava presente. Parecia que ele havia aceitado seu destino como "aquele que nunca sucederia". Sem dúvida, tudo era muito intrigante, e um escândalo estava a um sussurro de distância.

— Sinto uma mera curiosidade, só isso — disse Sterling, vago. — Eles são diferentes do tipo de pessoa que costuma comparecer aos nossos eventos. A mulher... Ela estava com você no altar.

— Frannie. Sim, ficamos muito próximas. Se tivesse se dado ao trabalho de participar do jantar comemorativo que organizamos ontem à noite, ou se tivesse chegado à igreja cedo o suficiente esta manhã, eu a teria apresentado.

Ignorando a bronca, uma vez que ele não teria ficado confortável no jantar e a irmã não teria ficado confortável com sua participação, Sterling repetiu o nome em sua cabeça. *Frannie*. Ele presumira — ou talvez só torcia — que ela tivesse um nome um pouco mais exótico, mas "Frannie" parecia combinar mesmo assim.

— Ela usa roupas bem simples.

O vestido azul e sem graça que a ruiva usava parecia quase tão deslocado quanto ela. Ele a imaginou usando violeta ou vinho, apenas para a seda deslizar sobre sua pele e formar um montinho aos seus pés descalços.

— Aprendi há pouco tempo a não julgar pelas aparências — afirmou Catherine.

Sterling notou a censura no tom da irmã, pois ela sabia que ele julgava pessoas por sua aparência e posição social. O duque reconhecia apenas a elite; quanto a outros, só se a associação fosse absolutamente necessária. Nunca tivera motivos ou o desejo de se associar a antigos criminosos.

— Eles a sustentam? — indagou Sterling.

— Como assim?

— Os cavalheiros ao redor dela. São parentes? Como ela ganha a vida?

— Essas perguntas não são muito apropriadas.

Ele encarou a irmã com intensidade.

— Ela é amante de alguém, então?

Embora não conseguisse imaginar Catherine se associando a uma mulher de moral questionável, muito menos chamando uma para sua festa de casamento, mas se Frannie era uma amiga de quando Claybourne ainda vivia nas ruas...

Catherine riu.

— Por que pensou isso? Ela é contadora no Salão do Dodger.

Um nome educado para um lugar indecente. O clube de cavalheiros parecia até respeitável com um nome daquele, o que Sterling presumia ser o ponto.

— Estranho.

— Acho admirável. Nem toda mulher tem a sorte de ter um pai que a sustente.

— Pode baixar a guarda, Catherine, eu não quis insultá-la. Mas você precisa admitir que mulheres em geral encontram trabalhos domésticos, e não em estabelecimentos fora de casa.

A irmã tocou em seu braço.

— Desculpe. Acho que sou um pouco protetora com os amigos de Claybourne. Foram eles que me ajudaram na sua ausência.

Então a viagem de Sterling forçara Catherine a recorrer a delinquentes? Aquilo certamente teria dado muito prazer ao pai deles; mais uma razão para se decepcionar com seu herdeiro — a quem via como um vagabundo.

Sterling era o primeiro a admitir que tivera uma vida indulgente, priorizando os próprios prazeres acima de tudo. Ele e o pai discutiam sobre as escolhas de Sterling, mas o antigo duque não conseguia entender como era não estar no controle de algo. Ele não conhecia o formigamento do corpo ao ser tomado pelo medo. Não entendia o que era olhar para o futuro e ver apenas um lugar escuro e solitário.

— Deixe-me apresentar vocês — pediu Catherine radiante, como se percebesse que os pensamentos de Sterling começaram a percorrer caminhos sombrios.

— Não é necessário.

Ele não acreditava que os cavalheiros apreciariam sua aproximação ao território deles.

— Você mudou, Sterling.

— Você já disse isso. Todos nós mudamos, Catherine. Posso dizer o mesmo de você.

— Não tanto quanto você. Acho que ficou muito cético.

— Eu fiquei realista. Junte-se a seu marido para que eu possa fazer meu brinde e ir logo embora. — Um lampejo rápido de dor passou pelos olhos da irmã, tão azuis quanto os dele. Ele segurou a mão de Catherine antes que ela pudesse ir embora. — Perdão. Eu lhe desejo toda a felicidade que você merece, sabe disso. Fiquei longe por muito tempo e passei a maior parte dos dias ao ar livre, por isso não me sinto tão confortável confinado em uma sala lotada.

E mover-se pelo labirinto de pessoas sem esbarrar em alguém havia se tornado uma tarefa tediosa. Se ele soubesse que Catherine e Claybourne convidariam tanta gente, teria se despedido na igreja.

— É por isso que está perto da janela? Como se estivesse pronto para pular a qualquer momento?

— Durante essa tempestade? — Sterling olhou rapidamente para a chuva que batia contra o vidro. As nuvens estavam tão escuras e pesadas que, embora fosse de manhã, quase parecia noite. E a noite se tornara sua inimiga. — O dia está horroroso.

— Não acho nada horroroso. É o dia mais maravilhoso da minha vida.

Sterling reconheceu que estava sendo rabugento e tentou incluir um pouco de arrependimento em seu tom, ao dizer com palavras sinceras:

— Suspeito que será o primeiro de muitos dias maravilhosos para você.

— Sei que não aprova que eu tenha escolhido Claybourne como marido, e que, como muitos, você o julga por um passado peculiar. Mas espero que, com o tempo, você o conheça como eu e aprecie as melhores qualidades dele.

Isso dificilmente aconteceria, mas Sterling não tinha planos de deixar a irmã triste ao falar a verdade. Como se percebesse que ele não tinha a intenção de responder, Catherine continuou:

— Suponho que tentará encontrar uma esposa agora que voltou de sua viagem pelo mundo.

— Em algum momento, sim. Por ora, estamos de luto. Não esperava que esse casamento fosse tão luxuoso.

— Não é nem um pouco luxuoso. Só temos um pouco mais de convidados do que o apropriado, mas eles facilitarão o caminho de Claybourne pela sociedade depois de anos correndo pelas beiradas. Além disso, homens nunca precisam seguir as restrições do luto como as mulheres. Você poderia ir a um baile hoje à noite e ninguém reprovaria.

— Ah, o poder que vem com o ducado...

— Você pensou em alguém enquanto estava fora? — indagou Catherine.

— Já está brincando de casamenteira? Você deveria estar planejando sua viagem de lua de mel.

— Não, temos alguns assuntos para tratar em Londres.

— Ainda assim, suspeito que seu marido espera ter sua completa atenção por um tempo. Sou perfeitamente capaz de conseguir uma esposa sem incomodar você.

— Não seria incômodo algum — afirmou Catherine, e apertou o braço dele. — Senti sua falta, Sterling. Estou mesmo muito feliz por você estar de volta. Agora, se me der licença, vou me juntar a Claybourne para que você possa fazer o seu brinde.

Enquanto a irmã se afastava, Sterling sentiu uma pontada de culpa, mas reprimiu a emoção desconfortável. Ele queria estar em qualquer lugar que não fosse aquela sala. Esvaziando a taça de champanhe em um só gole, chamou um valete e pegou outra taça. Será que aquela festa não teria fim?

Catherine se aproximou do marido, que a olhou com óbvia adoração. E por que Claybourne não a adoraria? Ela era filha de um duque, sua linhagem era a melhor que a aristocracia britânica tinha a oferecer. Além disso, entendia seu lugar no mundo e se encaixava bem nele. Sterling não podia mais dizer o mesmo de si. A necessidade de fugir o percorreu, e ele perdeu a paciência. Deu leves batidinhas no vidro e os murmúrios na sala se aquietaram. Ele ergueu a taça.

— Para minha irmã, Catherine, a nova condessa de Claybourne, e seu muito afortunado marido. Que o sol sempre brilhe para você, minha querida, mesmo nos dias mais escuros.

Sterling virou a champanhe no momento em que uma rodada de aplausos ecoou pela sala. Claybourne e Catherine também beberam de suas taças e deram um beijo casto. As pessoas riram, aplaudiram novamente e ofereceram votos de felicidades.

Ele pegou outra taça de champanhe. Talvez, se bebesse o suficiente, conseguiria afogar a dor de saber que nunca teria o que os recém-casados possuíam: amor verdadeiro e felicidade.

Ele era o homem mais perigoso da sala.

Frannie Darling percebeu que estava dando importância demais ao indivíduo parado ao lado da janela, apesar de estar cercada por homens que não tinham problemas em infringir a lei para atingir seus objetivos. Mas, embora seus amigos fossem perigosos para todos, exceto ela, aquele homem era perigoso *apenas* para ela.

Ela sabia disso assim como sabia identificar quais bolsos seriam mais frutíferos antes mesmo de colocar a mão dentro deles. Sabia disso assim como sabia que uma coluna de números havia sido preenchida incorretamente antes mesmo de começar a soma. Sabia disso assim como sabia que, dentro daquela sala cheia de pessoas, havia apenas três com quem realmente se sentia à vontade: Jack, Jim e Bill.

Frannie descobrira havia pouco tempo que Luke duvidava ser o legítimo conde de Claybourne, mas circunstâncias recentes o convenceram da verdade e ele não questionou mais sua herança ao título. Luke se movia com confiança pelo cômodo, confortável com a própria história, sem mais temer que estivesse vivendo a vida de outra pessoa.

Já Frannie não se sentia tão à vontade. Aquele não era o seu mundo. Era tão inacreditavelmente grande, tão inacreditavelmente importante, que o mundinho dela era ínfimo em comparação. Mas ela estava contente com o que tinha. Talvez fosse o desconforto dela com o ambiente que a fez notar o homem parado ao lado da janela, parecendo querer escapar de toda aquela pomposidade tanto quanto ela. Frannie sabia quem ele era. O irmão de Catherine. O novo duque de Greystone.

Em alguns momentos, teve a impressão de que ele a observava, e tentou espiá-lo de volta. Ele tinha a pele bronzeada, como se adorasse ficar ao ar livre. Seu cabelo, de um tom loiro escuro, estava penteado para a ocasião e sem um único fio fora do lugar, mas Frannie conseguia imaginá-lo esvoaçante enquanto o homem deslizava pelas mesmas rotas que Marco Polo poderia ter explorado. Greystone era um aventureiro, um homem que não conhecia o medo. Quando outros falaram com ele mais cedo, sua postura refletira educação, talvez tolerância, mas também impaciência — como se ele desejasse muito estar em uma nova jornada em busca de algo mais emocionante.

— Acha que eles serão felizes? — perguntou Jack, que lhe oferecia outra taça de champanhe, forçando-a a desviar o olhar do homem fascinante.

Greystone claramente chamava a atenção e, como regra geral, ela preferia o pequeno e o mundano.

Jim e Bill estavam por perto, quase a sufocando, como se pudessem protegê-la de seu próprio desconforto com a grandeza da elite.

— Tenho certeza disso — afirmou Frannie. — Catherine é boa para o Luke.

— O que acha do irmão dela?

Que ele é tão poderoso quanto a tempestade lá fora. Que em seus braços uma mulher descobriria um prazer inimaginável. Frannie sentiu uma onda de calor, por isso lambeu os lábios e respondeu uma mentirinha:

— Não sei dizer.

— Ele está nos observando — comentou Jim.

— Muitos dos convidados estão nos observando — resmungou Bill.

— E os bolsos deles... — acrescentou Jack. — Estou tentado a andar por aí e pegar algumas coisas.

Frannie fez careta para Jack. O avô de Luke os havia tirado das margens da sociedade, mas não fora capaz de tirar velhos hábitos deles. Não por completo.

— Não faça nada que vá fazer o Luke passar vergonha. Ele finalmente está sendo aceito pela nobreza. Foi até um pouco rebelde da parte dele nos convidar — afirmou Frannie.

Os órfãos de sua juventude, pensou ela, embora soubesse que Luke nunca os abandonaria. O passado compartilhado formava um vínculo inquebrável.

— Ainda cuidando dele? — perguntou Jack.

— Assim como cuido de todos vocês. — Ela sorriu. — E vocês cuidam de mim.

Embora houvesse momentos em que eles cuidavam dela até demais, um pouco superprotetores. Frannie os amava muito, porém às vezes queria mais, algo que não conseguia explicar. Talvez por isso tenha sentido uma vontade repentina de ser rebelde. Encarando o cavalheiro perto da janela, afirmou:

— Acho que vou me apresentar.

— Ele é um maldito duque — lembrou Jack.

— Sim, sei bem disso — resmungou ela antes de devolver a taça para ele, respirar fundo e atravessar a sala.

Em geral, Frannie evitava pessoas com títulos, porque eles a faziam se lembrar, de um modo desconfortável, de suas origens humildes. Mas algo naquele homem chamava sua atenção, a fazia desejar um momento de imprudência. Ela havia se esforçado tanto para se isolar de qualquer coisa que pudesse lhe machucar, e tudo o que conseguiu foi uma vida incrivelmente chata. Nada nele parecia chato.

Frannie sentiu o peso de olhares quando outros convidados notaram sua intenção. Como nunca gostou muito desse escrutínio, deveria ter ficado incomodada com o interesse crescente por ela, mas o homem escolheu aquele momento para encará-la. O olhar dele era como uma carícia suave, e ela quase tropeçou. Os rapazes de Feagan nunca a fitaram com desejo ardente, e talvez fosse por isso que Greystone era tão perigoso para ela. Com apenas um olhar, ele a fez sentir como se tivesse se transformado de alguém desajeitada em uma mulher atraente com o poder de seduzir um homem para um encontro pecaminoso.

Mais surpreendente ainda era a atração que sentia por ele. Ela nunca conhecera um homem que lhe despertasse paixão, que a fizesse ansiar por beijos ou carícias.

Lutando contra o desejo de dar meia-volta e retornar ao seu porto seguro, Frannie parou diante dele. Greystone tinha olhos azuis como a safira de um colar que ela roubara de uma mulher presunçosa uma vez. Feagan ficou tão encantado com o espólio que comprou um morango para Frannie. Nunca mais comera morangos sem pensar neles como uma recompensa por um comportamento indevido. Uma noite com Greystone resultaria em uma tigela inteira de morangos deliciosos.

— Acho que não fomos devidamente apresentados. Sou Frannie Darling.

— A contadora do Dodger.

Frannie percebeu que arregalou os olhos com a resposta dele. Era raro visitar o salão de jogos. Seu escritório ficava em uma área acessível apenas por aqueles que possuíam uma chave específica.

— Acho que me lembro de você ser um membro.

— E acho que me lembro de seus *amigos*... — Ele gesticulou com a cabeça para onde Jack, Jim e Bill esperavam ansiosamente pelo retorno dela — ... serem todos ladrões.

A decepção a atingiu ao notar que ele era um *daqueles*. Alguém que não acreditava que uma pessoa poderia subir na vida e alguém que se parecia com aqueles que tornaram a vida dela um inferno no período em que morou com Claybourne. Frannie deveria ter dado as costas a Greystone pela mesquinhez de suas palavras, mas algo a fez ficar. Talvez quisesse dar a ele a oportunidade de se redimir.

— Como é habitual que o café da manhã do casamento seja realizado na casa da família da noiva, devo presumir que não aprovou a lista de convidados?

— Você pode presumir o que quiser, mas eu valorizo minha propriedade e prefiro não ter hóspedes de dedos leves por perto.

— Entendo...

Frannie era uma excelente juíza de caráter, mas não tinha a sensação de que o dele estava sendo revelado por inteiro. Os atores mais convincentes do mundo eram pedintes. Com uma expressão treinada, eles conquistavam um coração, ganhavam solidariedade e faziam com que uma pessoa doasse sua última moeda. Greystone, ao que parecia, estava atuando de uma maneira que não lhe renderia nenhum ato gentil. *Qual seria o objetivo dele?*

O duque olhou para os convidados.

— Ele vai fazê-la feliz?

— Luke?

— Claybourne.

Frannie lhe deu crédito por reconhecer Luke pelo título. Era algo, pelo menos. E era óbvio que ele se importava com a irmã.

— Muitíssimo.

Ele assentiu com brusquidão.

— Então isso é tudo o que importa. Se me der licença...

O homem estava a três passos de distância quando ela o chamou:

— Sua Graça.

Greystone se virou para ela, e Frannie abriu um sorriso malicioso, sem saber por que estava determinada a irritá-lo. Ele simplesmente parecia ser um homem que precisava ser irritado. Além disso, ela não deixaria o insulto aos amigos passar em branco, e tinha seu próprio argumento: não eram os únicos ladrões presentes. Ela ergueu a mão, balançando a corrente pesada de um relógio de bolso de ouro.

— Você esqueceu seu relógio.

O duque olhou para o próprio colete, deu um tapinha nele como se estivesse vendo coisas, então lentamente ergueu o olhar de volta para ela. Com um brilho ameaçador nos olhos, Greystone estendeu a mão. Frannie deixou o relógio escorregar para a palma dele, mas, antes que pudesse afastar sua mão enluvada, ele fechou os dedos fortes e se inclinou para perto.

— Cuidado, srta. Darling — alertou, com uma voz rouca que a deixou arrepiada. — Fiquei longe por um bom tempo e não sou mais tão civilizado quanto era.

Aquela característica dele se tornou tão aparente que fez o coração de Frannie disparar e suas pernas enfraquecerem. Ele a olhava como se estivesse pensando em devorá-la.

Com uma reverência abrupta, Greystone a soltou, deu meia-volta e partiu. Ela o observou desaparecer pela porta, obviamente indo embora da recepção. Era incrível a rapidez com que o jogo virara e ela perdera a vantagem. Frannie sem dúvida não esperava ficar sem fôlego com o encontro, embora estivesse incomodada com mais que isso. Ela sentira uma atração desconhecida e poderosa que a fizera desejar que Greystone não fosse embora.

Sterling queria sair correndo da sala, mas manteve um ritmo consciente, concentrando-se enquanto contornava as pessoas para não esbarrar em ninguém. Sair não foi tão difícil quanto imaginou que seria. Talvez porque sua expressão, seja lá qual fosse, estivesse fazendo as pessoas abrirem caminho, em vez de tentar conversar com ele.

Sabia que seu comportamento com a srta. Darling tinha sido abominável, mas não estava preparado para sua reação à proximidade dela. Frannie Darling definitivamente não tinha a voz de um anjo. Era do tipo que acendia paixões dentro de um quarto. Sensual, aveludada e um pouco ofegante, como se eles já tivessem compartilhado prazeres e ela estivesse ansiosa por outro encontro.

E os olhos dela... Sterling quase gemeu ao se lembrar. Eram de um verde magnífico, mas eram ainda mais fascinantes pelo que não continham. Não havia inocência neles. Nenhuma. A vida a havia amadurecido. Frannie Darling era diferente de qualquer uma das mulheres que ele conhecia. Ela vira coisas — e provavelmente *fizera coisas* — que fariam outras damas desmaiarem.

Sterling não tinha o hábito de perder o controle, mas sabia que, se não se afastasse, provavelmente a tomaria nos braços — não importava quem estivesse por perto.

E então, a meliante roubara seu relógio sem que Sterling sentisse um dedo sequer. Maldição! Ele queria *sentir* o toque dela e, à medida que se afastava da sala, o desejo só crescia.

2

O encontro com Greystone deixou Frannie inquieta. Os meninos de Feagan — embora fossem homens crescidos, sempre pensaria neles assim — sabiam que não deveriam enchê-la de perguntas, mas ela precisava de um tempo sozinha para recuperar a compostura. Em geral, daria uma voltinha pelo jardim, mas a chuva forte impossibilitava o passeio. Portanto, a enorme residência de Claybourne teria que servir. Como os criados a conheciam, era improvável que se opusessem a sua visitação pelos corredores e cômodos proibidos aos convidados. Desde que se mudara da mansão, Frannie raramente a visitava. E, embora não se sentisse confortável na casa, um cômodo específico sempre lhe trazia boas lembranças.

Sem hesitar, Frannie abriu a porta da imensa biblioteca e entrou. Fechando os olhos por um momento, ela inalou o maravilhoso aroma daquelas estantes repletas de livros, um aroma que seus livros-caixa nunca chegavam a ter. Depois de fechar a porta para garantir sua privacidade, abriu caminho entre as várias poltronas e mesinhas que compunham as áreas de estar individuais e acompanhou a parede forrada de prateleiras, passando os dedos pelas lombadas dos muitos volumes que o antigo conde havia colecionado ao longo dos anos. Ele fora um leitor voraz e a apresentara às obras de Jane Austen, Charles Dickens e muitos outros. Dentro daquela sala, Frannie viajara pelo mundo.

Isso a lembrou de Greystone. Graças a Catherine, sabia que ele havia explorado o mundo e as muitas maravilhas que tinha a oferecer. Frannie não conseguia nem imaginar quanta coragem era necessária para pisar em um navio, navegar pela vastidão do oceano e confiar que chegaria ao destino esperado. *O que Greystone fizera para se tornar menos civilizado? E por que, mesmo agora, não conseguia parar de pensar nele?* A insensibilidade do duque deveria ter acabado com qualquer interesse que Frannie pudesse ter nele, mas, em vez disso, ela se pegou pensando no que aquele homem temia, pois certamente tinha medo de alguma coisa.

Quando Greystone percebeu que ela havia pegado seu relógio, o medo lampejou por um instante nas profundezas azuis antes de se tornarem hostis. Frannie conhecera muitas almas assustadas em seu mundo, inclusive a própria. Entenderia se ele tivesse reagido com raiva, mas por que o incomodara descobrir que Frannie o roubara sem que ele visse? Ou será que ela estava interpretando mal a situação? Ele não era um livro, afinal...

Frannie se repreendeu por afanar o relógio de bolso do duque. Ela já havia superado suas origens. Era irritante que Greystone tivesse trazido tudo à tona. *Por que* sentira a necessidade de provar que também era uma ladra muito habilidosa? Por que se importava com a opinião dele sobre seus amigos ou sobre ela mesma?

Greystone era rude, arrogante e representava tudo o que Frannie desprezava sobre a aristocracia. Até o avô de Luke, apesar de sua generosidade, havia menosprezado aqueles que o neto considerava amigos. Ainda assim, de vez em quando, Frannie se lembrava do velhote com carinho.

Ela foi até a mesa e se sentou. Passando a mão sobre a madeira fina e polida, lembrou-se de como o avô de Luke parecera imponente sentado ali. Até o dia em que descobriu a fraqueza dele por balinhas de limão. Foi então que ele se tornou humano aos olhos de Frannie, ainda mais depois de compartilhar algumas balinhas com ela. Ela abriu a gaveta onde ele guardava os doces.

— Planejando outro roubo?

Frannie soltou um gritinho e levou a mão ao peito, sentindo o coração bater forte enquanto se virava na cadeira para encarar seu acusador.

Com os braços cruzados, Greystone estava encostado na parede no canto escuro, evitando a pouca luz do dia que adentrava pela janela. Um trovão irrompeu e a chuva se intensificou. Frannie não sabia como não o notara antes, já que ele parecia encher a sala com sua presença.

— Você me assustou, Sua Graça.

Ela sempre achou que Luke e Jack tinham uma presença dominante, mas a deles não era nada comparada à do duque de Greystone. Ele não era um homem acostumado a ouvir "não", e a atração que ela sentiu no salão voltou com força. Frannie se recusou a ceder. Não permitiria que o homem zombasse dela nem de seus amigos. Ainda assim, não era infantil o suficiente para fugir. Engoliu em seco, determinada a se manter firme.

— Ele escondia doces aqui — explicou Frannie, em resposta ao silêncio cada vez maior. Greystone apenas a encarava. — O conde anterior. Avô do Luke.

Ele continuou quieto. Frannie fechou a gaveta e se levantou da cadeira, recusando-se a ser intimidada. Com o coração trovejando quase tão alto quanto a tempestade, ela caminhou até a janela e olhou para o céu cinzento.

— Eu morei aqui. O velhote sentava naquela poltrona ali... — apontou para um assento verde-escuro perto da janela — ... e me fazia ler para ele todas as tardes. Sempre achei estranho que, quando criança, morei com um homem que tenho certeza de que já matou alguém, mas nunca tive medo dele. Já o velhote me apavorava.

— Por quê?

Ah, finalmente ele decidiu falar. Frannie o encarou, surpresa ao descobrir que estavam muito mais próximos do que havia percebido, e suspeitou que a indagação fora apenas um jeito de impedi-la de sair. Por que o fato de que ele querer sua companhia a deixava tão animada?

— Porque ele era muito... grande. — Frannie balançou a cabeça, frustrada por sua incapacidade de descrever o avô de Luke. Ela era muito mais habilidosa com números do que com palavras. — Não fisicamente, é claro. Ele era alto, como Luke, mas mais ossudo e um pouco curvado por conta da velhice. Mesmo assim, tinha uma presença colossal. Tudo nele era incrivelmente grandioso. As casas em que morava, aqui e no campo. A carruagem em que viajava. Às vezes, ele me levava para passear por Londres quando precisava visitar alguém, e o tratamento com que era recebido me garantia que ele era um homem realmente muito poderoso. Muito parecido com você, Sua Graça.

— E homens poderosos assustam você?

— Eles me deixam receosa, mas não sou mais uma criança intimidada. Ouso dizer que, com a idade, deixamos de nos importar muito com o que os outros pensam.

Greystone deu um meio-sorriso e Frannie sentiu um desejo insano e repentino de fazê-lo sorrir por completo, mesmo temendo que ele tivesse percebido a mentira em suas palavras. Era inegável que a opinião da aristocracia sobre ela e seus amigos machucava. Cada um deles, à sua maneira, fazia o bem para pessoas menos afortunadas, e todos eram ferozmente leais. Morreriam um pelo outro. Era cansativo que os outros sempre esperassem o pior deles, ignorando tudo de bom que havia ali.

— Você diz isso como se fosse uma anciã — comentou ele.

— Estou perto de fazer 30 anos.

Por que se sentira obrigada a revelar sua idade? Talvez para garantir que Greystone soubesse que não estava lidando com uma jovem inocente, mas sim com uma mulher segura de si — pelo menos até se aproximar dele. Naquele exato momento, Frannie não sabia se queria que ele ficasse e a puxasse para mais perto ou fosse embora antes que a situação saísse ainda mais do controle. Com Greystone, não existia controle nenhum. Ela queria bagunçar o cabelo dele, expor o lado incivilizado que ele mencionara mais cedo.

— Muito velha para não estar casada e com filhos ao redor da saia — disse ele.

— Ah, mas eu tenho filhos — retrucou Frannie, notando a condenação naqueles olhos azuis. Era irritante como ele sempre pensava o pior. Quase decidiu não se explicar, mas se sentiu compelida a isso. Por um lado, queria que Greystone pensasse o pior dela, mas, por outro, queria que ele a achasse digna de... algo que ela não conseguia explicar. — Eu acolho órfãos. Ou acolherei, assim que meu orfanato estiver pronto.

— Ah, uma revolucionária...

— Você parece não aprovar. Não acredita em boas ações, Sua Graça?

— Elas têm o seu mérito. Mas trabalhar com órfãos parece um desperdício para uma mulher tão linda quanto você.

Frannie sentiu um calor tomar seu corpo, dos pés às bochechas, com o comentário. Ela sempre se considerara um pouco sem graça, ou talvez fosse apenas porque *queria* ser sem graça. Não queria chamar a atenção dos homens, então se esforçava muito para não ficar atraente. Até o vestido que usava naquela noite, uma ocasião tão especial como um casamento, fora pensado para não ser chamativo. Ainda assim, de alguma forma, conseguira chamar a atenção de um homem especial.

— Não sei se fui insultada ou elogiada.

— Elogiada, eu garanto. Receio que nossa apresentação tenha sido um pouco infeliz. Vim para cá em busca de tranquilidade para pensar na melhor forma de me redimir. Não costumo ser tão... hostil. — Ele olhou pela janela. — O cavalheiro com quem você estava falando mais cedo, de paletó marrom, quem é ele?

Frannie ficou surpresa com a mudança abrupta de assunto e com a pergunta.

— James Swindler. É inspetor da Scotland Yard.

Por um breve momento, ela poderia ter jurado que Greystone contraiu a boca como se estivesse segurando um sorriso.

— Eu não perguntei sobre a ocupação dele, mas sim o que ele é para você.

Ah. Que jeito estranho de perguntar. O que Jim poderia ser além do que era?

— Um amigo. Gostaria que eu apresentasse vocês?

Greystone deixou uma risada escapar antes de contrair os lábios de novo e fazer que não com a cabeça.

— Não, está tudo bem. Ele só parecia protetor com você.

— Todos são.

— Todos, quem?

— Os meninos de Feagan.

— E Feagan é...

— O homem que nos acolheu.

— Aquele que lhes ensinou a roubar?

— Entre outras coisas.

— Você foi uma aluna muito hábil, srta. Darling. Eu nem percebi seu toque. O problema é que eu gostaria muito de senti-lo.

Bem devagar, ele voltou a observá-la. As palavras eram um convite e uma promessa. *Como ela deveria responder? Deveria admitir que também gostaria de sentir o toque dele?* Desde que perdera a inocência, aos 12 anos, Frannie não tivera interesse sexual por homem algum. Não que tivesse medo deles. Convivera o suficiente com os rapazes de Feagan para saber que nem todos eram brutos. Mas, ainda assim, nunca sentira *atração* por um homem, e nunca quisera seduzir um. Jamais sentira aquele frio na barriga ao olhar para alguém, nem ficara com o coração acelerado com a presença de uma pessoa, nem perdera o fôlego ao encarar seus olhos ou estudar sua boca.

— Sem resposta? Não vai nem mesmo dizer que não está curiosa sobre *o meu* toque? — perguntou ele.

— Não sou habilidosa em joguinhos de flerte.

Por que se sentira compelida a revelar esse pequeno detalhe sobre si mesma? Ela sempre fora firme como os meninos quando se tratava de roubar ou planejar uma armadilha para extorquir alguém. Eles costumavam pedir a opinião dela sobre suas artimanhas. Mas era tudo muito distante do que estava acontecendo ali. Naquela biblioteca, era como se fosse uma exploradora iniciante, abrindo caminho por um território desconhecido.

— Não é um joguinho, srta. Darling — afirmou Greystone em uma voz baixa que reverberou seu corpo e pousou perto de seu coração.

— E por toque, você quer dizer...

— Apenas um toque.

Frannie, que estava sempre tão ciente de seu entorno, das pessoas ao seu redor, julgando quando era melhor roubar, quando fugir, de alguma forma não percebeu que ele se aproximara, que seus olhos azuis ardiam de desejo. Com o mais suave dos toques, Greystone deslizou os dedos pelo rosto dela, da têmpora à bochecha e até o queixo.

— Tão suave — sussurrou o duque ao acariciar o lábio inferior dela com o polegar. O olhar dele seguia o movimento dos dedos, como se nunca tivesse visto nada tão fascinante, como se ela fosse uma criatura rara. — Os cavalheiros que estavam perto de você na sala de estar... Algum deles é seu amante?

— Não!

Ela ficou tão insultada com a insinuação que teria recuado se o carinho lento dele, logo abaixo de sua boca, não a mantivesse em um cativeiro tão eficaz quanto grades de ferro.

— Você tem um amante?

— Não sei por que isso seria da sua conta...

— Tem? — insistiu ele, deixando claro que não ficaria sem uma resposta.

— Não.

— Ótimo.

Greystone não tirou os olhos azuis ardentes dela. Na verdade, o fogo dentro deles se intensificou tanto que a queimou. De repente, era como se Frannie estivesse derretendo. Sentiu uma vontade ridícula de abrir alguns botões, de deixá-lo soprar o hálito fresco em sua pele.

— "Ótimo" por quê? — indagou ela, mal reconhecendo a própria voz. Soava muito sensual.

— Porque eu gostaria muito de beijá-la, srta. Darling, e, ao contrário de você, não tenho o hábito de pegar o que pertence a outra pessoa.

O duque traçou a bochecha de novo, embalando o queixo com a palma da mão, e moveu-se devagar em direção a ela, como se estivesse lhe dando tempo para recuar ou uma oportunidade de se opor. Frannie não fez nenhum dos dois. Em vez disso, inclinou-se para a frente e fechou os olhos. Então, ele a beijou.

Frannie já havia sido beijada à força e, anos depois, com delicadeza, mas um homem nunca abrira seus lábios de forma tão gentil e determinada para que pudesse prová-la. E ela nunca quis obedecer com tanto gosto. Greystone tinha gosto de champanhe, rico e saboroso. Tinha gosto de desejo.

Ele a envolveu com um dos braços e a puxou para ele. Como mulher, ela nunca estivera tão perto de um homem. Nunca apertara os seios em um peito sólido. Nunca inalara um perfume masculino de forma tão profunda a ponto de se sentir envolta por ele. Nunca sentira a língua talentosa de um homem brincando com a sua. E certamente nunca colocara a própria língua na boca de um homem querendo prová-lo por completo. De repente, queria tudo o que nunca imaginou experimentar com um desespero que deveria tê-la assustado.

Mas Greystone não a assustava. Ele a incentivava a abraçá-lo pelo pescoço e se levantar na ponta dos pés para facilitar o acesso ao que ela tanto desejava. Com um gemido baixo, ele mudou o ângulo e aprofundou o beijo, explorando cada curva dos lábios dela. Frannie sentiu o corpo pegar fogo e uma fraqueza estonteante, como se pudesse derreter nas mãos dele. Será que aquilo era paixão? Aquela sensação de que os dois poderiam facilmente se tornar um só?

Greystone recuou um pouco e ela encarou o azul profundo de seus olhos.

— Já que você não tem um amante, srta. Darling, gostaria de oferecer meus serviços. Como acabamos de provar, somos muito compatíveis.

3

— Você está bem?

No caminho de volta ao Dodger, na carruagem que Luke emprestara, Frannie desviou a atenção da janela, onde só conseguia enxergar a chuva, e olhou para Jack.

— É claro. Por que a pergunta?

— Você parece perdida em pensamentos.

E ela estava. Pensando na sugestão escandalosa de Greystone e em sua resposta ainda mais escandalosa.

"Vou pensar na sua proposta."

O que quis dizer com aquilo, exatamente? Ia mesmo considerar a proposta ou apenas não soubera o que responder? Se respondesse não, será que ele perguntaria de novo? Será que Frannie o veria outra vez depois de um não? Se respondesse sim, será que ela mudaria de ideia mais tarde? Será que se arrependeria?

Depois de tirar uma luva, ela tocou a bochecha que Greystone tinha acariciado. A sensação não era nada comparada à sensualidade que ele provocara. O próprio toque não acendia um calor que se espalhava pelo corpo e a deixava como cera derretida. Frannie deslizou os dedos até os lábios e brincou com eles por um momento. Novamente, a sensação não era nada como a força gentil da boca dele na dela, incitando seus lábios a se abrirem de bom grado...

Uma vez, Luke a beijara, mas o toque fora delicado como o pouso de uma borboleta numa pétala de rosa. Não havia nada de delicado no beijo de Greystone, embora também não tivesse sido bruto. Tinha sido... voraz, como se ele fosse um homem faminto e só Frannie pudesse alimentá-lo. *Por que estou pensando em tantas loucuras?* Seriam um reflexo de seus próprios desejos? De seus próprios anseios de provar mais uma vez tudo o que ele tinha a oferecer?

Olhando pela janela outra vez, ela perguntou:

— Jack, você já teve uma amante?

— Acho que depende.

Ela o encarou de novo. Parecia uma pergunta bastante simples. A resposta era "sim" ou "não". Ou será que esse negócio de amante era mais complexo do que Frannie imaginava?

— Do quê?

— Se você considera uma mulher paga uma amante. — Ele cruzou os braços e olhou para o teto da carruagem, como se a resposta daquele enigma estivesse ali. — Acho que não, né? Uma amante parece ser alguém que estaria feliz ao seu lado, sem esperar receber dinheiro por isso. Seguindo essa lógica, nunca tive uma amante. — Jack a encarou. — É uma pergunta estranha vinda de você.

Pela primeira vez em sua vida, Frannie não se sentiu confortável com Jack. Não podia contar a ele que sua dúvida era consequência do encontro acalorado com Greystone. Onde mulheres deveriam buscar respostas? Ela certamente não deveria seguir os próprios anseios, pois acabaria batendo na porta do duque naquela mesma noite.

— Curiosidade. Não sei exatamente o que se espera de uma amante, o que a relação implica de fato. Uma amante... amaria seu amante? Ele a amaria?

— Por Deus, Frannie, amor quase nunca está envolvido. É só um jeito educado de dizer que um cavalheiro deseja o que está por baixo das saias de uma dama.

Assentindo, ela olhou de volta para a janela. Devia ser isso que aquele cavalheiro desejava. Ela era boa o suficiente para ser levada para a cama, mas não para ser uma esposa. Greystone a via como uma prostituta, e o pagamento era feito com uma boca lasciva em vez de moedas. E que Deus a ajudasse, pois estivera prestes a aceitar tal negócio.

— Maldição, Frannie, eu não deveria ter sido tão grosseiro. — Jack se inclinou para a frente e apoiou os cotovelos nas coxas. — Por que a curiosidade repentina?

As bochechas dela esquentaram de constrangimento — ou seria de vergonha? —, e Frannie agradeceu o clima nublado que ocultava seu rubor. A infância dos dois forjara um vínculo que lhes permitia dividir os pensamentos mais íntimos sem qualquer tipo de escrutínio ou julgamento. Ela se virou para Jack, mas logo baixou o olhar para as próprias mãos.

— Recebi uma proposta.

— Uma proposta?

Reunindo forças, Frannie voltou a encarar o amigo.

— Um homem quer ser meu amante.

Jack estreitou os olhos por um segundo. Ela já vira aquele olhar antes. Muitas vezes, precedia uma surra em alguém.

— Quem é o canalha?

Ah, Deus... Frannie desejou não ter dito nada. Jack era um de seus melhores amigos, mas, de repente, e infelizmente, percebeu que não deveria compartilhar certas coisas com ele. Mas então, com quem poderia falar sobre isso? Sem dúvida, não poderia perguntar a Catherine, quando a causa do dilema de Frannie era o irmão dela.

— Não quero dizer. Esqueça que eu falei alguma coisa.

Ele se jogou de volta no assento.

— Greystone, aquele bastardo!

— *O quê?* Não! Por que você acha que é ele?

Inclinando-se para a frente de novo, Jack segurou as mãos dela.

— Frannie, querida, eu sou um homem. Eu vi a maneira como ele olhou para você, como se você fosse um pedaço de carne delicioso, capaz de saciar a fome que sentia. Ele desapareceu por um tempo. Você também. Acho que ele aproveitou a oportunidade e, em um encontro clandestino, fez a proposta indecente.

Não parecia indecente. Na verdade, ela ficou bastante lisonjeada, mas também estava tonta e arrebatada depois do beijo ardente. O que a surpreendeu, no entanto, foi a descrição de Jack sobre o olhar voraz de Greystone. Outros homens já haviam olhado para Frannie, mas sempre como se ela fosse um cristal delicado que pudesse facilmente quebrar. Nunca como se ela fosse um pedaço de carne delicioso. Era empolgante. Ela apertou os dedos do amigo.

— Você acha que seria tão errado assim pensar em ser a amante de alguém? Já fui ladra, prostituta...

— Você não foi prostituta porque quis — resmungou ele.

— Um homem pagou por mim, Jack. Chame do que quiser, mas nunca me entreguei livremente a um cavalheiro. Tenho quase 30 anos, faz tempo que passei da idade em que a maioria das mulheres se casa. Até o Luke pedir minha mão em casamento, eu nunca nem tinha pensado em ser uma esposa. Não consigo me ver casada.

— Por que não? Jim se casaria com você num piscar de olhos. Eu também, a propósito, se não achasse que você merece algo melhor do que eu.

Frannie deu um sorriso irônico.

— Jack Dodger se casando? Não vejo isso acontecendo.

Como se para aprofundar o argumento, ele a lembrou:

— Ele é um duque.

Jack sabia do desconforto que ela sentia ao lidar com a aristocracia. Todos sabiam. Foi por isso que a rodearam na casa de Luke.

— Isso seria um problema se eu tivesse planos de me *casar* com ele, o que está fora de questão. Ser amante é algo privado, um pecado secreto, não é? Eu não teria que viver no mundo dele.

— A resposta à sua pergunta anterior é não. Não existe amor entre amantes. Mas é provável que você saia muito machucada, Frannie, e eu me sentiria responsável, porque sua visão do mundo é distorcida por trabalhar no Dodger. Eu dou aos homens um lugar seguro para pecarem, mas não quero que pequem com você. Além disso, qualquer homem decente teria a sorte de ter você como esposa. Não se contente com menos do que isso.

Ela assentiu, tirou as mãos das dele e recostou-se no assento.

— Acho que ele não estava me elogiando, então...

— Não, não estava — respondeu Jack, mordaz.

— Provavelmente deveria ter dado um tapa nele.

— Com certeza.

Ela suspirou e olhou pela janela. O problema era que Frannie queria beijar Greystone de novo. Desejar estar tão perto de um homem era um sentimento novo e empolgante. Pena que ela não conseguia parar de pensar nisso. E, quanto mais pensava, infelizmente mais queria.

Sterling sabia que a hora em que perderia tudo o que estava ao seu alcance se aproximava com rapidez.

Sentado na biblioteca, bebendo conhaque e ouvindo o relógio incessantemente alto em cima da lareira marcar a passagem de sua vida, ele reprimiu a fúria visceral que ameaçava explodir. A raiva exigia uma energia que ele não podia desperdiçar. Não naquele momento. Mais tarde, talvez, quando não tivesse nada melhor para fazer, exceto refletir sobre o quanto a vida poderia ter sido melhor se...

Ele estava determinado a não ter arrependimentos, mas eles ainda pairavam ao seu redor, esperando para se manifestar. Refletiria sobre eles mais tarde também.

Enquanto isso, estava obcecado em encher sua coleção de lembranças. Havia uma que queria desesperadamente acrescentar ao seu baú de tesouro. Uma noite com *ela* poderia muito bem ser sua maior glória, sua última indulgência, sua última devassidão antes de focar no dever. Sterling não tinha dúvidas de que, para viver aquela noite, valeria a pena atrasar o curso inevitável de sua vida.

Frannie Darling.

Ela era esbelta, mas algo nela a fazia parecer maior — como se tivesse lutado contra as decepções da vida e sentido o gosto da vitória. Por ser uma plebeia, não era do tipo que um homem como ele considerava se casar.

Mas, como amante, Sterling apostava que ela superaria as expectativas.

Fechando os olhos, lembrou-se do encontro na biblioteca. Como os dedos dela se enterraram no cabelo dele. Como ela o beijara com habilidade. Como o delicado perfume de rosas dançara ao redor; na verdade, ainda conseguia sentir o cheiro em suas roupas. E como ele queria aquele cheiro em sua cama. Fazia muito tempo desde que sentira vontade de tomar uma mulher em seus braços, e ela não o havia decepcionado.

Ele mal conseguia acreditar que sugerira que se tornassem amantes. E a resposta ousada dela, antes que saísse pela porta, o atordoou ainda mais.

"Vou pensar na sua proposta."

Ela está falando sério? Ou é apenas uma provocação? A dinâmica entre eles era estranha. Ela era o diabo disfarçado de sedutora. Era no mínimo uma bruxa, pois o encantara com um feitiço inescapável. Sterling estava obcecado com a maciez de sua pele, com o verde de seus olhos, com o ruivo vibrante de seu cabelo. Queria beijá-la outra vez, queria tirar as roupas dela lentamente e revelar todos os tesouros escondidos por baixo. Ele vira muitas coisas durante suas viagens, mas nada cativara seu interesse como ela. Será que ela tomaria uma decisão? Será que aceitaria? Como poderia recusar um duque?

Mas chegaria um momento em que nem mesmo seu título valeria algo. Em que ela não teria nenhum interesse nele. Em que nenhuma mulher o desejaria. Seu pai não havia gritado tal verdade em voz alta?

Fora o motivo pelo qual o antigo duque se opusera a sua viagem pelo mundo, insistindo para que o filho se casasse primeiro. Mas não era possível explorar o mundo — e as mulheres — como desejava se tivesse uma esposa. Sterling tinha toda a intenção de permanecer fiel, embora duvidasse que sua companheira tivesse a mesma consideração quando soubesse a verdade de sua circunstância. E aprendera da maneira mais difícil que era melhor guardar suas falhas em segredo pelo maior tempo possível. Lady Angelina o desprezara, ensinando-lhe que o amor era uma ilusão que rapidamente pode ser destruída pela verdade.

Sterling não cometeria tal erro novamente. Ele guardaria seu segredo até depois do casamento. Mas, antes de começar a buscar uma esposa, queria uma última noite de paixão desenfreada. E com apenas uma mulher.

Frannie Darling.

Ele ainda sentia o gosto dela nos lábios. Ansiava por abrir todos os botões que lhe negaram a visão da pele da srta. Darling. Pela maciez de seu rosto, Sterling não tinha dúvidas de que ela era perfeita sob as roupas. De que seus seios se encaixariam na palma da mão dele; de que seus mamilos endureceriam sob as carícias lentas de sua língua. Ele queria traçar beijos até...

— Mais conhaque, senhor?

A voz inesperada deveria tê-lo assustado, mas estava letárgico tanto pelo conhaque que havia bebido quanto pelos devaneios com a srta. Darling. Sterling estava quase ébrio, e sabia que deveria recusar. Não havia nem ouvido o criado entrar no cômodo, embora isso não fosse algo incomum. Seus criados sempre se portavam com o máximo de decoro e andavam sem fazer barulho, como se seus pés nunca tocassem o chão.

Em resposta à pergunta, Sterling ergueu um pouco o copo, com vontade de ficar completamente bêbado. Talvez, assim, pudesse tirar a srta. Darling de sua mente e dormir. Ou talvez fosse melhor atraí-la para seus sonhos, onde ela o desejaria tanto quanto ele...

O conhaque transbordou sobre a borda da taça, caindo na coxa do duque e espirrando em sua camisa.

— Maldição, homem!

Titubeando, ele saltou da poltrona e se virou...

E descobriu que não havia nenhum criado em seu santuário. Na verdade, seu refúgio fora invadido por Jack Dodger e James Swindler. Talvez devesse agradecer por ter recebido a visita de apenas dois amigos canalhas da srta. Darling, e não do grupo completo.

Swindler devolveu o decantador à mesa com uma delicadeza incrível para um homem tão grande.

— Como entraram aqui? — perguntou Sterling, desejando que suas palavras não soassem tão arrastadas.

Ele estava tendo mais dificuldade do que o normal em colocar seu mundo sombrio em foco. Inferno! Por que não acendera mais lamparinas ou bebera menos conhaque?

— Não importa — respondeu Jack Dodger. — O importante é você perceber que não pode fazer nada para nos manter do lado de fora se decidirmos que queremos entrar.

— Eu ameaçaria chamar a polícia, mas suponho que isso seria inútil, considerando que um inspetor invadiu minha casa.

— Exato, Sua Graça.

O sorriso de escárnio de Swindler não deixou dúvidas sobre sua opinião em relação ao título de Sterling. Pelo jeito, considerava o ducado tão inútil quanto o próprio duque.

— Posso oferecer uma bebida aos cavalheiros?

— Fique longe de Frannie — afirmou Swindler, sucinto.

Nada de bebida, então.

— Ou o quê? — perguntou Sterling.

— Posso fazer você desaparecer.

Ah, nada como uma ameaça direta para deixar as coisas muito claras. Infelizmente, o duque não gostava de ameaças. Na verdade, elas só serviam para deixá-lo ainda mais teimoso e determinado a fazer o que quisesse.

— É mesmo? E seus superiores estão cientes dessa habilidade incomum que você aperfeiçoou?

— Frannie é especial para nós, Greystone — falou Jack Dodger. — Não queremos vê-la sofrer.

— Bem, somos três, então, pois não tenho intenção de machucá-la.

— Você pode não ter a intenção, mas esse vai ser o resultado se tomá-la como sua amante.

Sterling cerrou a mandíbula e estreitou os olhos. Ele fora tão óbvio assim?

— Ela nos contou — explicou Dodger, como se uma pergunta tivesse sido feita. — Ela é inocente a esse ponto.

— Ela não beija como se fosse inocente.

Com as mãos fortes fechadas em punhos, Swindler deu um passo na direção dele. Dodger segurou o amigo pelas costas do paletó.

— Calma, Swindler.

O tom teve autoridade o suficiente para deter Swindler, mas era óbvio que o inspetor não havia gostado da interferência. Sterling, por outro lado, tinha. Se entrassem em uma briga, sabia que daria o melhor de si, mas que não teria chance alguma. Não tinha o hábito de lutar — ao contrário de Swindler, que não só parecia ter o hábito como também parecia sempre vencer.

Dodger parou na frente dele, colocando-se entre Swindler e Sterling, mas o inspetor era alto o suficiente para que Sterling ainda pudesse ver a fúria em seus olhos verdes. Dos dois, ele era sem dúvida o mais perigoso, embora o duque não fosse estúpido o suficiente para subestimar Jack Dodger.

— O problema, Greystone, é que Swindler, Graves, Claybourne e eu nos consideramos irmãos de Frannie. Cada um de nós iria de bom grado para a forca por ela.

— Ouvi dizer que você protege o que é seu.

— Exato. Receio que sua afiliação ao Dodger tenha sido encerrada. Busque seus prazeres em outro lugar.

— Senhores, se eu realmente quiser algo, vocês não terão o poder de me impedir de obtê-lo.

A dor que atingiu seu rosto foi quase tão intensa quanto a que irradiou por seu crânio quando ele caiu no chão. Sterling não tinha visto Swindler se mover, e sem dúvida não tinha visto seu punho vindo pela lateral. Seu calcanhar de Aquiles. De repente, o grandalhão estava ajoelhado ao lado dele, agarrando-o pela camisa com uma mão gigantesca e o puxando para cima até estar quase sentado.

— Se você fizer mal a Frannie, eu te mato.

— Eu respeito homens que não medem palavras.

Swindler soltou sua camisa, e Sterling teve outro encontro doloroso com o chão. O inspetor ficou de pé e saiu furioso da sala, os passos pesados reverberando.

Dodger se ajoelhou ao lado de Sterling.

— Greystone, entenda. Nós viemos da rua. Quando Frannie era criança, não conseguimos impedir alguém de machucá-la, então nós quatro juramos que morreríamos antes de deixar que isso acontecesse de novo. É uma promessa que *vamos* cumprir.

Sterling ficou deitado no chão muito tempo depois de Dodger sair. Ele tinha razão sobre uma coisa: eles a amavam.

E, embora a razão não lhe trouxesse muito consolo, ele estava mais determinado do que nunca a tê-la.

4

Depois de fazer a última anotação necessária no livro--caixa, Frannie soprou um pouquinho para que a tinta secasse mais rápido. Trabalhava com Jack Dodger havia dez anos e era sua sócia havia cinco, já deveria estar acostumada com a quantia que aqueles homens gastavam em jogos de azar, mas os números eram surpreendentes.

"A casa sempre vence no final, Frannie", afirmara Jack quando ela o questionou sobre a ideia de abrir um clube de apostas. "E o final é tudo o que importa."

Suspirando, pôs a caneta com pontas de ouro na mesa — um presente de Jack, que gostava de coisas elegantes e sabia que Frannie nunca gastaria tanto com algo para si mesma — e fechou o livro com cuidado para não borrar a tinta. Jack gostava de tudo arrumado e limpo, e ela também. Certamente porque ambos haviam crescido na miséria.

Seu escritório tinha pouca mobília: apenas a escrivaninha, algumas cadeiras, um sofá onde, às vezes, tirava um cochilo e prateleiras com os livros-caixa que contavam a história do estabelecimento.

Eram quase duas da manhã. Embora estivesse cansada, preferia trabalhar à noite, pois usava o dia para organizar os detalhes do orfanato que planejava abrir em breve. A mobília estava prevista para chegar no começo da semana seguinte, mas Frannie ainda precisava contratar os funcionários. Bom, aquela era uma tarefa para o dia seguinte, pois ainda tinha mais alguns assuntos para resolver antes de descansar.

Abrindo o livro com as contas dos membros, ela começou a anotar quais afiliações estavam perto do vencimento. Quando sua lombar começou a doer, Frannie se endireitou, bocejou e se esticou...

Uma grande figura apareceu na porta.

Ela se ajeitou em uma posição mais decorosa e deu uma risada constrangida.

— Não me deixe impedi-la de relaxar — falou Jim enquanto entrava na sala.

O paletó marrom que vestia não era chique, mas combinava com sua aparência despretensiosa. O cabelo castanho-escuro era grosso; seus olhos, verdes. À primeira vista, não parecia nem um pouco ameaçador, mas Frannie o considerava muito mais inteligente e perigoso do que qualquer um deles.

— Estava apenas descansando um pouco antes de estudar as contas dos clientes — disse ela.

— Você trabalha em horas estranhas.

— Não mais que você. Está trabalhando agora?

— Jack me pediu para verificar alguns detalhes em relação a essa tal herança que ele recebeu. Vim apenas relatar o que descobri. Já que estava aqui, pensei em dar uma passada para ver como você está.

— Estou bem, Jim.

Assentindo, ele enfiou as mãos nos bolsos do paletó, mas logo as tirou.

— Alguém andou incomodando você?

Que pergunta estranha...

— Está pensando em alguém em particular? — perguntou ela.

— Não, estou apenas curioso. — Ele deu um passo à frente e, como se temesse assustá-la, recuou. — Só queria que você soubesse que estou disponível, caso precise de alguma coisa.

— É possível que eu precise de ajuda para localizar órfãos quando chegar a hora.

— Nem precisa pedir. Tenho uma lista pronta com meninos que vão para a prisão e quando vão sair. Trarei os mais novos, os que ainda têm salvação.

Ela sorriu.

— Isso significa tudo para mim, Jim. Os móveis devem chegar na próxima semana. Estaria livre para ajudar?

— Com toda certeza.

— Obrigada. Ando me sentindo um pouco culpada... Há tantas crianças na rua precisando de um lar, e eu tenho um, mas que ainda não está pronto.

— É muita coisa a se fazer, Frannie.

— Mas é algo que *quero* fazer. Muito. Sonhei com isso por tanto tempo, planejei, e agora está prestes a acontecer. Enviarei um recado ao seu apartamento quando tiver o dia e a hora.

— Esplêndido. — Ele sorriu largo, o que era algo que Jim raramente fazia. — Estou ansioso para ajudar. — Então fez um gesto para tirar o chapéu, mas deve ter percebido que não estava usando um, e acabou fazendo uma reverência desajeitada. — Até breve, então.

Jim saiu com uma rapidez que a surpreendeu. Frannie não entendia por que ele ficava estranho perto dela às vezes, ainda mais quando os outros não estavam. Talvez porque ele era dois anos mais novo, e ela era mais "mãe" dele do que dos demais. Frannie se lembrava do dia em que Luke e Jack chegaram com ele na casa de Feagan, logo após o pai de Jim ter sido enforcado. O menino estava tão quieto que ela temeu que ele nunca mais falasse. Provavelmente estava mudo de choque. Naquela noite, depois que todos foram dormir, Frannie ouviu o choro baixinho de Jim. Deixando o conforto do abraço de Luke, ela foi abraçar Jim enquanto ele chorava. Mesmo criança, ela entendia a dor da perda.

Todos no grupo de Feagan haviam perdido algo valioso. Alguns, ela suspeitava, ainda estavam procurando por esse algo perdido. Luke não mais. Frannie sorriu levemente. Ela nunca o vira tão feliz antes de se casar. E por falar em Catherine... Frannie pensou no irmão dela.

Fazia pouco mais de uma semana desde o casamento e, para sua eterna irritação, Greystone vinha ocupando seus pensamentos. Uma escada nos fundos, inacessível aos clientes, dava acesso a ela e Jack a algumas varandas escondidas que lhes permitiam observar, sem serem notados, várias áreas onde os clientes eram entretidos. Frannie havia procurado Greystone duas vezes, mas não o viu. Não que soubesse o que faria *se* o visse, mas não podia negar a decepção por não tê-lo encontrado. *Ele é mesmo tão bonito quanto me lembro? É mesmo tão perigoso?*

Será que ele ansiava pela resposta dela? Será que saberia que a resposta era "não" se nunca mais ouvisse falar dela? Será que Frannie deveria dizer pessoalmente, caso ele aparecesse alguma noite? Será que deveria mandar uma carta? Ou apenas ficar em silêncio?

Ela considerava as opções com a mesma frequência com que debatia sua resposta. Sabia que Jack estava certo e que a resposta que deveria dar era um retumbante "não", mas Greystone a intrigava... E ela não tinha uma explicação lógica para isso. Frannie e o duque não poderiam ser mais diferentes. Mas por que, com todas aquelas pessoas na sala de estar de Luke, fora ele quem chamou sua atenção? E mais importante: apesar de seus esforços em não ser notada, por que havia chamado a atenção *dele*?

E por que era aceitável que homens buscassem prazer em inúmeras mulheres, enquanto mulheres deveriam buscá-lo em apenas um homem? Ela acreditava que, na área de Londres onde cresceram, as mulheres trocavam de companheiro sem remorso. Sua amiga Nancy fizera isso e ninguém a condenara. Mas, pelo visto, o preço para ser aceita pela sociedade aristocrata era abraçar aquelas regras de comportamento adequado, e as damas deveriam valorizar sua castidade. Algo difícil para Frannie, que já não era mais casta.

Fazia quase dezoito anos. Os pesadelos em relação àquela noite diminuíram conforme os anos se passaram, mas nunca desapareceram por completo. Mesmo assim, Frannie não temia os homens. Sabia que podia haver paixão e ternura entre um homem e uma mulher.

Jim lhe mostrara isso anos atrás. O Salão do Dodger tinha uma sala de observação na qual os lordes que desejavam demonstrar seus conhecimentos se apresentavam com uma dama de sua escolha, enquanto patronos observavam de cantos escuros e através de aberturas discretas. Jim a convidou para assistir-lhe fazendo amor com uma das garotas. "Fazendo amor." Foram as exatas palavras que ele usou. Jim queria que ela soubesse como *poderia* ser. Naquela noite, ele lhe dera um presente incrível. O momento fora sensual, erótico.

Frannie sempre soubera que o que vivera aos 12 anos não era como deveria ser. E, ao observar Jim com Prudence, perdera um pouco da hesitação ao pensar em se deitar com um homem. Ainda assim, nunca conhecera alguém com quem quisesse se envolver daquela maneira... não até cruzar com Greystone. Um duque. O último homem que deveria desejar.

Talvez fosse o toque do proibido que a atraía. Ou será que era algo mais?

Frannie ficaria louca se continuasse a pensar em tudo aquilo. Tinha registros para verificar, afiliações vencendo...

Foi quando notou uma anotação rabiscada na caligrafia quase indecifrável de Dodger. *Aquele maldito!*

Com o livro em mãos, ela saiu de seu escritório e entrou no dele. Jack também trabalhava até tarde e estava sentado atrás da mesa, estudando um livro-caixa.

— O que significa isso? — perguntou ela, mostrando o registro para ele.

Com a testa franzida e os olhos escuros sérios, ele olhou para cima.

— Isso o quê?

Frannie colocou com força o livro em cima do dele.

— Diz aqui que a afiliação do Greystone foi encerrada.

Estendendo a mão para trás, Jack pegou uma das várias garrafas que mantinha ao alcance e encheu o copo em sua mesa.

— Eu decidi que não gosto dele.

— Jack...

— Frannie.

Ele bebeu o uísque em um gole só e começou a servir outra dose, mas Frannie pegou o copo, fazendo-o derrubar a bebida.

— Droga, Frannie! — Jack se levantou para pegar um pedaço de papel e tentou secar a mesa. — Essa é a minha melhor bebida. Para que esse desperdício?

— Todas as suas bebidas são as melhores. Vou retomar a afiliação dele.

Jack parou de tentar de limpar o uísque derramado e a encarou.

— E eu vou cancelá-la de novo.

— Você não pode cancelar a afiliação de todo homem que se interessar por mim.

Não que algum outro já tivesse manifestado interesse nela antes, mas Frannie estava tentando provar seu ponto.

— Ele fez mais do que apenas se interessar.

— Eu sei que você está tentando me proteger, e eu te amo por isso. Mas o que fez é errado. Eu sei cuidar de mim mesma.

Jack a estudou por um momento, e ela tinha certeza de que ele queria continuar discutindo. Em vez disso, ele estalou os dedos.

— Devolva meu copo.

Ela entregou a ele. Sabia que Jack nunca admitiria que errara, mas consideraria a mudança de assunto uma vitória a seu favor. Além disso, Frannie sabia que ele tinha assuntos mais importantes em mente. Um dos clientes do Salão do Dodger, o duque de Lovingdon, havia deixado para Jack todas as suas propriedades não vinculadas ao título. E Jack, como lhe era típico, não confiava em sua boa sorte e estava examinando todos os aspectos do acordo.

— Você vai enviar uma mensagem para Greystone ou eu envio? — perguntou ela.

Ele a encarou com um olhar penetrante.

— Acho que é melhor eu enviar — continuou Frannie quando Jack não lhe respondeu. — O duque seria incapaz de entender a sua letra. Você não fez mais nada com ele, né?

— Não fiz.

— Jure para mim.

— Jesus, Frannie, eu já disse que não fiz! — Ele a estudou por um momento. — Você ainda carrega a adaga que eu lhe dei?

Ela deu um tapinha no quadril. Guardava a bainha escondida por dentro da saia.

— Sempre.

— Faz um tempo que não praticamos. Talvez devêssemos, amanhã. Para garantir que você ainda sabe usá-la.

— Eu sei usá-la.

— Lembre-se: o objetivo não é ferir, e sim matar. E não se preocupe com o fato de ele ser um maldito lorde. Jim vai cuidar de qualquer problema que surgir.

Ele está sugerindo que ela deveria matar Greystone? Que maravilha...

— Acho que, se ele fosse se aproveitar de mim, teria feito isso na biblioteca quando...

Frannie percebeu bem a tempo que estava seguindo por um caminho que não deveria.

— Na biblioteca do Luke? O que ele fez?

— Conversou comigo.

— E o que ele falou?

— Que eu era interessante. — Ela pegou o livro de volta e o segurou próximo ao peito. — Devo interrogar você sobre o seu encontro com a duquesa de Lovingdon?

— Minha história com a viúva é bem diferente. Ela não quer se aproveitar de mim.

Frannie assentiu. O estranho era que Greystone não parecera querer tirar *proveito* dela. Em vez disso, parecera querer dar e receber algo que poderia ter sido muito agradável para ambos.

— Boa noite, Jack — falou ela, e se virou para partir.

— Minhas intenções foram boas, Frannie — afirmou Jack.

Era tão difícil ficar com raiva dos meninos...

— Eu sei.

Frannie voltou ao seu escritório e escreveu oito mensagens para Greystone até finalmente redigir uma que não dissesse demais nem de menos, que não revelasse nada sobre seus próprios sentimentos a respeito da situação. Não transparecia nada além de uma nota de negócios. Era boa o suficiente.

Levantando-se, Frannie atravessou a sala, pegou a capa pendurada perto da porta e a colocou nos ombros antes de ir para o corredor que nunca ficava quieto o suficiente. As atividades animadas que aconteciam além da porta fechada no final do corredor, que levava à área de jogos, sempre ecoavam pelo prédio. Ela se acostumara ao ruído e quase não o ouvia mais. Do outro lado ficava a porta que dava acesso à rua.

Ela saiu para a calçada, onde um lampião lançava um brilho fantasmagórico no beco escuro, e trancou a porta rapidamente. Frannie não pegou a lamparina porque conhecia aquela área tão bem quanto a palma da mão e ficava confortável nas sombras. O apartamento dela ficava no andar de cima, à esquerda. Na porta, ela inseriu outra chave. Jack era seu vizinho, mas já não ficava mais lá — não desde que herdara a casa chique em St. James.

Fechando e trancando a porta atrás de si, ela foi até uma mesa próxima e acendeu uma lamparina. Com um suspiro,

Frannie pendurou a capa e começou a se despir enquanto atravessava o apartamento até a área onde dormia. Os cômodos pequenos eram pouco mobiliados, assim como seu escritório. Um sofá, uma cama, uma penteadeira, algumas poltronas que não combinavam entre si e duas mesinhas.

Ela não precisava de muito para ser feliz.

Depois de se limpar e vestir a camisola, Frannie sentou-se na penteadeira e começou a escovar o cabelo. Detestava a cor e os cachos abundantes que dificultavam cuidar dele. *Será que Greystone também não gostava do cabelo dela?* Ela se inclinou para o espelho. Os olhos verdes eram seu melhor atributo físico. E se lembrou de quantas vezes ele fitara diretamente seus olhos. Será que Greystone poderia se perder neles? Havia algo que ela pudesse fazer para garantir que isso acontecesse?

Frannie queria que o duque se perdesse em mais que apenas seus olhos. Queria que ele se perdesse nela. Um desejo muito, muito perigoso...

Gemendo baixinho, ela se levantou e carregou a lamparina até a mesinha ao lado da cama. Depois de se enfiar embaixo dos lençóis, apagou a chama e encarou a escuridão. Sem esforço algum, imaginou Greystone em cima dela. Ele viria até ela despido, e cada pedaço de pele que ela conseguisse alcançar estaria bronzeado pelo sol.

Com outro gemido frustrado, Frannie rolou para o lado. Quando finalmente adormeceu, sonhou que enviara um tipo de mensagem bem diferente da que havia escrito. Uma que continha uma única palavra.

Sim.

5

Na biblioteca que fora de seu pai — e agora era de seu irmão —, Catherine notou as mudanças no perfil de Sterling, uma a uma, enquanto ele bebia sem pressa o conhaque e olhava para fora, iluminado levemente pela luz do sol do final da tarde. Seu cabelo, outrora dourado, escurecera bastante, o que o fazia parecer mais velho do que seus 28 anos. Os ombros estavam mais largos, como se *ele*, em vez de criados, tivesse cuidado de boa parte do trabalho físico durante a viagem. Sterling tinha uma nova cicatriz fina na bochecha esquerda, logo abaixo do olho. E não sorria mais.

De todas as mudanças evidentes que o irmão sofrera durante os anos em que estivera ausente, a última era a que mais entristecia Catherine.

— Então, você vai cuidar disso? — perguntou ela.

Sterling se levantara da cadeira atrás da escrivaninha, servira-se de conhaque e fora até a janela assim que ela fizera o pedido. Uma reação perturbadoramente estranha.

Ele se virou um pouco, os olhos de safira fixos em Catherine, como se suspeitasse que *ela* não estava completamente sã.

— Deixe-me ver se entendi. Você quer que eu providencie que as duzentas libras que você receberia como pagamento mensal, estipuladas no testamento do nosso pai, sejam entregues à srta. Frannie Darling?

— Exatamente.

— Ela está chantageando você?

— Não seja tolo. É para o orfanato. Sei que eu mesma poderia dar o dinheiro a ela, mas isso parece mais eficiente, já que ela terá certeza de que sempre poderá contar com a quantia no primeiro dia do mês.

Além disso, o pedido servira como uma desculpa para visitar o irmão e, talvez, convencê-lo a voltar para a Sociedade. O fato de Catherine precisar de uma desculpa dizia mais sobre a tensão entre os dois do que qualquer outra coisa. Céus, ele também era sua família! Mesmo assim, não o via desde o casamento, duas semanas antes. E, pelo que sabia, ninguém mais o vira também.

— Nosso pai queria que você recebesse esse dinheiro para ter um pouco de independência — disse Sterling.

— Sou casada com um dos lordes mais ricos da Inglaterra...

— Isso não garante sua independência.

Ela sabia bem disso. Seu desejo de ajudar a duquesa de Avendale a escapar de seu casamento horrendo fora o que a levara à porta de Claybourne, para começo de conversa.

— Sinto muito, Catherine, mas não sinto que posso alterar os termos do testamento, mesmo que esteja pedindo. Em algum momento, você pode querer ter seus próprios meios de subsistência. Até lá, dê o dinheiro diretamente para a srta. Darling, se assim desejar.

— Por que está sendo tão teimoso quanto ao meu pedido? — perguntou ela. — O dinheiro é meu. Posso fazer o que eu quiser com ele.

— Não considero isso uma decisão sábia. Como seu irmão, sou encarregado de cuidar do seu bem-estar e de impedi-la de fazer escolhas equivocadas.

— Não é mais. Sou casada. E quanto a me amar, Sterling? A amar alguém? Fiquei sabendo que você está em Londres há pelo menos quatro meses. Por que não visitou o papai? Devia saber que ele estava doente. Não era segredo.

— Andou me investigando, é?

Não intencionalmente. Mas, como suas amizades recentes andavam pelo lado mais sombrio de Londres, ela às vezes conseguia algumas informações.

— Estou tentando entender o que aconteceu com o irmão que me deu uma pedra mágica para me proteger de pesadelos quando eu era pequena e acordei chorando depois que a mamãe faleceu. Não sei se o conheço mais.

— Seja grata por isso.

— E o que diabo isso quer dizer?

Ele caminhou até uma mesa de bebidas e serviu outra dose.

— Já terminamos aqui?

Muito pelo contrário.

Levantando-se com graça da cadeira, Catherine decidiu tentar uma abordagem diferente. Embora Sterling fosse seu irmão, o título dele ainda era um dos mais poderosos da Inglaterra. Tinha peso e influência. O pai deles ficaria muito desapontado se o herdeiro não fizesse jus ao seu potencial.

— Que tal nos acompanhar amanhã? Claybourne e eu vamos ao orfanato para ajudar Frannie com a chegada dos móveis. Outro par de mãos é sempre útil.

— Não acredito que está sugerindo que eu me rebaixe e me envolva em trabalho manual.

— Estou sugerindo que você se envolva em um belo ato de caridade. Frannie pretende abrigar cem crianças.

— E por que eu deveria me importar?

— Se você não sabe, não sou eu que explicarei.

Recusando-se a permitir que o tom entediado do irmão a dissuadisse, Catherine deu a volta na mesa, abriu uma gaveta e pegou uma folha de papel.

— O que está fazendo? — perguntou ele.

Ah, finalmente um pouco de interesse. Talvez nem tudo estivesse perdido.

— Vou escrever o endereço na esperança de que você mude de ideia e nos acompanhe. Descobri, Sterling, que se envolver em atividades caridosas tende a mudar a perspectiva de alguém sobre a vida.

— Não preciso que minha perspectiva de vida mude.

Mas ele precisava de *algo*, disso ela tinha certeza. Catherine deixou a caneta de lado e foi até o irmão.

— Gostaria que você me contasse sobre o desentendimento que teve com o papai. De verdade.

Catherine acreditava que a atitude atual do irmão tinha alguma relação com o que acontecera antes de ele partir. Sterling e o pai tiveram uma discussão acalorada uma noite. Ela ouviu os sons raivosos reverberando através das paredes, mas não conseguiu distinguir as palavras. Na manhã seguinte, recebeu uma carta de Sterling implorando para que ela não se preocupasse e dizendo que ele decidira viajar pelo mundo. Mal sabia, mas não o veria novamente até a morte do pai.

Sterling desviou o olhar.

— Como eu já disse, Catherine, isso não lhe diz respeito.

— Mas a respeito do que vocês falaram? — Ela o observou cerrar a mandíbula. Quando o tocou no braço, sentiu-o tenso. — Eu te amo, Sterling. Se houver algo que eu possa fazer...

— Me deixe em paz.

— Então você não está em paz?

Ele soltou um suspiro.

— Você se tornou uma mulher muito irritante.

Catherine sorriu, na esperança de tocar aquele lugar dentro dele que um dia abrigara um coração.

— Ah, você não faz ideia.

— Mais uma razão para eu não acatar o pedido de mandar seu dinheiro para outra pessoa. Claybourne com certeza vai se cansar de você em pouco tempo.

Ela riu com o pensamento.

— Ele gosta da minha teimosia e determinação. Gostaria que você o conhecesse melhor.

— O Conde Diabo? Ele é um assassino, Catherine.

— Sim, ele matou um homem...

— O tio dele.

— ... por um bom motivo. Não há nada que eu não admire no meu marido. Acho que vocês dois se dariam muito bem se desse uma chance a ele.

— Pelo contrário, suspeito que ele não gosta de mim, assim como os amigos dele.

Confusa, Catherine franziu a testa.

— E quando você teve essa impressão sobre os amigos dele?

Sem responder, Sterling voltou para a janela com o copo cheio mais uma vez.

— Se precisar de mim para alguma coisa, por favor, avise — disse Catherine enquanto pegava a bolsinha da mesa ao lado da poltrona em que estivera sentada.

— Siga em frente, Catherine. Não precisarei de você.

— Todos nós precisamos de alguém, Sterling.

— Espero mesmo não precisar.

Pois é, o irmão definitivamente precisava de algo... ou de alguém.

Frannie Darling.

No momento em que Catherine mencionou o nome da mulher, Sterling desejou que a irmã fosse embora. Ele apreciava as imagens que vinham à sua mente ao pensar na srta. Darling e, apesar das terríveis ameaças que recebera, não estava pronto para desistir da ideia de se relacionar com ela.

Depois que Catherine saiu — graças a Deus ela não decidira visitá-lo antes que todas as evidências de seu encontro desagradável com Swindler desaparecessem —, Sterling trocou seu conhaque refinado por uma garrafa de uísque, e o escritório pelo jardim.

Frannie Darling. Ele permitiu que o nome passeasse por sua mente e despertasse as poucas lembranças dela que havia guardado.

Maldição! Sterling queria apenas uma noite com ela. O que era aquela loucura que o possuíra desde que a conhecera? O cabelo ruivo era tão selvagem quanto ele imaginava que ela seria na cama. Os olhos eram verdes como a primavera. Os lábios eram carnudos e estavam prontos para serem provados. E o gosto daquela mulher já estava desaparecendo de sua mente, substituído por todo o conhaque que ele vinha bebendo na tentativa de conter sua impaciência enquanto ela pensava em sua proposta.

Uma mensagem dela chegara recentemente, e a antecipação que sentira era diferente de qualquer coisa que já experimentara. Até abrir e ler.

Vossa Graça,
Sua afiliação ao Dodger foi retomada.

Gentilmente,
Frannie Darling

Tão formal. Nem mesmo uma indicação de que ela pensara na proposta. Enquanto isso, Sterling não conseguia pensar em outra coisa.

Sentando-se no banco do outro lado do jardim, levou a garrafa aos lábios. Não era uma maneira muito civilizada de beber, mas ele não estava se sentindo muito civilizado nos últimos tempos.

Sterling passara as últimas duas semanas dentro de casa, esperando que os hematomas ao redor do olho e sobre a bochecha desaparecessem por completo. Com sua posição, ele não queria levantar suspeitas ou começar rumores de que estivera envolvido em algum tipo de briga — principalmente porque parecia ter sido o perdedor. Por Deus, quase fora atacado por um gorila na África e por um tigre na Índia, mas nenhuma das feras parecia tão mortalmente perigosa quanto Swindler.

Se ao menos Sterling tivesse previsto o golpe, poderia ter desviado ou revidado. Que inferno! No final de sua adolescência, sua visão havia tomado um rumo terrível. Parecera inofensivo no começo, apenas uma dificuldade em enxergar à noite, e óculos nenhum ajudavam. Então, sua visão periférica começou a se deteriorar aos poucos, como se usasse antolhos permanentes. Durante suas viagens, Sterling testara seus limites de maneiras que não podia fazer em Londres ou em suas propriedades. Agora, tinha dificuldade de admitir que não podia mais controlar alguns aspectos de sua vida.

Talvez tenha sido isso que o fizera se opor ao pedido de Catherine. Sterling não queria que a adorável srta. Darling obtivesse independência financeira naquele momento, pois isso poderia diminuir a probabilidade de ela aceitar sua proposta. Precisava dar a ela uma razão para desejá-lo com a mesma intensidade com que ele a desejava. E dinheiro era um motivador incrível. Então, talvez o duque fosse, sim, ao orfanato no dia seguinte. Aproveitaria a oportunidade para lembrá-la da proposta, talvez até sugerisse que se tornaria um benfeitor aos órfãos dela...

Ou será que ela ficaria ofendida com a oferta? Será que a srta. Darling consideraria degradante receber um favor em troca de uma noite de prazer? Talvez Sterling precisasse de mais de tempo do que planejara para seduzi-la, mas sairia vitorioso. Em algum momento, a vida lhe negaria seus desejos, mas essa hora ainda não havia chegado.

Satisfeito com o rumo de seus pensamentos, bebeu as últimas gotas da garrafa e recostou-se. Um momento de pânico tomou conta dele quando percebeu que havia escurecido. Maldição! Ele fora tolo por sair tão perto do anoitecer e por ficar tão absorto pensando na srta. Darling a ponto de não notar a escuridão cair.

De pé, focou as luzes que escapavam das janelas da casa. Estavam quase desvanecidas, difíceis de ver. Era sempre mais difícil distinguir o ambiente ao seu redor à noite, mas, se ele caminhasse devagar...

Nos últimos tempos, parecia que Sterling estava sempre indo mais devagar. E isso não era um luxo que ele poderia ter quando se tratava da adorável srta. Darling. Ele precisava se casar enquanto ainda podia fingir que não havia problemas com sua visão — o que significava que precisava logo satisfazer o desejo de provar e saborear todos os aspectos sensuais de Frannie Darling.

6

Ao chegar no portão do orfanato, Sterling não esperava encontrar a longa fila de carroças que fizera seu cocheiro desviar com bastante imprudência. Não esperava que o lar para crianças nos arredores de Londres fosse tão grande, ou que tivesse uma arquitetura tão requintada. Nem ver tantas pessoas correndo de um lado para o outro, levando móveis para dentro.

Quando seu cocheiro parou a carruagem, Sterling sentiu uma vontade repentina de não estar ali. Locais cheios, onde ele não conseguia enxergar com facilidade ao seu redor, tinham se tornado seu pior pesadelo.

Seu valete prontamente abriu a porta. Sterling estava prestes a dizer que ele instruísse o cocheiro a voltar para casa quando avistou Catherine e — maldição — foi visto por ela. A alegria no rosto da irmã ao vê-lo só serviu para deixá-lo ainda mais desconfortável.

— Sterling, você veio!

Enquanto ela corria em sua direção, Sterling percebeu que não tinha escolha, exceto suportar alguns momentos com toda aquela gente e todo aquele movimento. Ao saltar com agilidade do veículo, virou a cabeça para ver que seus valetes já haviam desembarcado da carruagem e estavam parados à espera de ordens. E ele pensara que a srta. Darling ficaria extremamente grata por sua generosidade em oferecer os próprios criados...

Imbecil. *Por que sentia tanta necessidade de impressionar uma mulher que crescera na rua?* Seu desejo deveria ser o suficiente. A maioria das mulheres que Sterling desejava ficava lisonjeada por sua atenção. Não exigiam mais do que isso.

Catherine parou na frente dele. Embora estivesse vestida de preto como mandava a tradição, ainda de luto pela perda do pai, seu vestido parecia uma roupa digna de uma lavadeira. Havia manchas de sujeira em seu nariz e em uma das bochechas, e o cabelo ameaçava se soltar do penteado a qualquer momento. Sterling nunca a vira tão feliz.

— Trouxe criados para ajudar — resmungou ele.

— Estou vendo. Frannie vai ficar encantadíssima! Entre. Vou avisá-la que você chegou.

— Você disse para ela que eu viria? — indagou ele.

E se Sterling tivesse mudado de ideia? Será que ela ficaria decepcionada?

— Não, claro que não. Mas ela é contadora, então gosta de controlar tudo. Vai querer saber que você veio ajudar.

Catherine tagarelava sobre todo o trabalho que ainda precisava ser feito enquanto o conduzia até a entrada. Ele podia ver agora por que a irmã queria doar dinheiro ao empreendimento. A manutenção seria monstruosa. A srta. Darling sem dúvida precisaria de financiamento para o orfanato. Contadores não recebiam salários exorbitantes.

Ao entrarem pela porta do edifício, Claybourne, que saía a passos largos, parou abruptamente.

— Sua Graça, que surpresa inesperada.

— Uma surpresa é sempre inesperada — retrucou Sterling, irritado por Claybourne parecer tão confortável ali, ao passo que ele se sentia decididamente bem longe de sua zona de conforto.

— Tem razão. Você pode colocar seu paletó no escritório do canto, é só arregaçar as mangas e...

— Eu trouxe criados.

— Frannie ficará feliz com a ajuda.

— Onde ela está? — perguntou Catherine.

— A última vez que a vi foi lá em cima. Ela deve descer daqui a pouco.

— Quero dizer a ela que Sterling está aqui.

Claybourne estreitou os olhos.

— Espero que saiba que ela é muito preciosa para nós.

Outro aviso? Claybourne não sabia que ele já havia recebido um?

— Assim como minha irmã é preciosa para mim — respondeu Sterling.

Catherine suspirou.

— Não sei por que vocês sempre parecem desconfiar um do outro.

Talvez porque soubessem como os homens pensavam. Sterling, que já estava ficando cansado de tudo aquilo e pensando em ir embora, olhou para a escada e, de repente, nada mais importava. A srta. Darling estava ali, parada na metade do caminho. Swindler estava um degrau abaixo, encarando-a confuso, como se estivessem descendo juntos e ela tivesse parado de supetão.

A lembrança que tinha dela não lhe fazia justiça. O que Sterling considerara imagens vibrantes não passavam de lembranças desbotadas. Pessoalmente, o cabelo dela era de um vermelho mais profundo, e ele sabia que os olhos seriam de um verde ainda mais sedutor. O vestido, abotoado até o queixo, instigava a sua imaginação, fazendo-o se perguntar se o que estava pensando existia mesmo em carne e osso. Sterling achava que nada seria mais satisfatório do que desfazer cada um daqueles botões a seu bel-prazer e descobrir os tesouros que escondiam.

Swindler disse algo para Frannie, mas não antes de olhar com desdém para Sterling. Ela olhou para o amigo e sorriu. O movimento lento dos lábios dela foi suficiente para quase deixar Sterling de joelhos. O que, em nome de Deus, havia de errado com ele? Ela nem estava concentrando seus encantos nele, mas ele estava encantado mesmo assim.

A srta. Darling começou a descer a escada. Swindler se juntou a ela, olhando dela para Sterling, como se pudesse ver o estranho vínculo que os unia. Sterling já sabia que o homem não gostava nada daquilo, e estava grato por não haver mais evidências roxas em seu olho.

— Sua Graça — cumprimentou a srta. Darling com uma ligeira reverência quando parou na frente dele.

Assim como Catherine, ela tinha uma mancha de sujeira na bochecha, e ele precisou colocar as mãos às costas para se impedir de limpá-la. O borrão, no entanto, não prejudicava sua perfeição. De certa forma, a deixava ainda melhor.

Ele se curvou.

— Senhorita Darling. Trouxe seis valetes para ajudá-la em seus esforços.

— Isso é muito gentil da sua parte. — Ela se virou um pouco. — Você já foi apresentado ao inspetor Swindler da Scotland Yard?

— Nós nos conhecemos — respondeu ele secamente.

A testa dela franziu um pouco ao olhar desconfiada entre os dois homens.

— Certo. Gostaria de conhecer o lugar, Sua Graça?

— Seria ótimo. Agradeço a disposição.

Quem sabe, durante o passeio, eles pudessem dispensar boa parte daquela maldita formalidade.

— Jim, poderia dar instruções aos valetes dele? — pediu ela.

— Talvez eu deva acompanhar você e o duque na visitação.

Apesar de as palavras terem sido para ela, o homem ainda examinava Sterling como se o considerasse algum depravado.

— Não será necessário. Quanto mais rápido colocarmos as pessoas para trabalhar, mais rápido vamos terminar, e assim poderei trazer as crianças. — Frannie tocou o braço de Swindler, e Sterling teve um desejo irracional de tirar a mão dela dali. Não queria que ela tocasse nos outros, queria que ela tocasse *nele*. — Por favor.

Swindler assentiu.

— Não consigo dizer não para você. Você sabe disso.

Então ele saiu andando, batendo com o ombro em Sterling ao passar. Sterling deveria ter antecipado que algum tipo de bravata aconteceria, mas estava distraído demais observando a srta. Darling, e, para deixar bem claro que escolhera ignorar o aviso que Jim e Jack haviam dado na outra noite, continuou a encará-la.

— Vamos voltar ao trabalho — falou Catherine, passando o braço pelo de Claybourne e levando-o para longe.

Sterling não tinha visto o suficiente das interações de Catherine com o marido para julgar o relacionamento deles, mas parecia que ela gostava de dar ordens e que Claybourne não tinha problemas em segui-las. Quando o casal estava longe o suficiente, a srta. Darling comentou:

— O andar de cima é um pouco chato. São apenas quartos de dormir.

— Quartos nunca são chatos.

Ela corou e olhou para o chão, e ele desejou ter mordido a língua antes de falar. Era óbvio que a deixara envergonhada. Por trabalhar no Salão do Dodger, onde mulheres muitas vezes proporcionavam companhia aos homens, a srta. Darling certamente sabia o que acontecia entre um homem e uma mulher dentro de um quarto. O duque se perguntou se ela estava pensando na proposta dele.

— Mas suponho que sejam todos muito parecidos — acrescentou ele. E ela levantou o olhar, mostrando a testa franzida, como se estivesse tentando determinar se Sterling estava se referindo à familiaridade dela com quartos ou à dele. — Por onde sugere que comecemos?

— Venha comigo, por favor — disse ela, e o conduziu por um corredor.

A srta. Darling abriu a porta e uma sala cheia de prateleiras revestindo uma parede foi revelada.

— A biblioteca, suponho — comentou ele. — Gosto muito de bibliotecas.

Corando, ela caminhou até uma grande janela com vista para um jardim onde várias pessoas trabalhavam. Ao que parecia, a srta. Darling estava determinada a fazer com que o orfanato se parecesse o máximo possível com um lar. Sterling pensou em fechar a porta, mas supôs, considerando os olhares que Claybourne e o inspetor lhe deram, que precisava tomar cuidado para não ofender ou passar a impressão errada. Além disso, se fechasse a porta, poderia decidir que um comportamento cavalheiresco não era mais necessário. Por estar na presença da srta. Darling de novo, sentia que a desejava ainda mais.

— Estou muito surpresa por você estar aqui — comentou ela, baixinho, virando-se para encará-lo. — Suponho que veio atrás de uma resposta.

— Na verdade, não sei por que vim. — Ele foi até ela e se permitiu observá-la. — Minto. Sei exatamente por que vim. Queria vê-la de novo.

— Estou no Dodger todas as noites. Cuido da contabilidade de lá, como já sabe.

— Mas imagino que eu seria impedido de acessar a área restrita do salão. Diga-me, srta. Darling, onde você mora?

— Tenho um apartamento nos fundos do Dodger.

Ele tinha ouvido que Jack Dodger fornecia quartos para alguns de seus funcionários. Frannie deveria estar gastando cada centavo que já ganhara naquele orfanato. Sterling olhou para os jardineiros trabalhando, cavando e organizando as plantas.

— Eu não esperava algo tão... sofisticado. O terreno e o edifício não devem ter sido baratos. Como vai mantê-los?

— Temos benfeitores. Luke, em particular, é muito generoso. Talvez queira fazer uma doação, Sua Graça.

O diabo estava dançando naqueles olhos verdes e brilhantes enquanto ela lhe dava um sorriso travesso. A luz do sol, que não estava presente na última vez que ficaram juntos em frente a uma janela, iluminou a srta. Darling. Ele notou então as leves sardas que salpicavam seu delicado nariz arrebitado. Sterling queria afrouxar os dois botões superiores do vestido dela, só para ter um vislumbre de seu pescoço. Desejava uma noite com aquela mulher, mas não queria que nada fosse apressado.

— O quanto isso a deixaria satisfeita, srta. Darling?

Ela lambeu os lábios que ele havia provado e desejava desesperadamente provar de novo.

— Estamos falando de uma contribuição para o orfanato, certo?

— Sim.

— E ela viria sem compromissos, sem expectativas de receber algo em troca?

— Sinto que ela deve, sim, acompanhar algo. Um sorriso, talvez. Quanto vale um sorriso para você?

A srta. Darling ficou claramente decepcionada. O que em suas palavras a incomodara?

— É errado precificar algo que nunca deveria ter um preço — afirmou ela.

— Tudo tem um preço, srta. Darling. Achei que você saberia disso, considerando sua criação.

— É muito presunçoso da sua parte, Sua Graça, acreditar que sabe como fui criada.

Sterling xingou baixinho. Frannie estava certa. Ele não sabia nada sobre a realidade da vida dela.

— Acredito que acabei lhe insultando…

— Viemos de mundos muito diferentes. Você nunca ofereceu algo a alguém apenas pela alegria de dar?

— Ah, mas isso ainda é um tipo de comércio. Você dá algo e, em troca, ganha alegria.

— Pensando assim, um sorriso deve ser a própria recompensa, e não uma exigência antes da doação.

— Já entendi que você é inteligente até demais. Tudo bem, então, vou doar quinhentas libras para seu orfanato.

— Obrigado, Sua Graça. Certamente vou sorrir por isso.

E ela o fez, abrindo um belo sorriso que iluminou todo o seu rosto. Sterling teria pagado dez vezes o valor para vê-la sorrindo para sempre, mas suspeitava que o dinheiro não era a chave para o coração da srta. Darling. Ele se interrompeu. Não era o coração dela que ele queria, e sim as curvas, a pele, o calor...

Antes que pudesse se convencer de que seria imprudente, Sterling a beijou, e não se surpreendeu ao descobrir que se encaixavam tão bem como quanto se lembrava. Ele sonhara com aquele beijo muitas vezes durante as últimas duas semanas. Ela tinha gosto de limão e açúcar. Sterling apostava que o antigo conde de Claybourne não era o único apreciador daquelas balinhas. Gemendo baixinho, a srta. Darling abriu a boca para ele e, de repente, sua mente ficou em branco, preenchida somente pela noção de como era maravilhoso tê-la nos braços outra vez.

Ela se encaixava nele como nenhuma outra mulher jamais fizera, como se pertencesse a ele. Sterling se xingou por não ter fechado a porta quando teve a chance.

Assim que ela o abraçou pelo pescoço e enfiou os dedos em seu cabelo, o desejo o dominou com uma intensidade voraz. Ele queria sentir a paixão dela sem limites.

Ofegante, Frannie se afastou. Sterling queria puxá-la de volta, pegá-la nos braços e carregá-la até a carruagem. Ele a queria em sua cama. Ele a queria devagar. O fogo da paixão queimando nos olhos verdes abrasou as chamas dentro dele. Sterling tivera experiências com mulheres em todos os países que visitara, mas não conseguia se lembrar de desejar uma mais do que ansiava pela srta. Darling.

— Venha comigo — pediu ele em uma voz rouca que mal reconheceu como sua.

Depressa, ela negou com a cabeça.

— Não posso. Tenho responsabilidades aqui — respondeu, tocando o queixo dele como se fosse voltar para outro beijo, mas logo abaixou a mão.

Sterling embalou o rosto dela com as mãos.

— Talvez, sem querer, eu tenha mentido antes. Parece que vim, sim, buscar sua resposta. E parece que a tenho.

Ela abriu a boca...

— Frannie?

A srta. Darling se afastou ao ouvir a voz de Swindler. O inspetor estava parado na porta, flexionando as mãos.

— Tem algumas poltronas que não sabemos onde colocar.

— Vou para lá logo, logo. — Apesar da resposta dela, Swindler permaneceu na porta, e ela voltou a atenção para Sterling. — Se me der licença, preciso cuidar de algumas coisas.

Ele não queria dar licença alguma, mas a resposta educada saiu de sua boca antes que pudesse detê-la.

— Sim, é claro.

— Fique à vontade para explorar a casa. — *Como ela conseguia se recompor tão rápido?* A srta. Darling se afastou um passo, mas logo olhou para trás. — Encontre-me no jardim em dez minutos para ouvir sua resposta.

Sterling a observou sair da sala com seu vestido simples que, por algum motivo, não parecia mais tão simples. Ela tocou o braço de Swindler. O inspetor a olhou, e algo carinhoso se passou entre eles. Sterling flexionou os dedos. Naquele momento, seria capaz de derrubar o homem com um único soco. Jesus, ele estava se sentindo possessivo como nunca havia se sentido antes.

Então Swindler olhou feio para Sterling, antes de seguir Frannie no corredor. Sterling voltou sua atenção para o jardim e pressionou a mão na janela fria, mas não conseguiu aliviar a fervura em sua pele, em seu sangue. Só uma coisa o acalmaria: uma noite com Frannie Darling.

Desde que encomendara a mobília, Frannie imaginava onde cada peça ficaria. Mas, naquele instante, ao olhar para a poltrona amarela, não conseguia se lembrar se ela deveria ficar na biblioteca ou no escritório de um dos funcionários. Ela simplesmente não conseguia pensar.

Frannie vira nos olhos azuis o momento exato que o duque decidiu beijá-la e, em vez de desencorajá-lo ou se afastar, ficou exatamente onde estava, recebendo o beijo de bom grado. Minutos haviam se passado, mas ela ainda conseguia sentir o gosto, o cheiro, o toque…

Frannie queria encontrá-lo no jardim, queria coisas que nunca poderia ter.

Alguém pigarreou e ela desviou o olhar para Jim, que estava esperando por sua resposta, observando-a como se estivesse procurando por algo.

— Para a biblioteca — respondeu ela com firmeza, decidindo que poderia mudar a mobília de lugar depois se estivesse errada. — Agora, se me der licença…

Jim entrou no caminho antes que Frannie desse mais que alguns passos. A preocupação nos olhos verdes do amigo era visível, mas ele sempre a olhava como se esperasse que ela fosse se despedaçar a qualquer momento.

— Ele não é um de nós — alertou Jim com a voz baixa.

— Catherine também não, mas ela e o Luke se dão bem.

— Porque ele é um deles.

Frannie não podia repreendê-lo por dizer aquilo que ela mesma havia pensado no casamento. Sabia que Jim se preocupava com ela. Todos se preocupavam. Às vezes, queria liberdade absoluta, embora a única vez que buscara liberdade tivesse terminado em desastre. Era provável que a situação com Greystone terminasse da mesma maneira: em arrependimento.

— É tão óbvio assim o que Greystone deseja, ou Jack lhe deu uma dica? — perguntou ela.

Jim tensionou a mandíbula, e suas bochechas coraram. Ela pensou na animosidade que sentira entre os dois homens.

— Você já falou com Greystone? — indagou ela.

— Eu entreguei uma mensagem.

— Do Jack?

— De nós dois.

Frannie os amava, de verdade, mas eles tinham que entender que ela era uma mulher totalmente capaz de tomar as próprias decisões.

— E que mensagem foi essa?

— Para que ele fique longe de você.

E ele havia ficado. Até aquele dia. De repente, uma suspeita se formou em sua mente.

— O que você fez com ele?

Cerrando ainda mais a mandíbula, Jim olhou para a parede.

Um misto de pavor, raiva e decepção a dominou.

— O quanto você o machucou?

Jim voltou a encará-la. Frannie sabia que ele nunca mentiria para ela.

— Não tanto quanto eu poderia, não tanto quanto eu gostaria.

Eles cresceram em circunstâncias difíceis, mas, às vezes, ela ficava cansada dos amigos.

— Você confia em mim? — perguntou ela.

— Com a minha vida.

— Então confie que saberei a melhor forma de lidar com esse assunto.

— Só não quero que você se machuque.

Ela sorriu com afeto.

— Também não quero me machucar.

— Ele não vai entender o que você está fazendo aqui. Um dos rapazes que trarei está cumprindo três meses de prisão por roubar uma coroa. E o pior: o menino nem sabe a diferença entre um xelim e uma coroa. As pessoas com quem trabalho acham que estão acabando com o crime quando prendem essas crianças que cometem pequenos delitos, como roubar uma maçã. Que tal perguntar ao seu duque quantas maçãs ele roubou?

— Ele não é meu duque, e por que acha que ele roubou algo?

— Pergunte a ele.

Ela apontou para a poltrona.

— Para a biblioteca.

Jim assentiu, embora Frannie soubesse que era a última coisa que o amigo queria fazer.

— Obrigada. E obrigada por se importar, Jim — emendou ela.

Frannie encontrou Greystone no jardim, observando com muita atenção o trabalho dos jardineiros. Tinha a impressão de que ele queria opinar sobre algo. Por que homens precisavam se meter em tudo?

Parou ao lado dele, mas Greystone estava tão absorto em estudar os jardineiros que não a notou, dando-lhe a oportunidade de observá-lo. O perfil tinha linhas retas, dominado por um nariz aquilino e uma mandíbula forte, um queixo robusto. Ele tinha uma pequena cicatriz na bochecha. O que era estranho. Ela não se lembrava de ver a cicatriz no primeiro encontro, embora o dia estivesse escuro. Será que era um resquício da visita recente de Jim?

Os cílios eram escuros, mais escuros que seu cabelo, e ela se perguntou se o cabelo dele ficaria da mesma cor que os cílios conforme ele envelhecesse. Ou será que apenas ficaria grisalho? Sim, ele teria um grisalho prateado, decidiu ela. Mais distinto. Afinal, viajara pelo mundo. Assumiria seu lugar na Câmara dos Lordes. Era um homem que poderia fazer a diferença, se quisesse. Sua determinação era evidente pela intensidade com que examinava uma tarefa tão simples quanto cavar terra — sem qualquer distração.

— Duvido que essas flores vão ser tão cheirosas quanto você — falou ele, baixinho.

O coração dela palpitou. Como Greystone tinha tanto poder sobre ela sem sequer tocá-la?

— E eu achando que você não tinha notado minha presença.

Virando-se de leve para ela, ele sorriu.

— Sempre noto a sua presença.

Frannie desejou ter mais experiência com flertes. Precisava deixá-los no mesmo nível naquele joguinho de conquista.

— Nosso jardim não deve ser nada comparado a todas as plantas exóticas que você viu durante suas viagens.

— Não existe nada mais bonito que um jardim inglês... com exceção da mulher nele.

Frannie sentiu as bochechas esquentarem com o elogio. No entanto, ela crescera em um mundo onde cada palavra e ação tinham o único intuito de enganar alguém para se ganhar vantagem.

— Não costumo ficar impressionada com elogios vazios, Sua Graça.

— Fico triste por achar que meu elogio seja vazio e que não tenha consciência do quanto é atraente. Devo assegurá-la, srta. Darling, que a acho linda e adorável. — Ele se inclinou para a frente. — Não tenho o hábito de beijar megeras feiosas.

Frannie conteve o riso e lutou para não cair no charme dele, mas sabia que corava cada vez mais.

Como se de repente percebesse a proximidade dos jardineiros e o risco de que ouvissem a conversa, Greystone olhou em volta e decidiu começar um assunto mais seguro:

— Você tem bastante terra aqui.

— Preciso deste tanto, e tenho planos para cada pedaço — afirmou ela, muito mais à vontade para discutir suas obras do que a si mesma. — Quer dar uma volta pela propriedade?

Frannie queria se afastar dos jardineiros, de qualquer um que pudesse ouvir o que, sem dúvida, se tornaria uma conversa muito pessoal. Greystone ofereceu o braço. Ela não ficou nem um pouco surpresa com a firmeza e a força que sentiu ao tocá-lo. Na biblioteca, o duque a havia puxado mais próximo dele, apertando-a em seus braços, e Frannie desejava que ele fizesse isso de novo.

Quando começaram a andar, ela disse:

— É mais forte que a maioria dos lordes, Sua Graça.

— Escalei uma montanha, srta. Darling.

— Jura?

Greystone sorriu.

— Bom, ao menos era uma colina muito alta.

— Não consigo nem imaginar as coisas que você viu.

— Eram todas incríveis. Mas, repito, não tão incríveis quanto você.

Frannie sentiu o calor dominar seu rosto de novo, assim como seu pescoço.

— Peço perdão, srta. Darling, mas gosto muito de deixá-la corada. Nunca achei que alguém que cresceu nas ruas coraria tão facilmente.

— Já se passaram muitos anos desde que morei nas ruas, e eu era muito jovem quando saí.

— Mas a rua nunca deixa alguém por completo, pelo menos é o que dizem. Não seria este o motivo para tudo isso?

Greystone gesticulou com o braço para abranger toda a terra que agora pertencia a ela.

Frannie ficou impressionada por ele ter estimado com precisão a importância de seus planos.

— Tem toda razão. Este lar é apenas o começo. — Ela apontou para o oeste. — Ali pretendo construir um dormitório para meninas. À medida que mais crianças chegarem, construiremos uma enfermaria e uma escola. Vamos usar quartos no prédio atual para esses serviços por enquanto, mas em algum momento vamos expandir, embora eu desejasse que isso não fosse necessário. Gostaria que não houvesse órfãos. Gostaria que não houvesse crianças sem rumo.

— E por que fez deles a sua causa?

Frannie não sabia se Greystone estava realmente interessado ou apenas se esforçando para prolongar a caminhada pelo terreno. Mas, se tinha aprendido alguma coisa naquela vida, era abraçar uma oportunidade quando ela aparecia e, se conseguisse fazer um duque entender seu ponto de vista, estaria um passo mais perto da vitória. Afinal, ele se sentaria na Câmara dos Lordes, assim como Luke. As crianças teriam pelo menos duas vozes para defendê-las.

— Suponho que seja porque meus melhores amigos são órfãos. Se não fosse por Feagan, eles sem dúvida viveriam e, com grandes chances, morreriam nas ruas.

— Então você não é órfã?

O que ela deveria responder? Era melhor não ter ninguém ou ter um pai de má reputação? Por que ela se importava com o que Greystone pensava dela ou de sua provável família? Talvez porque ele conseguia rastrear seus ancestrais por gerações. O duque sabia quem eram seus pais e avós. Frannie suspeitava que o homem deveria ter retratos de seus antepassados em sua mansão, assim como Luke tinha.

— Sinceramente, não sei se fui órfã ou se fui roubada. Acontece, sabe? Pessoas roubam crianças para criá-las e usá-las por motivos nefastos. Até Feagan, por mais generoso que fosse em fornecer comida e abrigo, nos mantinha por causa do que podíamos fazer por ele. Se você não cresceu nas ruas, não consegue entender quantas crianças sem rumo existem. Mesmo aquelas que não são órfãs têm pais horríveis. É um mundo sujo e assustador, e uma criança pode fazer qualquer coisa para escapar da própria realidade. Elas acreditam em promessas que provavelmente nunca serão cumpridas. E acabam presas e sendo transferidas para colônias penais. Meu objetivo é ajudar a mudar o caminho de pelo menos uma criança, e acredito que, em muitos aspectos, a Grã-Bretanha será um lugar melhor se isso acontecer.

Como de costume, ela se empolgara tanto falando de sua visão de mundo que perdera o fôlego. Eles pararam de andar, e Greystone se colocou de frente para ela. Frannie lembrou que ele já havia feito isso antes, ficado em sua frente para encará-la. Ela gostava disso, interpretava como um sinal de que ele não tinha medo de olhar uma pessoa nos olhos.

— O que você está fazendo é admirável.

— Não estou fazendo isso para ser elogiada. Eu não dou a mínima se o crédito pelo meu trabalho for para outra pessoa. Eu me importo apenas com as crianças.

— E eu aqui temendo estar competindo com outro homem pela sua atenção. O inspetor Swindler era um forte candidato.

— Jim e eu somos apenas amigos.

— Não sei se ele sabe disso.

É claro que sabia. Ou será que não? Mas Jim não era a razão pela qual ela finalmente entendera a resposta que precisava dar ao duque.

— Minha resposta é não... à sua proposta. Sobre...

— Sei bem que proposta é, pois é a única que fiz. E você é a única que a recebeu. — Ele não parecia zangado, mas Frannie detectou uma profunda decepção na voz dele. — Peço perdão, srta. Darling, mas não acho que uma noite em meus braços roubará de você qualquer coisa que deseja conquistar.

— Uma mulher das ruas não se importa muito em se deitar com um homem. Sou das ruas, mas gosto de pensar que não estou mais *nelas*.

Greystone assentiu.

— Eu a insultei com a minha oferta.

— Estranhamente, não. Fiquei até lisonjeada. Mas, quando me deitar com um homem, quero que seja porque ele me deseja por mais de uma noite.

— Isso pode ser resolvido.

Frannie não conseguia explicar por que aquele homem a encantava ou por que se deleitava tanto com as provocações dele. Mesmo Luke, que uma vez a pedira em casamento, nunca dera indícios de que realmente a desejava. Greystone a desejava, mas não a amava. Era bem possível que não tivesse afeição alguma por ela. Mas ele a queria. Ser desejada era algo que Frannie nunca tinha experimentado antes.

— Você é muito charmoso, Sua Graça, mas acho que, no fim, não vamos nos dar tão bem assim.

— Se Claybourne não estivesse vindo em nossa direção, eu poderia tentar convencê-la do contrário com outro beijo. No entanto, como exigi que ele se casasse com Catherine depois de vê-los se beijando, suspeito que ele não seria tão compreensivo se eu demonstrasse os níveis da minha paixão.

Querendo ou não, Greystone acabara de confirmar que casamento nunca seria uma opção para eles. O duque desejava o corpo dela, mas não o coração, e ainda assim Frannie não se sentiu insultada por isso como achou que deveria. Ela era realista, não sonhadora, e entendeu que eles vinham de mundos diferentes.

Greystone ergueu a mão dela e beijou seus dedos.

— Se mudar de ideia...

As pupilas dilatadas nos olhos azuis eram autoexplicativas, e ela teve a resposta para uma antiga dúvida. Mesmo se ela dissesse "não", ele *perguntaria* de novo.

7

Como a srta. Darling o decepcionara com a resposta, Sterling decidiu seguir com sua vida e cuidar de assuntos mais importantes. Era por isso que estava no baile daquela noite, embora a temporada estivesse terminando. Ele precisava dar uma olhada nas opções.

A aristocracia merecia créditos, pois sabiam o que estavam fazendo quando se tratava do mercado de casamentos. Esses pequenos eventos eram realizados para exibir a mais recente safra de damas casáveis.

Considerando o que ele tinha a oferecer, achou justo não mirar muito alto. Por outro lado, a mulher escolhida seria a mãe de seus filhos: o herdeiro do título e o filho reserva. E talvez ele tivesse um terceiro, só por garantia. Sterling odiava o primo que herdaria o título caso ele não tivesse filhos legítimos, então precisava de uma mulher de boa linhagem.

De pé, perto de algumas frondes e observando os casais dançando na pista, ele concluiu que escolher uma mulher de beleza mediana seria um erro. Esse tipo sempre era irritantemente grato por qualquer coisa. O duque precisava de alguém que fosse mais segura de si mesma, talvez até um pouco apaixonada por si mesma. Era imperativo que ela não fosse do tipo que exigisse ser amada ou se apaixonasse por ele. Amá-lo era um caminho certo para o desastre.

Embora não pudesse vê-la, Sterling sentiu a dama se aproximando dele porque sua fragrância azeda chegou muito antes dela.

— Sua Graça?

Virando-se na direção da voz que o chamava, ele sorriu para a anfitriã.

— Olá, lady Chesney.

A mulher sorriu contente. Ela era tão redonda quanto o marido — o que não era uma surpresa, pois sua casa ostentava a melhor cozinheira de Londres.

— Seria uma honra apresentá-lo a algumas damas que precisam de parceiros de dança.

— Agradeço a oferta, mas meus pés estão um pouco enferrujados. Acho que vou apenas assistir esta noite.

— Ora, Sua Graça. Lembro-me de como você dançava bem, era um charme. Impossível ter se esquecido de algo que parecia ser tão natural.

— Lady Chesney, este é o meu primeiro baile desde que retornei a Londres. Prefiro voltar com calma para a vida social.

— Mas é um *baile*, Sua Graça. Lady Charlotte é uma dançarina talentosa. Tenho certeza de que você ficaria mais confortável com ela...

— Eu não quero dançar — resmungou ele entre dentes cerrados.

Não conseguia dançar direito por conta de sua visão.

Lady Chesney pareceu tomar um susto e arregalou os olhos. *Maldição*. Ele se curvou um pouco.

— Peço desculpas, mas ainda estou de luto pela perda do meu pai. Seria inapropriado me divertir com uma dança.

— É claro, sinto muito. Isso foi insensível da minha parte.

— Tenho certeza de que alguns estão até questionando minha presença aqui, já que faz pouco mais de um mês desde o falecimento dele, mas... — Sterling olhou em volta, como se estivesse prestes a contar um segredo, e a mulher se inclinou para mais perto em antecipação. — Preciso de uma esposa e não quero esperar até a próxima temporada para escolher.

Os olhos dela brilharam de alegria.

— Ah, não se preocupe com isso! Os homens são perdoados por não levarem o luto tão a sério quanto as mulheres.

— Levo muito a sério, mas tenho um dever com o título que meu pai gostaria que eu honrasse.

— Ninguém ousaria questionar sua dedicação ao seu dever. Tenho certeza de que, assim que souberem que está mesmo em busca de matrimônio, não terá problemas para encontrar a esposa perfeita. Agora, se me der licença, preciso conversar com meus outros convidados.

E, sem dúvida, começar a espalhar o boato de que o duque de Greystone estava procurando uma esposa. Ótimo. Como Catherine estava honrando o período de luto, ela não podia ajudá-lo, então Sterling contaria com a ajuda de outras pessoas. Ele precisava de uma esposa o mais rápido possível.

Seu pai infelizmente tinha razão, maldito fosse. Pensar em seus próprios prazeres e viajar pelo mundo o colocara em uma situação complicada, mas ele não se arrependia nem um pouco.

Sterling voltou sua atenção para a pista de dança e decidiu que escolheria uma mulher bela. Afinal, teria que dormir com ela. E confiante, pois ela precisaria de força para o futuro. Um pouco egocêntrica. Sim. Alguém que diria a ele para ir ao inferno quando soubesse da verdade, e que continuasse com a própria vida.

Sem culpa, então. Ele a deixaria em Londres e se mudaria para o interior. Ele e o pai também brigaram por causa disso.

"Seu lugar é na Câmara dos Lordes", esbravejara o pai.

O lugar dele era no inferno.

Sterling avistou os lordes Canton e Milner caminhando em sua direção e assentiu com a cabeça. Até que gostava dos dois — estudaram juntos e jogaram cartas no Dodger em muitas ocasiões.

— Greystone, meu camarada — falou Canton. — Que história é essa de estar *procurando* uma esposa?

Lady Chesney era rápida.

— Assim você dará às mães motivos para esperar o mesmo de nós. Isso não é algo que se diz por aí — ralhou Milner.

— A temporada está quase acabando. Não tenho muito tempo. Achei que ser franco aceleraria o processo.

— Mas, meu Deus, Greystone, você só tem 28 anos. É jovem demais para ficar preso à mesma mulher todas as noites — apontou Canton.

— Se aprendi alguma coisa durante minhas viagens, senhores, é que a vida é incerta. Não pretendo deixar o ducado para meu maldito primo.

— Bom, não tenho como julgá-lo — respondeu Canton. — Wilson Mabry é mesmo um crápula.

— Você está sendo simpático demais com ele.

Wilson Mabry era a personificação dos sete pecados capitais.

Os dois cavalheiros que se juntaram a Sterling voltaram a atenção para a pista de dança.

— Minha irmã ainda não tem pretendentes — afirmou Canton. — Tenho certeza de que meu pai não se oporia a um pedido seu.

— Gosto da sua irmã, Canton, e por isso ela não está na minha lista.

Canton virou a cabeça com brusquidão e o encarou com um olhar questionador. Sterling deu de ombros.

— Eu me conheço melhor do que qualquer homem e não tenho dúvidas de que serei um péssimo marido. Suspeito que sua irmã vá querer pelo menos carinho, se não amor, em um casamento. Sou incapaz de me dispor a isso. Estou em busca de uma esposa que se contente em cumprir seu dever sem reclamar e que não espere mais do que posso dar.

— Então talvez você deva considerar lady Annabelle Lawrence — sugeriu Milner. — Pelo que ouvi, ela é incapaz de sentir um pingo de afeto. — Ele estremeceu visivelmente. — É fria como gelo, pelo que fiquei sabendo, e quer um marido que não interfira na vida dela.

— Onde ela está?

— Ali. — Milner acenou com a cabeça em direção à pista de dança. — Dançando com Deerfield.

Sterling avistou o casal logo de cara. Lady Annabelle exalava um ar de superioridade. Isso poderia ser bom depois que ele garantisse seus herdeiros, mas, até lá, a vida provavelmente seria miserável. Ela certamente era linda, com o cabelo preto...

Um lampejo de vermelho passou por seu campo de visão, e a atraente Annabelle foi esquecida enquanto ele procurava desesperadamente pelos convidados...

Sterling se sacudiu mentalmente. *Ela* não estaria ali. Frannie Darling não frequentava os mesmos círculos que ele — embora o duque vagasse pelos dela de vez em quando.

— Quer que eu o apresente? — perguntou Canton.

— No momento, não, obrigada. Vou sair para tomar um ar fresco.

Assim que saiu para o terraço, percebeu a tolice de sua decisão. Era sempre mais difícil enxergar no escuro. Com cuidado, ele caminhou até a beira do terraço e só respirou fundo quando alcançou o murinho da sacada.

Cabelo ruivo. Mas não era nem tão vibrante quanto o *dela*. Ninguém era tão vibrante quanto Frannie Darling.

Sterling podia ter qualquer mulher em Londres, mas a srta. Darling era a única que queria. Ela assombrava não apenas seus sonhos, mas todos os momentos em que estava acordado também.

Ele fora ao baile na esperança de se distrair da necessidade feroz que tinha de vê-la, mas ela estava dominando seus pensamentos apenas com um vislumbre de vermelho. Era estranho como seus devaneios sobre a srta. Darling não envolviam o prazer que ele poderia receber, e sim o prazer que poderia dar a ela. Como usaria as mãos e a boca para despertar as paixões daquela mulher, como a faria pegar fogo de desejo, como a voz dela soaria quando gritasse o nome dele.

O duque estava louco. Se pudesse vê-la mais uma vez, beijá-la mais uma vez, então talvez conseguisse seguir em frente com sua vida.

— Aqui! Ele tá aqui!

Frannie acelerou o passo, esforçando-se para acompanhar o garoto que agarrou sua mão na rua e a puxou para o beco. Ela estava quase terminando de fazer sua ronda noturna naquela área às margens de Londres, procurando crianças necessitadas, quando o menino se aproximou dela.

— Você é o anjo vermelho que leva os meninos prum lugar melhor? — perguntou ele, sem dúvida referindo-se ao cabelo dela, que ficava solto quando ela visitava aquela área de Londres porque sabia que a distinguia dos outros.

Frannie ficou feliz ao saber que estava ganhando a reputação de ajudar as crianças. Até o momento, ela conseguira acolher apenas oito meninos, mas a notícia de que ela fornecia um refúgio parecia estar se espalhando.

— Sou. Você quer vir comigo?

— Não, mas o Mick... acho que ele tá morrendo.

Ao se ajoelhar ao lado da criança encolhida, ela temia que o amigo dele estivesse certo. O menino fora claramente esmurrado e estava febril e trêmulo.

— Você pode ajudar? — perguntou o garoto.

— Posso. — Ou William Graves poderia, pelo menos. Como os pobres e indigentes se sentiriam ao saber que o homem que tratava de suas doenças sem cobrar também era o médico da rainha? Frannie segurou o braço do menino mais velho para impedi-lo de partir. — Mas não vou ajudá-lo a menos que venha comigo também.

— Não posso. O Sykes me mata.

Frannie não ficou surpresa ao descobrir que Sykes era o "responsável" por aquelas crianças. Ambos os meninos eram do jeito que Sykes queria: pequenos e magricelos. Ela também reconheceu a obra de Sykes no menino ferido.

— O que ele fez de errado? — perguntou Frannie.

O garoto ficou claramente desconfortável.

— Não roubou paninhos suficientes.

Lenços. O menino não havia atingido a cota diária. Sykes provavelmente o acusara de ser preguiçoso e decidiu que quase matá-lo motivaria os outros. Aquele homem não dava valor à vida das crianças. Ela acreditava que ele não valorizava a vida de ninguém, apenas a sua própria.

— Não vou deixar o Sykes machucar você. Juro.

Balançando a cabeça, o menino soltou-se da mão dela e correu para a escuridão antes que Frannie pudesse detê-lo. Com cuidado, ela pegou o outro menino ferido em seus braços. Frannie o salvaria, com a ajuda de Bill.

Então voltaria em busca de mais crianças — especialmente as que trabalhavam para Sykes. Já que não podia acabar com aquela brutalidade, o jeito era tirar o maior número possível de meninos do alcance dele.

Durante a semana seguinte ao baile, Sterling perdeu uma quantia inconcebível nas mesas de jogo, na esperança de ter um vislumbre da srta. Darling — e não teve a menor sorte em vê-la ou reconquistar suas perdas.

Aquela noite não era exceção, e o duque havia comprado suas fichas a crédito. O Salão do Dodger era civilizado neste quesito, e enviava um extrato com o valor devido ao fim do mês. Considerando a reputação de Jack Dodger, Sterling duvidava que alguém se recusasse a pagar a a conta. Mas, se isso acontecesse, será que seria a srta. Darling, contadora do estabelecimento, quem faria as visitas de cobrança? Seria uma oportunidade de vê-la, já que ficar ali tentando entender suas cartas não estava sendo nada frutífero. Sua mente não focava o jogo, e sua pilha cada vez menor de fichas era testemunha.

Por conta da visão limitada, Sterling sabia que ela poderia passar perto dele e que só a notaria quando fosse tarde demais. Perdeu as contas de quantas vezes considerou tentar acessar os escritórios, mas já vira Dodger usar uma chave com frequência suficiente para saber que a porta estava sempre trancada. Ele sabia que o apartamento dela era acessível pela escada do lado de fora e pensou em esperá-la no beco, mas já tinha recebido sua resposta. Sterling deveria respeitá-la e cuidar da própria vida.

No entanto, o fervor com que a srta. Darling falara sobre os órfãos o assombrava. Havia algo em sua vida com o qual ele se importasse com tanta paixão? Ele se importava com seu título, sem dúvida. As propriedades eram motivo de orgulho. Mas nada o consumia, não da maneira como Frannie Darling era consumida por seu desejo de ajudar crianças sem rumo.

Sterling estava acostumado a damas discutindo assuntos leves, como vestidos e chapéus. Ele desconfiava que a srta. Darling não tinha tempo ou paciência para tamanha frivolidade, e guardava seu entusiasmo apenas para o que era importante para ela.

Ele queria ser importante para ela.

Sterling continuara a oferecer o trabalho de seus criados todos os dias até saber que ela estava feliz com a organização de todos os móveis do orfanato. A srta. Darling lhe enviara um bilhete educado agradecendo o empréstimo de trabalhadores tão dedicados.

Então, ele lhe enviara as prometidas quinhentas libras, e ela escrevera garantindo fazer bom uso da quantia.

Cada carta era objetiva, sem emoção, indicando que a mulher seguira em frente com sua vida — assim como ele deveria fazer.

De repente, Sterling sentiu uma sensação estranha e perturbadora que já havia sentido antes. Olhando para as cartas, ele perguntou:

— Tem buracos para espionar aqui no clube?

— Por Deus... — resmungou o conde de Chesney sem desviar a atenção das próprias cartas. — Existem vários.

— E eles são direcionados para essa área?

— Hum... As varandas com cortinas acima. Pelo que ouvi, elas só são acessíveis pelos cômodos dos fundos, e só Dodger tem a chave.

A contadora dele também tinha.

Sterling ergueu o olhar para uma varanda sombreada no canto mais distante. Como não notara antes? Era muito longe, muito escuro para enxergar direito, mas, de alguma forma, ele sabia...

Frannie se afastou da pequena abertura pela qual estivera olhando. Maldição! Teve certeza de que o duque a vira espionando, pois sentiu o olhar dele como se estivesse ali, ao lado dela, acariciando seu pescoço.

Greystone estava elegante naquela noite, com um paletó verde-escuro, colete preto e calça cinza-claro. Será que ele tinha passado o começo da noite na companhia de uma dama antes de ir para o clube? Ela não gostava de pensar nele com outra mulher, o que era tolo da sua parte. Ele era um duque. Em algum momento, *casaria* com alguém que não seria ela. Greystone só queria uma noite com Frannie. Uma noite que certamente seria cheia de elogios encantadores, toques sensuais e beijos quentes. Uma noite que a deixaria com vontade de mais. Era melhor ter uma noite e desejar outra para sempre? Ou morrer se perguntando como poderia ter sido?

Frannie já conhecera muitos dos rapazes de Feagan, mas nenhum deixara seu corpo queimando de desejo. Ela havia pensado que poderia continuar com sua vida sem pensar mais em Greystone depois de dar sua resposta. Em vez disso, não parava de se perguntar se cometera um erro.

Se fosse o caso, será que teria coragem de admitir isso não apenas para si mesma, mas para ele?

O bar era barulhento, mas Feagan gostava de observar as atividades barulhentas enquanto saboreava gim no canto escuro. Ele se sentia solitário na casa silenciosa agora que as crianças tinham ido embora, mas não estava disposto a tentar substituí-las. Treinar crianças para serem ladras habilidosas dava muito trabalho. Ele conseguia sobreviver bem por conta própria, e não precisava de muito: um pouco de gim ou rum, quando a sorte sorria para ele; um tabaco bom para seu cachimbo; roupas suficientes para proteger seus ossos doloridos do frio; ensopado quente de vez em quando e um teto para evitar a chuva. Sim, ele se considerava um homem muito afortunado.

Uma sombra enorme bloqueou sua visão. Feagan ergueu o olhar e viu a única coisa que temia em sua frente.

— Senhor Sykes, a que devo o prazer?

Sykes puxou uma cadeira, sentou-se nela e inclinou-se para a frente.

— Você precisa conversar com sua menina. Ela está atrapalhando meus negócios.

— Frannie?

— Sim. Ela está andando pela minha área e pegando meus aprendizes. Você sabe bem o trabalho que dá treinar uma criança.

Feagan tomou um gole de gim. Sua Frannie sempre tivera um coração bondoso. Ela era a provável razão pela qual a maioria dos meninos havia ficado com ele, e a razão pela qual muitos partiram quando ela o deixara.

— Não sei como posso ajudar. Não a vejo desde que ela foi embora com aquele maldito lorde.

Sykes riu.

— Você sabe tudo sobre todo mundo. Sabe onde ela está e como entrar em contato. Diga a ela para deixar meus meninos em paz. Ela pode levar quantos outros quiser, mas não os meus.

Feagan enxugou os lábios rachados com a mão áspera.

— Vou passar o recado.

— É melhor mesmo. Eu odiaria que algo desagradável acontecesse com ela.

Antes que Feagan pudesse revidar o alerta, o homem partiu. Feagan olhou para o copo.

— Ai, Frannie, Frannie, Frannie... No que você está se metendo, hein?

Cobrindo a cabeça com o capuz da capa, Frannie caminhou pelas ruas de sua juventude. Era cedo o suficiente para que ainda tivesse pessoas aproveitando a noite, mas tarde o suficiente para que gatunos e prostitutas já começassem a aparecer. O que será que Greystone pensaria se ela o levasse ali? Se lhe mostrasse exatamente de onde viera?

— Que tal uma rapidinha no beco? — perguntou um homem, bloqueando seu caminho.

— Não, obrigada — respondeu Frannie, tocando a adaga escondida para sua segurança e passando de forma brusca pelo homem.

— Você não é daqui — disse ele, movendo-se para detê-la mais uma vez.

— Na verdade, sou sim.

— Você parece uma dama da alta sociedade.

— Estou indo encontrar um sujeito enorme e com mãos grandes que são muito boas em apertar coisas, como seu pescoço, então é melhor me deixar passar.

— Não o vi, mas ficaria feliz...

— Ah, ali está ele. Com licença.

Frannie se apressou, mas o homem não a seguiu, nem havia um sujeito grande esperando para encontrá-la. O maior homem que ela conhecia na região era Bob Sykes, mas ele era a última pessoa que ela gostaria de ver.

Percorrendo a multidão, Frannie ficou em alerta para dedos leves, embora não carregasse nada de valor quando visitava essa parte de Londres.

De repente, sentiu uma mão ossuda — mas surpreendentemente forte — puxá-la para o beco. Ela estava com a faca na metade da bainha quando reconheceu seu sequestrador.

— Feagan!

— Oi, Frannie, querida.

— Você me assustou. O que está fazendo aqui?

— Tenho algo pra você. — Ele puxou um rapaz pequeno e magro para a frente. — Mestre Charley Byerly.

Ela não via Feagan havia anos. Dezessete, para ser mais exata. Seu cabelo não era mais do mesmo tom de vermelho vibrante que o dela. Seu rosto estava mais enrugado. De alguma forma, Frannie esperava que ele continuasse sempre igual. Ela olhou de um para o outro. Odiava o fato de não confiar em Feagan. Sua aparência podia ter mudado, mas ela podia apostar que seu caráter era esculpido em pedra.

— Como ficou sabendo que estou atrás de meninos órfãos?

— Ouvi por aí.

Frannie se agachou na frente do garoto.

— Olá, Charley. Sou a Frannie. Vou te dar um lar.

— Não preciso de um lar.

Feagan deu um tapa na cabeça do menino.

— O que eu te disse, moleque? Seja educado.

O menino olhou Feagan com uma expressão teimosa.

— Você tem mãe ou pai? — perguntou ela.

— Eu não o traria se tivesse — resmungou Feagan.

— Charley? — insistiu Frannie.

— Não tenho ninguém e não preciso de ninguém.

Frannie pegou a mão do menino. Ela não queria ficar por ali por mais tempo do que o necessário.

— Quanto eu te devo, Feagan?

— Ora, Frannie, querida, por que estragar nosso reencontro assim? Por que acha que quero algo em troca?

— Porque você sempre espera algum tipo de pagamento. Você não é caridoso por natureza.

— Minha nossa, você virou uma moça durona.

Ela enfiou a mão em um bolso escondido.

— Eu só tenho uma coroa.

— Já tá ótimo, muito obrigado.

Frannie colocou a moeda na mão estendida dele.

— Gaste com sabedoria, Feagan.

— Eu sempre faço isso.

Quando ela se virava para ir embora, Feagan a segurou pelo braço e sussurrou:

— Sykes veio me ver. Você precisa deixar os meninos dele em paz.

— Levo os meninos que encontro. Não pergunto a quem eles respondem.

— Frannie, querida, não seja tola de mexer com o Sykes. Ele só ficou pior com os anos. Deixe os meninos dele em paz.

Mesmo na escuridão do beco, Frannie viu a preocupação nos olhos de Feagan. Olhos tão verdes quanto os dela. Aproximando-se, ela deu um beijo na testa dele.

— Não vou provocá-lo de propósito.

Feagan sorriu.

— Boa menina.

Mas, enquanto se afastava com Charley Byerly, também jurou a si mesma que *não* deixaria de aceitar um órfão só porque ele tivera o azar de ter sido recrutado por Sykes.

8

Sterling cometera um erro ao achar que a Grande Exposição estaria menos lotada após o último baile da temporada, quando a maioria dos nobres viajava para o interior. Segundo o que ouvira, uma quantidade surpreendente de pessoas enchia os corredores da exposição durante o verão. Como não se dava bem em multidões por conta de sua visão cada vez mais limitada, esperou até o outono, achando que o ambiente estaria mais tranquilo. Ledo engano.

Mas ele era teimoso e, apesar de ver a multidão fazendo fila para entrar no Palácio de Cristal quando chegou, não quis pedir ao cocheiro para dar meia-volta e levá-lo para casa. Uma coisa era não confrontar o inimigo, outra bastante diferente era recuar quando o confronto já estava posto. Seu problema de visão não estava tão grave a ponto de ele fugir com o rabo entre as pernas. Portanto, encarou a multidão.

O passeio estava indo bem, considerando tudo. Ele só precisava caminhar devagar pelos corredores, que felizmente eram imensos. Se esbarrava em alguém, pedia desculpas dizendo que estivera distraído com as maravilhas diante dele.

Mesmo ele, que tinha visto o Taj Mahal, estava fascinado pela estrutura de vidro e metal que abrigava exposições de culturas de todo o mundo. Sterling acreditava que o edifício em si era mais grandioso do que qualquer coisa que ostentava em seu interior. Era o ápice da engenhosidade britânica.

Enquanto olhava ao redor, tentando escolher uma direção, ele decidiu que aquele era um momento maravilhoso para se estar vivo. Dentro do enorme palácio, até um simples trabalhador podia conhecer o mundo além das costas da Inglaterra. Observar o espanto das pessoas era tão incrível quanto as próprias peças das exposições.

De repente, ele sentiu o paletó mexer e se virou para ver se esbarrara em alguém. Não havia ninguém por perto, apenas uma criança correndo para longe. Quando colocou a mão nos bolsos, descobriu que estavam vazios.

— Ei, seu ladrãozinho! Pare agora mesmo!

Mas o menino continuou correndo, então Sterling correu atrás dele. Era apenas um lenço, e não era como se ele não tivesse mais de dez em casa, porém era uma questão de honra.

— Pega ladrão! Ali!

A maioria das pessoas olhou ao redor em confusão. Aquelas que perceberam o que acontecia tentaram segurar o menino, mas pegaram apenas ar.

E como ele era rápido, o arteiro — ágil como um macaquinho. Se Sterling não tivesse viajado por continentes, muitas vezes carregando um rifle pesado ou suprimentos cruciais, teria ficado sem fôlego ao correr atrás do meliante. Infelizmente, o menino podia fazer o que Sterling não podia: correr por entre as pessoas de forma eficaz, enquanto muitas vezes o duque julgava mal a distância e esbarrava em quase todos, que soltavam arquejos de susto ao se afastar dele. No fundo, ele percebeu que a perseguição era inútil, mas estava determinado a não deixar o criminoso astuto escapar. O menino precisava aprender uma lição.

De alguma forma, Sterling conseguiu avançar e alcançar o menino quando ele estava prestes a virar em um canto escuro. Com raiva, abaixou-se e segurou o menino pela gola da camisa, puxando-o para o alto.

— Me solta! Me solta!

— Seu ladrãozinho! Vou levar essa sua carinha ossuda para a prisão.

Virando-se abruptamente, Sterling se viu cara a cara com os lindos olhos verdes que andavam assombrando seus sonhos.

— Sua Graça — cumprimentou a srta. Darling, sorrindo contente, obviamente tão feliz em vê-lo quanto ele estava de encontrá-la.

— Olá, srta. Darling.

O menino estava tentando escapar das mãos de Sterling, mas não conseguia se virar para atingir seu captor. O duque ficou tentado a soltar o diabinho apenas para beijar a mão da srta. Darling e cumprimentá-la adequadamente. Era irônico que ele tivesse passado tantas noites no Dodger tentando vê-la, apenas para acabar encontrando-a no meio de uma exposição lotada.

— O que Charley fez agora? — perguntou ela.

Sterling olhou para o menino que segurava e então notou que havia três outros meninos próximos, quase do mesmo tamanho, perto da srta. Darling.

— Ele é seu?

Ela assentiu, naquele momento parecendo frustrada e um pouco constrangida.

— O que você fez, Charley Byerly?

— Nada.

Mas o menino parou de se debater e abaixou a cabeça, como se tivesse perdido todas as forças.

— O que você fez, Charley? — repetiu a srta. Darling. — Se a Sua Graça tiver que me dizer, você terá que passar o resto da tarde na carruagem com o sr. Donner.

— Cruzes, ele não!

— Charley.

A voz da srta. Darling era tão severa, tão cheia de decepção, que Sterling estava prestes a confessar algo também, qualquer coisa para vê-la sorrir de novo.

— Peguei um pano — resmungou Charley.

Ela esticou a mão.

— Está tudo bem por aqui? — perguntou uma voz grave.

Sterling virou a cabeça e avistou um policial. Com tanta gente ao redor, não ouviu o homem se aproximando. Justo a pessoa que ele estava procurando havia alguns minutos. Bem, o policial poderia tirar aquele encrenqueiro das mãos de Sterling, arrastá-lo para a prisão e garantir que ele fosse punido por seus crimes.

— Sim, senhor, está tudo bem — respondeu Sterling. — Um dos meninos acabou se empolgando demais com as exposições e ficou indisciplinado, mas já está tudo sob controle.

Não era o que ele planejara dizer, mas decidira no último segundo que era o que *precisava* dizer para continuar bem-visto pela srta. Darling — o que era muito importante para ele.

— Está bem, então — falou o policial com autoridade antes de se afastar.

Sterling voltou sua atenção para a srta. Darling. Gratidão brilhava nos olhos verdes, mas ele não queria gratidão. Queria paixão, fogo, desejo.

— Seu braço deve estar ficando cansado. Acredito que você já pode colocá-lo no chão agora — comentou ela.

— Sou muito mais forte do que pareço, srta. Darling.

— E rápido, também — resmungou Charley.

— Ele vai tentar fugir se eu o soltar?

— Não. Você não vai, não é, Charley? Eu ficaria muito decepcionada se fizesse isso.

Charley negou com a cabeça. Para a surpresa de Sterling, o menino não saiu correndo quando seus pés tocaram o chão. A srta. Darling estendeu a mão novamente.

— Devolva, Charley.

O menino pegou o lenço que uma vez fora bem passado, mas agora estava todo amarrotado. Sterling esperava não precisar usá-lo antes de voltar para casa. A srta. Darling pareceu identificar o desgosto em seu rosto, pois disse:

— Vou lavá-lo e passá-lo antes de devolvê-lo a você.

— Agradeço.

Sterling estudou os meninos que estavam perto das saias dela. Um loiro, dois de cabelo preto como carvão e o diabinho de cabelo castanho que lhe roubara.

— As crianças são suas, então?

— Sim, do meu orfanato. Tenho trazido alguns quando tenho tempo, para que todos tenham a chance de ver pelo menos algumas das exposições. Estávamos indo almoçar quando perdi Charley de vista. Obrigada por tê-lo trazido até mim. — Ela olhou em volta como se estivesse prestes a pedir que ele roubasse o diamante Koh-i-noor, que fazia parte da exposição. — Vamos fazer um piquenique. Sinto que estou em dívida por causa do problema com Charley. Gostaria de vir conosco?

Ele fez uma reverência.

— Eu adoraria, srta. Darling.

Sentada na toalha que havia colocado sobre a grama, Frannie mal podia acreditar que Greystone não apenas aceitara seu convite como estava sentado ao lado dela. Ele abrira os botões do paletó bege para revelar um colete amarelo pálido. A gravata verde combinava perfeitamente com a pele bronzeada.

O sr. Donner, o cocheiro da carruagem de Luke, e o valete estavam de olho nos meninos que corriam pelo parque, gastando o excesso de energia. Frannie sabia que era difícil para eles se comportarem tão bem dentro dos limites da Exposição. Tinham acabado de sair das ruas e estavam acostumados a correr por Londres sem a supervisão de um adulto. Eram vividos demais para seus poucos anos de idade.

— Peço desculpas mais uma vez. Lamento muito que Charley tenha pegado seu lenço.

Greystone mordiscou um pouco de queijo.

— Eu não. Você tem ideia de quanto dinheiro eu apostei no Dodger tentando vê-la, mesmo que de relance?

— Cinco mil libras.

Ele arregalou os olhos, e Frannie deu um sorriso provocante.

— Eu sou a contadora, lembra?

Greystone soltou uma risada sincera, que a embalou, encantando-a de forma tão eficaz como se ele a tivesse abraçado.

Mas, de repente, ficou sério, e seu olhar azul capturou o dela.

— Estou intrigado, srta. Darling. Você deve ter algum interesse em mim, então, para se lembrar de quanto dinheiro eu apostei...

— Nunca afirmei não ter interesse em você, Sua Graça. Na verdade, considerando nossos encontros, acredito ser justo afirmar que não há dúvidas de que expressei interesse em você.

Ele se apoiou no cotovelo e se inclinou para mais perto.

— Diga-me, srta. Darling, você esteve me espionando no Dodger?

Frannie queria segurar o rosto dele e beijá-lo. Era apropriado que uma dama tomasse tal iniciativa? Será que Greystone a acharia devassa ou aceitaria o beijo? Ela engoliu em seco.

— Por que acha isso?

O duque arrastou um dedo pela palma da mão dela, como uma cartomante faria, e subiu para o pulso. Será que conseguia sentir a pulsação que acelerava?

— Às vezes, é como se eu pudesse sentir você me observando — sussurrou ele.

De repente, ficou difícil respirar, como se o espartilho de Frannie estivesse muito apertado.

— Estava apenas curiosa. Eu me perguntava se você havia voltado ao Dodger após o infeliz incidente de sua afiliação ter sido encerrada. Só isso.

Erguendo a mão dela, Greystone deu um beijo no centro da palma.

— Achei que uma criança de rua seria uma excelente mentirosa.

Normalmente, Frannie era muito boa, quando conseguia se concentrar. No entanto, aquele homem era hábil demais em distraí-la.

— Não é muito cavalheiresco chamar uma mulher de mentirosa na cara dela.

Greystone lambeu a pele dela, como se Frannie fizesse parte da refeição.

— Você me parece alguém que não gostaria de ser falada pelas costas, que prefere que o ataque venha pela frente.

Frannie achou que pegaria fogo. Para se recompor, puxou a mão de volta e ouviu a risada provocante dele. Então, observou os meninos passarem correndo, rindo sem um pingo de preocupação. Ela era a responsável por isso. Apresentara a felicidade a eles. E sabia como fazer isso porque conhecia o que era sofrimento.

— Você não está sendo um cavalheiro — repreendeu ela.

Greystone se sentou de forma que seu ombro estivesse quase tocando o dela.

— Você quer mesmo que eu seja um? Era isso que queria quando me espionou pelo buraco?

— Não era um buraco. Foi através das cortinas.

— De uma varanda escondida?

— Não muito escondida se souber onde procurá-la. Usamos para vigiar trapaceiros e encrenqueiros.

— E em qual dessas categorias eu me encaixo?

Por mais difícil que fosse, Frannie encarou os olhos azuis e percebeu que ele parecia estar se divertindo.

— Você está me provocando?

Estendendo a mão para trás dela, o duque arrancou uma florzinha amarela e roçou as pétalas ao longo do queixo de Frannie.

— Fico lisonjeado por você achar que vale a pena se dar ao trabalho de me observar. Agora tenho a esperança de que talvez esteja reconsiderando minha proposta.

Ela pegou a flor antes que o duque a deixasse louca de desejo, imaginando os dedos dele provocando o toque suave, em vez das pétalas.

— Não vou reconsiderar sua proposta.

— Que pena.

Mas ele não parecia decepcionado. Em vez disso, era como se não acreditasse nela. Frannie se lembrou de uma época em que era capaz de enganar o mais sagaz dos meninos de Feagan. Será que havia perdido suas habilidades? Ou será que Greystone era apenas muito bom em decifrá-la?

Ele apoiou o braço em um joelho dobrado.

— A carruagem é sua?

A mudança de assunto era mais que bem-vinda.

— De Claybourne. Ele me empresta sempre que preciso. Eu não uso o suficiente para investir em uma... e, claro, há a questão dos cavalos.

— Você não gosta de cavalos?

— Não gosto de ter que pagar para que sejam cuidados. Prefiro investir o dinheiro em crianças.

— Você deveria ter filhos, então.

Frannie riu, tentando ignorar a decepção conhecida. Era bobagem, porque ela sabia que qualquer um dos rapazes de Feagan ficaria mais do que feliz em lhe dar filhos. Mas ela queria mais. Queria uma família construída e cercada pelo amor.

— Acredito que já passei da idade em que um homem me consideraria como noiva. — Os meninos passaram correndo de novo, entretidos com alguma brincadeira que parecia envolver um deles tentando pegar o outro. — Além disso, Londres já tem crianças suficientes. Eu mencionei meu desejo de abrir uma escola, mas quero fazer mais do que ensiná-los a ler e a escrever. Quero dar a eles as habilidades necessárias para encontrar um bom emprego. A pobreza é um problema de todos. — Ela meneou a cabeça. — Desculpe. É que acredito que uma reforma social é mais que necessária, então acabo me empolgando quando falo dos meus planos, que muito provavelmente não lhe interessam.

— Tudo em você me interessa, srta. Darling.

— Devo reforçar que não sou uma mulher facilmente seduzida por palavras. Eu prefiro ações.

As pupilas dele dilataram. Frannie percebeu que se expressara mal quando ele respondeu, em uma voz baixa e sensual:

— Concordo totalmente. Talvez mais tarde...

— Você é um lorde, Sua Graça, e eu sou uma plebeia. Não tenho certeza se é permitido que sejamos amigos.

— Você é amiga de Claybourne.

— É diferente. Ele já foi um de nós. Não se rejeita aqueles a quem se deve muito.

— Parece, então, que devo encontrar uma maneira de você me dever... *muito*.

Frannie esperava que eles se separassem depois do almoço, mas Greystone continuou com ela, ajudando-a a controlar os meninos quando eles ficavam inquietos. Ele mostrou uma paciência inesperada com as crianças.

Quando chegaram à exposição de um elefante empalhado, Greystone se agachou na frente dos meninos e disse que havia montado em um de verdade. Todos ficaram de olhos arregalados e boca aberta.

— Você sentiu medo? — perguntou Charley.

— Nem um pouco. É um animal grande, mas lembre-se: na selva, nem sempre o maior animal é o mais perigoso. Você deve se preocupar com aquele que é o mais astuto, o mais inteligente. O mais sagaz.

— E que animal é esse?

Greystone sorriu.

— Ora, sou eu, é claro.

Os meninos gargalharam, e Frannie riu. Quando o duque ficou de pé e estendeu o braço, ela não hesitou em entrelaçar o braço ao dele.

— Então você era o animal mais perigoso da selva?

— Mas é claro. Até porque eu carregava um rifle.

Enquanto caminhavam, ela perguntou:

— Você realmente não sentiu medo?

— Às vezes eu ficava apavorado, mas esse era o ponto.

— Você queria sentir medo?

Frannie não conseguia se imaginar se colocando de bom grado em uma posição de medo.

— Queria testar minha coragem, minha determinação. Foi uma jornada de descobertas, principalmente sobre mim mesmo. O que descobri sobre o mundo foi simplesmente um bônus.

— E *o que* descobriu? Sobre você, digo.

— Que não sou tão fraco quanto pensava nem tão forte quanto esperava. Montei no elefante, mas evitei encarar o tigre.

Greystone parecia decepcionado consigo mesmo.

— O que provou que era de fato o mais inteligente e, portanto, o animal mais perigoso da selva.

Ele sorriu.

— Nunca pensei por esse lado. Acho que teria sido mesmo tolice acabar como comida de tigre...

Frannie sorriu para ele.

— Fico feliz que não tenha sido devorado.

— Eu também, srta. Darling. Caso contrário, teria perdido esses momentos com você.

Ao passarem pelas exposições do Egito, Greystone contou em um tom empolgado sobre as pirâmides, as esfinges e todas as memórias de suas viagens. Frannie estava fascinada com tudo o que ele tinha visto, com tudo o que tinha feito.

— Você teve uma vida bastante interessante, Sua Graça — disse ela ao saírem da Grande Exposição, conduzindo os meninos para onde o sr. Donner esperava com a carruagem.

— E há sentido em ter outro tipo de vida? — perguntou ele.

— Sempre ouvi dizer que você era um homem que pensava nos próprios prazeres primeiro.

— É bom saber que, às vezes, as fofocas são verdadeiras. E, por falar em meus próprios prazeres... embora o piquenique tenha sido adorável, temo que não é o suficiente para compensar o roubo que sofri.

Eles chegaram à carruagem. Enquanto os meninos entravam, Frannie encarou Greystone, surpresa ao descobrir que estava ansiando o que certamente seria outra proposta inapropriada.

— Então me diga o que compensaria o furto de um lencinho de seda, Sua Graça?

— A ópera.

— Perdão?

— Vá à ópera comigo esta noite. Jantaremos depois. Caso contrário, talvez eu tenha que mandar um policial ao seu orfanato para prender o sr. Charley Byerly.

— Você não faria isso.

O duque deu de ombros.

— Quer mesmo testar se julgou bem meu caráter?

— E eu estava começando a gostar de você... — respondeu ela, dando as costas para ele.

— Vou mandar minha carruagem para o Dodger às sete.

Ah, a arrogância do homem! Com o pé no degrau do veículo, Frannie olhou por cima do ombro e disse:

— Sete e meia.

Ele abriu um sorriso vitorioso que a deixou quase extasiada de antecipação. Quando se recostou no assento da carruagem, não conseguia se lembrar da última vez que se sentira tão feliz.

— Por que tá sorrindo como uma boba, srta. Frannie? — perguntou Charley.

Porque ela estava descobrindo que gostava de ter a atenção de um homem. Especialmente quando tal homem era o duque de Greystone.

9

As roupas que em geral usava eram simples o suficiente para que não precisasse de uma criada. Mas, para aquela noite, Frannie pediu a ajuda de uma das meninas de Jack.

Sentada e segurando um espelho de cabo prateado — um presente de Luke —, ela observava Prudence domar seu cabelo ruivo e selvagem, já que queria mais que um simples coque apertado naquela noite.

Frannie não tinha dúvidas de que aquele encontro não levaria a lugar nenhum. Afinal, ele era um duque, e ela era apenas... Frannie Darling. Mas era inegável que existia uma atração entre os dois, algo que ela nunca havia sentido antes com qualquer outro homem. E a maneira como ele a olhava — como se quisesse devorá-la — já não a assustava mais. Na verdade, até lhe agradava. Gostava de ouvir as histórias dele, ficara fascinada em como tinha sido gentil com os meninos, adorava o brilho que surgia no olhar dele sempre que a tocava de maneiras indevidas. O piquenique fora uma das experiências mais sensuais de sua vida, e Greystone apenas provocara a palma de sua mão. Ela queria sentir aquelas provocações por todo o corpo...

Era libertador ansiar por aquelas atenções. Mesmo que as coisas entre eles não tivessem ido além de um simples beijo, pela primeira vez queria compartilhar com um homem as intimidades de sua vida. Frannie achava estranho pensar que, embora tivesse crescido cercada pelos rapazes de Feagan, nunca sentira uma agitação tão profunda e carnal em seu interior. As risadas, as provocações e os olhares dos amigos não incitavam as emoções desenfreadas que sentia com Greystone. Era como se ele a estivesse tocando sempre, mesmo distante. Frannie não entendia por que ele era tão diferente dos outros, ou por que ansiava por sua atenção.

Todo vestido que Frannie comprava tinha apenas um objetivo: fazê-la parecer comum. Deixá-la confortável. Mas ela não queria parecer nem um pouco comum naquela noite.

Um ano antes, Jack — que adorava cores vivas e ousadas — havia comprado um vestido verde-esmeralda para ela. Certa vez, na privacidade de seu quarto, Frannie até o vestiu e valsou, fingindo ser algo que nunca seria: uma dama de verdade. Então sabia que o vestido se moldava com perfeição a suas curvas, e ficou com calor só de imaginar as mãos e os dedos de Greystone seguindo cada linha de seu corpo.

— Quem é esse que chamou sua atenção? — perguntou Prudence.

Distraída em seus devaneios — algo novo para ela que, até pouco tempo, mal pensava em homens —, Frannie hesitou em responder, pois não queria ouvir Prudence falar algo como: "Ah, ele é bom de cama, hein?! Estive com ele na semana passada".

— Seu segredo está seguro comigo, querida.

Frannie abaixou o espelho até o colo e traçou os dedos sobre o intrincado desenho na parte de trás.

— É Greystone.

— Não conheço.

Frannie sentiu uma onda de alívio. Prudence supervisionava todas as meninas. Se ela não o conhecia, era improvável que o duque fosse cliente das mulheres do salão.

— Ele é um cliente?

— É, sim. — Então, Frannie se virou na cadeira e olhou para Prudence. — Não diga nada a Jack.

Prudence fez beicinho com lábios carnudos que provavelmente já beijaram centenas de cavalheiros.

— Eu falei que não faria isso.

Com um aceno de cabeça, Frannie se virou.

— Eu sei. Só precisei enfatizar. Jack não aprovaria.

— Esse cara deve ter um título, então. Jack odeia a aristocracia.

Sem entender o porquê, Frannie se sentiu compelida a confessar:

— Ele é um duque.

— Caramba.

Pulando da cadeira, Frannie começou a andar de um lado para o outro. Era como se estivesse prestes a sair voando de nervoso.

— Minha nossa, Pru, será que estou cometendo um erro terrível?

— Depende do que você está esperando. É o que eu digo às minhas garotas. Você sabe que ele não quer casamento, certo?

Frannie respirou fundo, tentando acalmar as batidas erráticas de seu coração.

— Eu sei.

Encostada na penteadeira, ela estudou Prudence. Apesar de ser dois anos mais nova que Frannie, seu rosto revelava a dureza da vida que vivera antes de trabalhar para o Dodger. Seu cabelo loiro escorria pelas costas, e ela sempre usava trajes de seda que esvoaçavam ao seu redor e podiam deslizar pelo corpo com um mero movimento de ombros.

— Você já esteve com um homem sem ser por dinheiro? — perguntou Frannie.

— Aham.

— Você se sentiu suja depois?

Prudence jogou a cabeça para trás e deu sua famosa risada alta e rouca.

— Menina, não! Foi maravilhoso. Mas ele foi exilado, sabe? Pra Austrália. Às vezes, sonho que ele vai voltar pra mim. Uma mulher precisa sonhar, né? — Examinando Frannie, a mulher bateu a escova de cabelo na mão. — Precisa de dicas sobre como não pegar barriga?

Soltando uma risada constrangida com a ideia daquilo, o que quer que fosse, chegar ao risco de uma gravidez, Frannie começou a negar com a cabeça... mas então assentiu. Feagan lhes ensinara muitas coisas, dizendo que talvez eles nunca fossem precisar, mas conhecimento seria sempre uma vantagem em caso de apuro.

— Mas acho que não devo precisar de nenhum método preventivo, apesar de passar muito tempo pensando nele e me perguntando como seria se ele fizesse mais do que me beijar.

Prudence sorriu.

— Te beijou, é?

Sentindo-se como se fosse dez anos mais jovem, despreocupada e livre, Frannie teve uma vontade insana de soltar uma risada. Igual a uma garota que vira certa vez na rua, de braço dado com o namorado. Parecia tolice sentir tanta euforia nessa altura da vida...

— Não se atreva a contar ao Jack.

— Nem em sonhos. — Prudence deu um tapa no encosto da cadeira. — Senta. Vou terminar seu cabelo e contar o que sei.

Mas o que Prudence sabia, infelizmente, envolvia a cooperação do homem. Frannie não conseguia se imaginar discutindo assuntos tão íntimos com Greystone. E se não conseguia conversar sobre isso com ele, talvez não devessem fazer esse tipo de coisa para começo de conversa.

Mas, então, por que se dera ao trabalho de se arrumar? Seu cabelo estava lindo, preso e entrelaçado com fitas verdes. Frannie não sabia onde Prudence havia arranjado os enfeites, mas combinavam perfeitamente com o verde-esmeralda de seu vestido. Seus ombros estavam bastante expostos, e ela se sentia indecisa. Será que a visão faria Greystone beijar a pele visível? Ela queria que ele fizesse isso? Amaldiçoando a própria covardia, Frannie pegou um xale de seda e vestiu as luvas brancas de pelica que o avô de Luke lhe dera anos antes. Ela sentia que estava esquecendo alguma coisa, mas o quê?

Então lembrou de um presente que Feagan lhe dera no dia em que ela e os meninos se mudaram para a residência de Claybourne, deixando-o para trás. Frannie não queria ir, mas ele insistira.

"Vocês vão ter uma vida melhor, Frannie, querida. Eu não ensinei a ficar sempre de olho nas coisas grandes, e não nas pequenas?"

Abrindo uma caixinha de madeira entalhada, ela pegou com cuidado o colar de pérolas.

"Um presentinho pra se lembrar de mim."

Além do que estava vestindo no dia em que fora embora, era a única coisa que levara de sua vida pregressa, e, naquela noite, as roupas foram queimadas logo depois de ter tomado seu primeiro banho de verdade. Ela nunca tinha usado as pérolas antes, porque temia que tivessem sido roubadas e que alguém as reconhecesse. Elas não pareciam ter algum detalhe que as distinguisse, no entanto, então Frannie, que estava tremendo de nervosismo, decidiu que precisava de um pouco de Feagan com ela.

"Você é tão boa quanto qualquer um", dissera ele uma vez.

Respirando fundo, guardou o sentimento no canto de sua mente, onde armazenava lembranças preciosas.

Já estava escuro quando ela pegou uma bolsinha, saiu do apartamento e trancou a porta.

Frannie não ficava tão aterrorizada ou tão animada desde o dia em que ela, Luke e Jack fugiram da casa de Feagan para ir a um festival. Ele não teria se importado se tivessem dito que iriam, teria entendido que iriam lá para roubar. Mas, na noite anterior, Frannie havia pegado uma coroa da pilha de Feagan apenas para que pudessem aproveitar as festividades sem se preocupar em serem presos. Em vez de furtar, compraram o que queriam comer. No entanto, por mais que tivesse aproveitado o passeio, ela morrera de preocupação de Feagan descobrir que uma moeda estava faltando e ficar desapontado com ela. Uma coisa era roubar de estranhos, outra bem diferente era roubar dele.

Era assim que se sentia agora. Animada para ir, mas com medo de decepcionar os rapazes se eles descobrissem seus planos. Os amigos certamente não aprovariam sua ideia, pois sabiam tão bem quanto ela que nada duradouro sairia daquele envolvimento. Frannie seria apenas a diversão passageira de um lorde e, embora estivesse sendo tratada como uma dama a princípio, não seria nada mais que uma mera lembrança no fim.

Ela estava na metade da escada quando avistou Greystone, iluminado pela lâmpada a gás pendurada na porta dos fundos do Dodger. O beco não era bem iluminado, mas foi possível reconhecer a silhueta dele. A largura de seus ombros e as pernas longas o denunciavam. Ele tinha uma pose elegante.

O que Frannie tinha na cabeça para aceitar sair com um homem daquele?

— Senhorita Darling.

Ele fez uma mesura antes de estender a mão para ajudá-la a descer os últimos degraus. Frannie sentiu os dedos longos e fortes envolvendo os dela, e seu coração vacilou. Graças a Deus os dois usavam luvas. Ela ainda estava nos degraus, na mesma altura que ele, quando Greystone disse, com uma voz baixa e sensual:

— Você está linda.

— Qualquer um pode parecer lindo nas sombras.

Por que ela parecia tão ofegante, como se tivesse descido a escada correndo?

Greystone abriu um sorriso, como se entendesse que ela estava tão nervosa que poderia desfalecer ali mesmo.

— Minha carruagem está nos esperando.

Frannie desceu do último degrau e teria seguido em frente, mas o aperto dele em sua mão a impediu, e ela o encarou.

— Calma, srta. Darling. Vamos apenas à opera e jantar esta noite.

— Sei bem disso. Não esperava mais nada.

Desta vez, o sorriso de Greystone parecia chamá-la de mentirosa, mas ela não o contestou. Não podia negar que tinha sentimentos contraditórios sobre o preservativo que Prudence lhe dera — e estava guardado em sua bolsinha... só por precaução.

Frannie estava aliviada e desapontada por saber que o preservativo não seria usado.

Na carruagem, sentados frente a frente, eles seguiram pelas ruas de Londres, e Greystone não tirou os olhos dela. Para sua decepção, foi ela quem desviou o olhar primeiro. Sempre que ele a observava, Frannie ficava desconfortavelmente quente. Nunca sentira essa mudança inexplicável em seu corpo, nem mesmo quando era mais jovem e dormia na mesma cama que os rapazes de Feagan. Nunca tivera consciência do fascínio masculino tanto quanto na presença de Greystone.

Era intrigante e aterrorizante. Para distraí-los de onde a jornada que percorriam poderia levar, ela disse:

— Você sabia que Luke me pediu em casamento? Foi assim que ele e Catherine se conheceram. Ela ia me ensinar a ser uma dama aristocrática.

— Eu não sabia disso. Então por que não se casou com Claybourne?

— Sei muito bem que não pertenço à aristocracia.

— Mas aqui está você, com um aristocrata.

— Nós dois sabemos, Sua Graça, que não é bem um casamento que você tem em mente.

As pupilas dele dilataram quando ele a olhou da cabeça, com o penteado chique, aos pés, com os sapatos polidos.

— Não. Casamento não é o que tenho em mente.

Quase que por vontade própria, ela assentiu. Frannie não sabia bem o que estava reconhecendo. Sabia apenas que não estava ofendida com a franqueza dele. Na verdade, ficou aliviada. Preferia saber exatamente no que estava se metendo.

No entanto, mesmo com as palavras sinceras, Frannie temia não ter ideia do que estava fazendo.

10

Foi um milagre Sterling ter conseguido caminhar direto para a carruagem, sem tropeçar, depois de perder o fôlego ao vê-la descendo a escada. Só lhe ocorrera quando já estava a caminho de casa, depois de fazer o convite, que talvez a srta. Darling não tivesse nada apropriado para usar na ópera. Pensou em pedir que Catherine enviasse um vestido para ela — elas eram quase do mesmo tamanho —, mas era possível que Claybourne descobrisse sobre o pequeno encontro e Sterling ganhasse outro olho roxo. Por fim, decidiu que ficaria encantado em tê-la ao seu lado, independentemente do que estivesse vestindo.

No entanto, ao buscá-la, viu que ela estava estonteante. Felizmente, havia uma lamparina a óleo na carruagem para que pudesse observá-la no caminho até a ópera. A srta. Darling estava em silêncio desde que Sterling confirmara que casamento não fazia parte da oferta. Embora a quisesse apenas na cama, ele a queria da forma mais honesta possível. Nunca se utilizara de falsas promessas para atrair uma dama, e não faria isso com Frannie Darling. Ela merecia tanta consideração quanto as outras. Na verdade, merecia muito mais.

— Do jeito que está me encarando, parece que nunca viu uma mulher arrumada — comentou ela, por fim.

— Não estou encarando. Estou admirando. Nunca vi você vestida de forma tão provocativa. Por que não usou esse vestido no casamento da minha irmã?

— Era o dia dela, e ela devia ser o centro das atenções. Além disso, seria um pouco ousado para a ocasião.

— Eu gosto de mulheres ousadas.

Ela riu um pouco — um som incrível e mais adorável do que qualquer melodia performada pela orquestra mais habilidosa.

— Cuidado com o que diz, Sua Graça. Vou achar que é verdade.

— É a ideia, srta. Darling.

— Você parece estar flertando comigo, Sua Graça, mas lembre-se de que só aceitei seu convite porque ameaçou mandar prender um dos meus órfãos.

— Eu *pareço* estar flertando? Então preciso me esforçar mais para não deixar dúvidas.

— Prefiro que não. Que não se esforce mais, quero dizer.

— Muitas mulheres ficariam lisonjeadas de irem para a ópera com um duque, sabia?

— Talvez devesse ter convidado uma delas, então.

— Nenhuma delas me intriga como você, srta. Darling.

— Nós dois sabemos que essa paixonite não durará muito.

— Muito pelo contrário. Conheço homens que têm a mesma amante por anos.

A srta. Darling olhou pela janela, dando a Sterling a oportunidade de estudar seu perfil e a curva elegante de seu pescoço. Ele queria se sentar ao lado dela, trilhar beijos do ombro ao ponto sensível logo atrás da orelha, sentir o palpitar do coração contra seus lábios. No entanto, temia que ela fugiria tão depressa quanto Charley Byerly se Sterling fosse rápido demais, se tentasse tomar muito de uma vez. E, então, ele perderia a grande recompensa no fim.

Além disso, por mais estranho que parecesse, Sterling queria mesmo aproveitar a ópera com ela, depois desfrutar do jantar. Ansiava por tê-la em sua cama, é claro, mas também ansiava por muito mais. Queria criar lembranças que nunca desejara com nenhuma outra mulher.

— Por que acha que as mulheres fazem isso? — perguntou ela, baixinho. — Aceitam ser amantes em vez de esposas?

— Porque, às vezes, é a única maneira de terem alguém na vida, quando as circunstâncias ditam que casamentos aconteçam por outros motivos além do amor.

Devagar, ela voltou a encará-lo.

— Você já amou uma mulher?

— Suponho que esteja se referindo a algo diferente do amor fraternal que sinto por Catherine... — Era a vez dele de olhar para a janela. — Uma vez, achei que sim. Mas minha afeição por ela se transformou em antipatia tão rápido que não tenho mais certeza.

— O que aconteceu?

— Eu contei a verdade.

— Sobre o quê?

Sterling voltou a olhá-la.

— Sobre mim, srta. Darling. Apesar da minha posição e riqueza, não serei um bom marido. Portanto, considere-se sortuda por não haver esperanças de casamento entre nós.

Ela franziu a testa.

— E qual é o seu defeito?

— Senhorita Darling, tenho toda a intenção de seduzi-la, e sei que revelar meus defeitos não é o melhor caminho para isso.

— Devo ser franca e revelar que não tenho intenção nenhuma de ser seduzida.

— Gosto muito de desafios, srta. Darling.

— Vou me lembrar disso, Sua Graça.

— Você está nervosa por ir à minha residência mais tarde para jantar? — perguntou ele.

Ela negou com a cabeça e fixou o olhar nele.

— Não.

— Acho que nunca conheci uma mulher que me olha tanto nos olhos quanto você.

— Os olhos de um homem podem dizer muito. Se ele se irrita rápido, se é vingativo. Se é orgulhoso. Os orgulhosos são os melhores para se aplicar golpes.

— Achei que seriam os piores.

— Eles geralmente não relatam que foram roubados. Temem parecer tolos, então apenas substituem o item levado.

— Você diz isso com certo orgulho, como se acreditasse que roubar é algo honroso.

— Não posso negar que sempre tive uma certa satisfação em ser bastante habilidosa no que fazia. Fui a única do grupo de Feagan a nunca ser presa.

— Foram seus olhos, sem dúvida. Aposto que, mesmo que tivesse sido pega, poderia ter persuadido um juiz a liberá-la.

— Já me disseram que meus olhos são meu melhor atributo.

— Disseram? Você deveria saber disso só de olhar no espelho.

— Não costumo ficar me olhando nele, e certamente não me demoro quando preciso fazê-lo.

Fascinante. Sterling nunca conhecera uma mulher que não vivesse na frente do espelho.

— E por que não gosta de se olhar no espelho?

— Porque não consigo evitar olhar meus próprios olhos. A vida que vivi se reflete neles, e há partes dela que desejo esquecer.

— No entanto, foi essa vida que fez de você a mulher fascinante que é hoje em dia.

E Sterling estava fascinado com tudo sobre ela. Talvez prolongasse o momento de levá-la para a cama só para ter mais momentos como aquele. Mas seria difícil, pois sabia que a desejava demais para aguentar esperar por muito tempo.

A carruagem parou em frente à Ópera Real Italiana. Quando deixara a Inglaterra, o local se chamava Teatro de Covent Garden. Parecia que tudo havia mudado... O valete abriu a porta, e Sterling saiu para ajudar a srta. Darling a descer.

— Você já foi à ópera? — perguntou ele, oferecendo-lhe o braço.

— O antigo conde de Claybourne me trouxe uma vez. Achei incrível. Os figurinos, os artistas e a voz deles são inacreditáveis.

— Fico feliz em saber disso.

Sterling a guiou até o saguão, perguntando-se por que não se lembrara do quão cheio o local ficava enquanto as pessoas esperavam para se sentar. Lamentou que tivesse que se concentrar em seu entorno por um tempo, e não nela.

— Eu abomino a ópera.

A srta. Darling parou de andar, forçando-o a fazer o mesmo. Com sorte, poderiam ficar parados até que a maioria das pessoas achasse seu lugar.

— Então por que viemos? — perguntou ela.

— Porque foi a única coisa em que consegui pensar para fazê-la concordar em sair comigo.

Sterling não sabia se ela estava lisonjeada ou furiosa.

— O avô de Luke também odiava ópera. Sempre saíamos no meio da apresentação. Agora estou pensando em fazê-lo ver a apresentação inteira — disse ela, com um sorriso atrevido.

— Se lhe agradar, aceitarei meu castigo sem reclamar e até aplaudirei no final. Mas preciso confessar que tudo ficará mais suportável com você ao meu lado.

— Você tem muita prática em bajular uma dama.

— Admito que sou excelente na arte cavalheiresca. No entanto, não cometa o erro de pensar que minhas palavras são falsas.

— Você deve querer muito... o que deseja para assistir à ópera sem gostar.

— Para ser sincero, srta. Darling, o piquenique desta tarde foi o momento mais agradável que tive desde que voltei para a Inglaterra. Queria apenas estendê-lo, então cá estamos.

Sterling não sabia se suas palavras lhe agradaram, porque ela sorriu para algo — ou alguém — atrás dele. Ele se virou na direção e viu Marcus Langdon, primo de Claybourne e outrora herdeiro do título, aproximando-se com lady Charlotte Somner, filha do conde de Millbank. O homem não se parecia muito com Claybourne. Sterling suspeitava que tinha a ver com ele ter tido uma infância tranquila, enquanto Claybourne crescera no mundo do crime.

Com olhos prateados que refletiam tanta alegria quanto seu sorriso, Marcus Langdon fez uma reverência.

— Sua Graça.

— Senhor Langdon. Lady Charlotte.

Lady Charlotte o encarou, sorrindo.

— Sua Graça.

— E a srta. Darling. — O sr. Langdon pegou a mão dela e a beijou. — Que prazer vê-los aqui. — Ele se virou para a dama ao seu lado. — Lady Charlotte, permita-me apresentar a srta. Frannie Darling.

Lady Charlotte ignorou a apresentação. Em vez disso, focou toda a sua atenção em Sterling, abrindo um sorriso brilhante.

— Sua Graça, que adorável vê-lo aqui. Você precisa jantar conosco alguma noite e nos contar as histórias de suas viagens.

Langdon parecia perplexo com o comportamento rude da acompanhante.

— Lady Charlotte, você conhece meu primo, o conde de Claybourne. A srta. Darling é uma de suas amigas mais queridas e antigas.

— Ah, então ela é uma daquelas pessoas, é?

Antes que Sterling pudesse defender Frannie Darling, ela mesma disse:

— E que pessoas são essas, lady Charlotte? Aquelas que se preocupam com os pobres e indigentes da nossa sociedade? Que veem o sistema de justiça criminal como tudo, menos justo?

— Aquelas que carregam a sujeira das ruas em suas saias. Se me derem licença, preciso ir ao toilette. Ficar aqui me fez sentir terrivelmente suja.

Com isso, a mulher se virou e marchou para longe.

— Nossa, meu Deus! — gaguejou Langdon. — Minhas sinceras desculpas, srta. Darling, Sua Graça, eu não fazia ideia...

A srta. Darling tocou o braço dele.

— Não se preocupe, sr. Langdon. É lamentável que alguns tenham uma opinião tão baixa sobre mim, mas garanto que não perco o sono por causa disso.

— Mas, ainda assim, meu primo...

— Não ouvirá sobre esse incidente de mim.

Langdon assentiu, um tanto aliviado, e Sterling percebeu que o homem estava preocupado com a possível ira de Claybourne. Tendo sofrido com a visita de Dodger e Swindler, o duque dificilmente o culpava.

— Você é muito gentil, srta. Darling — disse Langdon.

— Não sou nada disso. Não se pode responsabilizar alguém pelas ações de outra pessoa. Aproveite a ópera.

— Vocês também. — Ele assentiu para Sterling. — Sua Graça.

Então se afastou para encontrar a bastante desagradável lady Charlotte, que, sem dúvida, havia caído no conceito do sr. Langdon. Uma pena para ela, pois Sterling ouvira rumores de que Langdon agora trabalhava para o primo e tinha um salário muito generoso.

— Você passa por isso com frequência? — perguntou Sterling baixinho, voltando sua atenção para a srta. Darling.

— Não, porque eu fico longe da aristocracia o máximo possível.

— Nem todos nós nos comportamos de forma abominável.

— Nem todos, mas muitos. Podemos nos sentar agora?

— Prefere ir embora?

— De jeito nenhum. Posso estar ensanguentada, mas ainda consigo levantar minha espada.

— Você é singular, srta. Darling. Estou muito honrado de estar na sua companhia esta noite.

Sterling estendeu o braço e gostou de senti-la entrelaçar-se a ele.

— Veremos como você se sentirá amanhã, quando os rumores já tiverem se espalhado.

— Você é muito intolerante quando se trata da aristocracia.

— Sou apenas realista.

As palavras dela o abalaram. Ele não havia dito o mesmo a Catherine?

Sterling a acompanhou em direção à escada, grato por perceber que não era difícil andar pela multidão quando ela estava ao seu lado.

— No casamento da minha irmã, seus amigos a cercaram para protegê-la da falta de consideração dos outros, não é?

Depois de chegarem ao camarote dele e se sentarem, a srta. Darling respondeu:

— Quando eu era bem mais jovem e morava na casa de Claybourne, o avô de Luke organizou um chá da tarde no jardim com algumas garotas da minha idade. Elas chegaram em carruagens e eram lindas. Riam de uma forma delicada e doce, muito diferente das risadas altas que eu ouvia nas margens da sociedade. Então, fiquei animada ao pensar que poderia ser como elas. Naquele dia, elas me machucaram sem me tocar. Ensinaram-me que palavras podem cortar como uma faca. Queriam saber sobre a vida nas ruas, e eu cometi o erro de dizer a elas que dormia na mesma cama que Luke, Jack e Jim. Que eu ainda dormia com Luke, às vezes. Elas transformaram algo inocente em uma ideia feia. Dormir nos braços de alguém em quem se confia pode ser muito, muito bom. Mas, depois daquilo, nunca mais dormi com eles. Nunca lhes disse o porquê. Aquelas garotas tiraram isso de mim, e eu deixei.

A srta. Darling recitava os fatos sem emoção, mas Sterling sabia que ela devia ter ficado muito magoada. Ela tinha uma bondade imensa que ele nunca vira antes. Era impossível imaginá-la machucando alguém de propósito. Ele tinha vergonha de admitir que sabia que vários conhecidos a veriam apenas como uma diversão e nada mais.

— Diga-me quem são essas mulheres, e eu buscarei justiça — falou ele.

Ela lhe ofereceu um sorriso caprichoso.

— Foi há muito tempo, Sua Graça. E não guardo rancor. Embora eu deva admitir que, às vezes, sinto falta de ter alguém com quem dormir.

Estendendo a mão, Sterling arrastou o dedo enluvado pelo braço nu dela.

— Podemos resolver esse problema. Hoje à noite mesmo, se quiser.

— Acho que quer fazer muito mais do que dormir, Sua Graça.

— Você deveria tomar isso como um elogio, srta. Darling. Desde que voltei à Inglaterra, não fui atrás de nenhuma outra dama.

— À primeira vista, isso é admirável de sua parte. — A srta. Darling deu um sorriso travesso. — Mas também suspeito que você não considera todas as mulheres como damas.

— Muito poucas, na verdade.

As luzes foram apagadas, e Sterling amaldiçoou a escuridão. Mesmo a iluminação do palco não afastava as sombras de seu camarote. Ele não conseguia mais ver a srta. Darling com clareza. Podia apenas sentir seu aroma doce, memorizar a forma de sua silhueta e prestar cada vez mais atenção no calor de seu corpo tão perto do dele.

Inclinando-se para perto dela, ele sussurrou:

— Fique tranquila, eu a considero uma dama.

— Uma que você deseja levar para a cama.

Tirando a luva, ele passou o dedo pelo ombro exposto quando o xale dela caiu ligeiramente.

— Isso não é um insulto. Eu sou muito exigente.

Ele estava perto o suficiente para ouvi-la engolir em seco antes de responder baixinho:

— Eu também, Sua Graça.

Desencostando dela, Sterling se acomodou no assento. Frannie Darling não se entregaria com facilidade. Felizmente, ele adorava desafios.

11

No meio da ópera, Frannie decidiu ser misericordiosa e sugeriu que eles partissem. Ela queria evitar o tumulto na saída, e não estava conseguindo prestar atenção na peça com Greystone a observando. Não que isso a incomodasse. Se fosse sincera, estava bastante lisonjeada por ele parecer incapaz de tirar os olhos dela. No entanto, era difícil relaxar daquele jeito, já que estava nervosa imaginando aonde o jantar poderia levar.

Quando a carruagem parou em uma enorme entrada, ela teve seu primeiro vislumbre da residência de Greystone. Sempre achara a casa de Claybourne magnífica, mas aquela era monstruosamente grande e de uma elegância ímpar. A porta da carruagem se abriu, e Greystone saltou com graça antes de estender a mão para ela. Frannie reuniu coragem, colocou a mão na dele e saiu do veículo. Olhando para toda aquela grandeza e apoiada no braço do duque, ela o seguiu pelos degraus largos, tendo a súbita percepção de que Catherine havia morado ali. Ela e Catherine eram mais próximas agora, então, de certa forma, era como ser convidada para a casa de uma amiga.

Uma amiga que tinha um irmão muito charmoso e perigoso.

Dentro da residência, conforme ele a guiava pelos corredores, Frannie lutou para não ficar boquiaberta com os retratos, mas conseguia reconhecer Sterling Mabry nos rostos de muitos de seus ancestrais. Como devia ser maravilhoso conhecer seu passado, saber de onde veio... Frannie não sabia nada sobre sua família. Alguém lhe dera à luz. Será que sua mãe fora casada? Será que fora uma criada ou uma dama? Será que ela fora fruto de uma paixão? Ou, como Frannie temia: será que era o resultado de um encontro violento e indesejado e, portanto, era uma criança indesejada?

Greystone a levou para uma salinha que parecia fora de lugar em uma residência tão grande. Era decorada com poltronas acolchoadas e um sofá. Perto da lareira, onde um fogo brando crepitava, havia uma mesinha redonda com uma toalha de renda. As chamas das velas estrategicamente posicionadas bruxuleavam, deixando a maior parte do cômodo na penumbra, exceto a área onde jantariam. As cortinas estavam abertas e revelavam um jardim iluminado por lamparinas. No canto da sala, um homem segurava um violino. O coração de Frannie palpitou. Ela não tinha certeza do que estava esperando. Em geral, jantares eram servidos em uma grande sala, pelo menos assim acontecia na casa de Claybourne. Ela nunca esperara nada tão romântico. Sabia que Greystone a queria levar para a cama, mas aquilo tudo sugeria algo muito maior que um encontro apressado.

Frannie tomou um susto quando o duque deslizou os dedos por cima do ombro dela, tirando lentamente o xale. Ele devia ter dado algum sinal para o músico, pois as notas suaves do violino encheram a sala.

— Calma, srta. Darling — sussurrou ele no ouvido dela. — É apenas um jantar.

Assentindo, Frannie virou-se para o duque. Tudo aquilo a deixava nervosa porque temia que tivesse julgado muito mal o que Greystone tinha em mente. Se ele tentasse conquistá-la com romantismo, será que ela conseguiria sair da cama dele sem sentir uma enorme perda?

— Você se esforçou bastante.

— Não fiz nada. — Ele deu um sorriso travesso. — Mas meus criados fizeram. Gostou dos esforços deles?

— Está tudo adorável.

— Fico feliz que esteja satisfeita.

Levantando a mão dela, ele começou a tirar a luva.

— Consigo tirá-la sozinha — afirmou Frannie, sem fôlego.

— Prefiro fazê-lo, se não se opor.

Ela meneou a cabeça, sentindo o coração pulsar enquanto os dedos quentes percorriam sua pele nua. Nem percebera que ele já havia tirado as próprias luvas. Greystone tinha mãos tão leves quanto as dela... Embora ainda não estivesse arrependida de ter aceitado o encontro daquela noite, Frannie estava bem ciente de que ele poderia ser mais perigoso do que qualquer homem com quem ela pudesse esbarrar durante sua busca noturna por órfãos.

Após beijar a ponta dos dedos descobertos, Greystone focou em tirar a outra luva. Ela o imaginou fazendo o mesmo após remover suas roupas, beijando cada parte revelada.

Quando as duas luvas foram retiradas, ele as colocou sobre o xale, guiou Frannie até a mesa e puxou a cadeira que tinha a melhor visão para o jardim iluminado.

— A música é um detalhe agradável — afirmou ela ao se sentar, tentando soar despreocupada e temendo ter falhado miseravelmente.

Queria parecer sofisticada para ele.

— Não gosto de silêncio. Na selva, é um sinal de que o perigo está próximo.

Ele acenou com a cabeça e, de repente, o vinho e a comida foram servidos.

— Como é uma selva de verdade?

— Quente. Tem muitas árvores, plantas, cipós, macacos gritando e insetos chilreando. Então, de repente, tudo fica quieto, e você sabe que um predador está por perto.

— Você sentiu medo?

— Na verdade, me senti revigorado. Foi um desafio físico e mental. Tínhamos guias, é claro, mas eu e lorde Wexford, meu companheiro de viagem, às vezes passeávamos por conta própria. Quase morri uma ou duas vezes. Até isso foi emocionante.

— Você ficou empolgado com a possibilidade de morrer?

— Parece tolo, eu sei. E até imprudente. Meu pai não teria gostado, mas era como se apenas nossa sobrevivência importasse. A vitória era inebriante.

— Você realmente montou um elefante?

— Sim. Em um camelo também, e ele chacoalha bastante. Achei que ia perder todos os meus dentes.

Ela riu.

— Não consigo imaginar como tudo deve ser tão diferente daqui.

— Tenho alguns desenhos das minhas viagens. Posso mostrar depois do jantar, se quiser.

Frannie mal notou quando um valete reabasteceu sua taça de vinho e serviu um segundo prato.

— Você é um artista, então? — comentou ela, enquanto provava a carne.

— Amador, eu garanto. Wexford experimentou com fotografia, mas era muito difícil fazer os animais selvagens ficarem parados. No entanto, ele tirou fotos bem bonitas de algumas *paisagens*. Agora chega de falar de mim, srta. Darling. — Ele a observou por cima da borda da taça de vinho enquanto tomava um gole. — Estou mais interessado em ouvir sobre você.

— Temo que me ache entediante depois de todas as suas viagens emocionantes.

— Garanto que nunca fiquei tão intrigado por nenhuma mulher quanto estou por você. Os meninos que estavam com você hoje, o sr. Byerly em particular, pareciam um pouco endiabrados. Como acabaram sob seus cuidados?

— Se Jim acredita que uma criança presa tem chances de reabilitação, ele a traz para mim. Os quatro de hoje já conheceram a prisão. Quero que saibam que a vida é mais do que as ruas de Londres.

Greystone acariciou as costas da mão dela com o polegar. Era confortável e hipnotizante, pensou ela ao encarar os olhos azuis.

Frannie continuou:

— Admito que tenho interesse em crianças que se envolvem em atividades criminosas. São as mais vulneráveis. Se forem pegas, suas punições tendem a ser severas, mesmo quando seus crimes são pífios. — Ela se lembrou do que Jim dissera. — Se me permite a pergunta, Sua Graça: você já roubou uma maçã?

O duque manteve os olhos em Frannie ao continuar as carícias na mão dela e tomar mais um gole de vinho. Então, assentiu.

— Sim. O que tem?

— Você não acha que foi errado?

— Eu devia ter uns 8 anos na época e... era só um jogo. — Ele proferiu as últimas palavras em um tom mais baixo, como se tivesse chegado a uma conclusão repentina. — As crianças que cometem crimes também acreditam que é tudo um jogo...

— Na maioria das vezes, sim. Quando uma criança é muito pequena, ela acha que o que lhe é ensinado é como as coisas devem ser. O objetivo de um bolso é guardar itens que podem ser pegos. Uma banca de comida está montada para diverti-la, como um desafio. Pegue uma maçã e veja se consegue escapar do vendedor. É uma brincadeira da qual ela quer participar. Se não tem ninguém dizendo que é errado, como você vai saber?

— Se não pertence a você...

— Essas crianças não têm posses. Elas não entendem o conceito de propriedade. Quando são pegas, são mandadas para a prisão, às vezes até transferidas para outro continente, só por roubar uma maçã ou alguma bugiganga insignificante cujo valor não é nem um punhado de moedas. As punições delas geralmente são severas. A situação dessas crianças na justiça é inconcebível. Cresci neste mundo. Felizmente, o homem que me criou não batia nas crianças, mas nos ensinou a roubar e nos usou para ganhar dinheiro. — Ela balançou a cabeça. — É difícil amar alguém quando, no fundo, você sabe que essa pessoa não é perfeita.

Greystone esticou o braço e passou os dedos na bochecha dela.

— Eu arruinei o que deveria ser uma noite agradável.

— Não, fui eu quem arruinou tudo. As crianças são minha paixão, e me empolgo quando falo delas.

O duque ficou bastante sério.

— É exatamente sua paixão que me intriga tanto. Podemos dar uma volta no jardim antes de eu levá-la para casa?

Greystone falara a verdade, então. Apenas ópera e jantar. Frannie deveria se sentir aliviada. Em vez disso, temia que estivesse sendo atraída discretamente para a cama dele justamente por ele não a convidar. Mas não naquela noite. Naquela noite, ela estava segura.

— Posso ver seus desenhos primeiro?

Sterling ordenou que a mesa fosse esvaziada, dispensou o violinista, pegou seus desenhos e dois copos de conhaque. Ele nunca tinha oferecido conhaque a uma mulher, mas Frannie Darling aceitou sem objeções. Ela devia beber de vez em quando. Afinal, trabalhava em um estabelecimento que vendia destilados em abundância.

Eles se sentaram no pequeno sofá. O plano de sedução não estava saindo exatamente como ele esperava. Sterling já deveria tê-la nos braços, mas era inegável que estava gostando muito daquela noite, aproveitando como não fazia havia tempos.

— Um leão — explicou ele, enquanto ela estudava o primeiro esboço.

— Consigo ver. Ele parece tão... majestoso.

Sterling ficou feliz pela srta. Darling enxergar o que ele tinha tentado capturar: a essência da fera.

— Não é de se admirar que ele seja chamado de rei da selva. Quando ruge, meu Deus... Não importa onde esteja, você sente um arrepio. E vê-lo... Posso afirmar que é um animal orgulhoso.

— Pensei o mesmo de você quando o vi pela primeira vez na recepção do casamento. — Ela o encarou, levemente corada. — Você se porta com uma confiança que Luke está apenas começando a exibir. Não questiona o respeito que lhe é devido.

— Não a mim, mas ao meu título.

— Mas você é o título agora, não é?

Sterling assentiu. Nunca questionou que um dia teria o título, mas agora se perguntava se a mulher ao seu lado seria mais receptiva se ele não o tivesse.

— Você sabe quem é sua família — continuou ela —, conhece seus antepassados. Você deve apreciar o legado que lhe foi passado. No meu caso, é como se não houvesse ninguém antes de mim.

Ele não conseguia nem imaginar como era não conhecer a própria ascendência. Quão vazia seria a sensação de achar que você surgiu do nada?

— Deve haver uma família Darling a quem você possa pertencer. O seu inspetor poderia fazer investigações...

A risada autodepreciativa que surgiu em seguida foi tocante. Ela o seduzia, sem malícia ou arrogância.

— Não. Não faço ideia do meu nome verdadeiro. Frannie Darling era apenas um apelido carinhoso que aceitei como meu nome. É muito fácil para as pessoas adotarem um nome diferente e começarem de novo na cidade. Quando Feagan acolhia uma criança, ele sempre mudava o nome dela para protegê-la, para lhe dar um novo começo.

Colocando o braço na parte de trás do sofá, ele deslizou o dedo pela pele cremosa dos ombros expostos. Depois de tudo, já tinha uma vaga ideia dos tesouros que as roupas simples dela escondiam.

— Então você não sabe absolutamente nada sobre sua ancestralidade?

— Nada. E não sei se isso é uma bênção ou uma maldição. Luke é filho da nobreza. O pai de Jim foi enforcado. Sabemos apenas que a mãe de Jack o vendeu. Será que meus pais eram cidadãos íntegros e eu fui roubada? Ou eram da escória da sociedade? Não sei.

Se Sterling estivesse considerando algo permanente com ela — o que não estava, mas se estivesse —, sem dúvida a confissão de Frannie o faria repensar. Era da natureza da nobreza casar-se com a nobreza, com aqueles com quem havia uma herança comum, junto da compreensão e da apreciação de seu lugar na sociedade. Ele não se considerava melhor, mas apoiava-se nos ombros daqueles que vieram antes dele, e as ações de seus antepassados lhe garantiam privilégios e exigiam dele certos deveres e comportamentos. As expectativas sempre foram altas.

— Você gostaria de saber? — perguntou ele.

— Acho que depende da resposta.

— Qual resposta você preferiria?

— Não sei. Ambas deixam muito a desejar.

Como se quisesse mudar de assunto, a srta. Darling voltou sua atenção ao bloco de desenhos e virou a página, revelando um macaquinho.

Falar sobre suas viagens de repente pareceu muito chato. Sterling queria continuar conversando sobre *ela*, porque queria saber tudo da vida dela. Mas mais do que isso: queria vê-la sorrir de novo, então aceitou o desejo dela e levou a conversa para um terreno mais seguro e menos emocionante.

— Esse carinha nos adotou, ficava sentado no meu ombro de vez em quando.

— Você é muito habilidoso para capturar imagens.

Ele sempre observou com muita atenção o mundo ao seu redor, sempre gostara de esboçar o que via. Presumiu que esse passatempo era uma das razões pelas quais começara a notar a mudança em seu mundo. Demorou um pouco, mas percebeu que seu campo de visão estava diminuindo.

— Sempre gostei de desenhar. — Sterling passou o dedo pelo pescoço dela. — Acredito que desenhar você seria ainda mais gratificante.

— Não sei se gostaria de posar para um retrato.

— Talvez eu possa convencê-la do contrário, durante minha missão de convencê-la de *outras* coisas.

O duque envolveu o pescoço dela. Os olhos verdes se arregalaram um pouco antes de se estreitarem provocativamente. Sterling prometera se comportar naquela noite, mas pedira o impossível a si mesmo. Ele não achava que a srta. Darling fosse inocente, mas a inocência aparecia de vez em quando em seu sorriso, em seu flerte hesitante. Ela era uma combinação de sobrevivência e bondade. Era alguém que ousava e inventava suas próprias regras quando as que existiam não lhe serviam. Com o polegar, ele acariciou o queixo dela, sentindo a maciez e o pulso acelerar.

— Gostaria de alterar nossos planos para esta noite.

— É mesmo?

Ela parecia ofegante, e seu pulso pareceu triplicar o ritmo. No entanto, não havia medo nos olhos verdes. Apenas antecipação, encorajando-o a continuar.

— A ópera, o jantar… e um beijo.

A srta. Darling deu um aceno quase imperceptível. Qualquer outro homem poderia não ter visto, mas Sterling estava acostumado a examinar o mundo ao seu redor, a gravar cada detalhe em sua mente para o dia em que tudo seria uma grande escuridão.

Ele pretendera conquistá-la com delicadeza, mas o vestido sedutor que ela usava fez com que sua mente fosse dominada por imagens provocantes durante a maior parte da noite. Então, quando encaixou sua boca na dela, foi com propósito. Era estranho como seu próprio coração acelerava quando ela correspondia. Durante suas viagens, Sterling devia ter se deitado com centenas de mulheres de todos os países que visitara. Entretanto, não desejara nenhuma com a ferocidade que desejava Frannie Darling. Enquanto explorava a boca dela com a língua, não conseguia pensar em nada ou ninguém tão doce ou tão saborosa. Afastando-se dos lábios convidativos, Sterling a beijou no pescoço. Ela deixou escapar um leve gemido e pendeu a cabeça para trás, dando-lhe acesso mais fácil. Ele aproveitou para lhe mordiscar a orelha.

— Quero soltar o seu cabelo.

— Pode soltar — respondeu ela em um suspiro, como se já pudesse sentir os fios descendo por seus ombros.

O cabelo ruivo parecia seda sob seus dedos enquanto Sterling procurava os grampos que seguravam o penteado. Alguém tivera muito trabalho para amarrar aquelas fitas, mas ele conseguiu soltá-las e jogá-las no chão com facilidade. O penteado começou a se desfazer, e ele apoiou as mechas sobre um ombro delicado. A cascata ruiva fez um montinho no colo dela.

— Lindo... — sussurrou ele.

— É indisciplinado.

Ele sorriu.

— Eu gosto de indisciplina.

Ansioso, Sterling retomou o beijo. Sabia que Frannie Darling não era inocente. Afinal, era impossível trabalhar em um lugar como o Dodger e resguardar sua inocência. Mas, às vezes, ela parecia hesitar. Como se estivesse se perguntando se explorá-lo com a língua era permitido, ou se ele se oporia. Sterling quase falou que nunca se oporia a nada que ela fizesse, mas não queria desviar a atenção dos dois. Embalando um seio na mão, saboreou a sensação e deslizou o polegar sobre o mamilo dela, sentindo-a reagir ao toque. Queria senti-la com a língua. Então, fez um caminho de lambidas e beijos do pescoço macio ao decote revelador, fazendo o corpete dela deslizar para baixo com um dedo e dando à sua boca acesso a um seio e a um mamilo rosa-claro.

Ofegante, ela deixou a cabeça pender ainda mais para trás, perdida em êxtase.

Como se seguindo uma dança ensaiada, Sterling a deitou de costas no sofá e se ajoelhou no chão, mas logo se amaldiçoou. Não queria que nada com Frannie Darling fosse igual ao que fizera com outras mulheres. Não queria que nada fosse fácil. Ela era diferente de maneiras que ele não conseguia explicar, por isso queria explorá-la sem pressa.

Segurando o rosto dele, Frannie o puxou para mais um beijo profundo e ávido. Ela resistira tanto que Sterling havia começado a duvidar de que ela o desejava com o mesmo fervor que ele sentia. Mas estava ali: a paixão, a ânsia, a *necessidade* de ser tocada.

O duque interrompeu o beijo e mordiscou o queixo dela antes de dar toda a sua atenção ao único seio exposto.

— *Perfeição* — sussurrou, antes de fechar a boca sobre o mamilo eriçado.

Frannie grudou o corpo ao dele, fincando os dedos em seus ombros. Ela era tão indomável quanto os animais que Sterling observara na selva. Não era uma dama da aristocracia. Não reprimia nada, deixava as mãos passearem pelo cabelo dele, ao longo do peito, sob o colete, como se quisesse tocá-lo em todos os cantos e estivesse frustrada com o fato de que havia pouca pele exposta. Mas seria impossível parar se começasse a tirar a roupa. Sterling quebraria sua promessa e a tomaria ali mesmo, sem pensar nas consequências. Ainda sem se convencer de que ela queria mesmo tudo o que ele tinha a dar, o duque deslizou a mão por baixo da saia e subiu os dedos pela perna dela.

Frannie estremeceu e gemeu quando ele chegou ao seu destino: seu centro molhado.

— Calma — murmurou ele enquanto salpicava beijos no rosto dela.

Frannie estava tão molhada, tão quente, tão pronta para aceitar o que ele ainda não podia oferecer sem remorso... Era a primeira vez que hesitava com uma mulher. A primeira vez que questionava as próprias ações. A primeira vez que desejava que a mulher iniciasse o que ele terminaria com alegria. Ela estava tomada pela paixão, febril de desejo, mas Sterling não queria que Frannie se arrependesse ou que fosse além do que desejava.

Ela se agarrou a ele, contorcendo-se conforme Sterling usava os dedos e a boca para levá-la ao êxtase. Quando Frannie arqueou as costas, ofegante, ele a beijou, engolindo seu gemido de prazer. O corpo aquecido vibrava contra os dedos dele, arrancando-lhe um profundo suspiro de satisfação.

Sterling nunca dera prazer sem receber em troca, mas parecia imperativo que ele não a tomasse por completo naquela noite — embora seu membro estivesse pulsando de dor. Afastando-se, ele viu os olhos verdes cheios de fascínio e lágrimas. Frannie desviou o rosto.

— Não se afaste de mim — implorou o duque.

— Você disse apenas um beijo.

Embalando o rosto dela com as mãos, Sterling lhe ofereceu um sorriso irônico.

— Receio ter me empolgado com a vontade de lhe dar prazer.

Frannie fechou os olhos com força, e uma lágrima rolou por sua bochecha. Inclinando-se, ele beijou a gota.

— Não é motivo para chorar, coração.

— Eu nunca... eu não sabia — gaguejou ela, rouca, como se sua garganta estivesse entupida de lágrimas.

Surpreso, ele perguntou:

— Ninguém nunca lhe deu prazer antes?

Ela negou com um balançar rápido de cabeça, e Sterling desviou o olhar para onde havia levantado as saias dela, para as pernas esbeltas...

Ela era virgem? Como? Ela trabalhava no Dodger...

Como contadora, não como prostituta, seu imbecil.

— E quanto a você? — perguntou Frannie suavemente.

Sterling voltou a encará-la.

— Como assim?

— Você não... você não terminou — falou ela, com as bochechas vermelhas.

— Não, não terminei, mas prometi que não passaríamos de um beijo. Cumprirei minha promessa esta noite — garantiu ele, beijando os dedos delicados.

Não era de se admirar que os outros fossem tão protetores com ela.

Dentro da carruagem, Greystone a abraçava como se estivesse relutante em deixá-la partir. Frannie não esperava por aquilo. Na verdade, ele estava sempre a surpreendendo.

— Quero vê-la de novo — disse ele baixinho.

— Não sei se isso seria sensato. Somos de mundos diferentes, Sua Graça. No seu, sou apenas uma noite. No meu, você será apenas uma lembrança.

— Acho que, depois de tudo o que compartilhamos, você pode me chamar de Sterling.

Por mais que doesse, Frannie disse:

— Não somos iguais.

Eles viajaram o restante do caminho em silêncio, o que confirmou que ela tinha razão. Não importava quais sentimentos pudessem florescer entre eles, a posição de cada um na sociedade, determinada em seu nascimento, sempre iria separá-los.

Quando chegaram ao Dodger, Greystone a acompanhou escada acima, até a porta do apartamento.

— Obrigada por compartilhar esta noite comigo, srta. Darling. Seu diabinho está a salvo de ser preso.

Ela tirou a chave da bolsinha e destrancou a porta. Olhando por cima dos ombros, respondeu:

— Sinceramente, Sua Graça, acho que ele nunca correu qualquer risco.

Antes que ele pudesse confirmar ou negar, Frannie entrou e fechou a porta atrás de si. Demorou bastante até ela ouvir passos descendo a escada. Tanto que ela quase abriu a porta e o convidou para entrar.

Greystone lhe dera um presente extraordinário naquela noite. O que sentia por ele havia se aprofundado. Se algo mais tivesse acontecido, dificilmente teria conseguido fechar a porta atrás de si.

Enquanto se preparava para dormir, Frannie ficou com a impressão de que sua pele parecia mais sensível. Antes de ir para a cama, colocou a mão no bolso do vestido que havia usado na Grande Exposição e tirou o lenço que ainda precisava lavar e passar. Então, deitou-se na cama, apagou a lamparina e rolou para o lado, apertando o lenço contra o nariz para sentir o cheiro de Greystone. Era, sem dúvida, o mais perto que chegaria de passar a noite com ele.

Infelizmente, por mais reconfortante que fosse, não bastava.

12

— Sua Graça, que esplêndido receber a sua visita — falou lorde Millbank enquanto entrava na sala onde Sterling aguardava para ser anunciado.

— Milorde.

— Eu estava mesmo querendo saber sobre suas viagens. Por favor, sente-se, fique à vontade e me conte tudo. Já pedi para trazerem uma xícara de chá…

— Temo que esta não seja uma visita social.

Millbank mexeu no pouco cabelo que sobrava em sua cabeça.

— Não?

— Não. Eu fui à ópera ontem à noite.

— Um lugar horrível. Aposto que a ópera foi projetada por mulheres para atormentar os homens.

— Seja como for, sua filha também estava presente.

— Qual delas? — perguntou ele, estreitando os olhos, como se não acreditasse que Sterling conhecesse suas filhas.

— Lady Charlotte.

— Ah, sim, ela devia estar lá com o sr. Marcus Langdon. Acredito que ele gosta dela, mas, se você tiver interesse… — Millbank deu uma piscadinha — … Charlotte deve voltar a qualquer momento depois de fazer suas visitas matinais.

A mãe dela ficaria muito feliz em acompanhá-los em um passeio pelo jardim.

— Meu interesse por sua filha decorre apenas do fato de ela ter insultado a dama que me acompanhava ontem, o que é o mesmo que me insultar. E não aceito insultos com elegância.

O homem arregalou os olhos.

— Mas é claro que não! Não sei o que Charlotte tinha na cabeça.

— Por favor, informe-a de que ela não deve se aproximar de mim caso nossos caminhos se cruzem outra vez.

Millbank assentiu.

— Falarei com ela. Sim, pode deixar.

— Tenha um bom dia, Millbank.

O duque tinha dado apenas três passos em direção à porta quando Millbank perguntou:

— Posso perguntar quem era a dama?

Sterling não parou nem olhou para trás, apenas respondeu:

— Tudo o que importa é que ela é *minha* dama.

Uma afirmação bastante ousada, refletiu Sterling enquanto voltava para casa, considerando que Frannie Darling indicara que ele não deveria visitá-la mais. Ele precisaria fazer tudo o que estava ao seu alcance para fazê-la mudar de opinião, porque pretendia terminar o que começara na noite anterior.

Quando chegou em casa, ficou surpreso ao encontrar Catherine e Claybourne esperando por ele na biblioteca. E, pelas expressões sérias, os dois não estavam ali para uma simples visita social. Infelizmente para Sterling, Claybourne já assumira o posto perto da janela e tinha os braços cruzados, como se estivesse lá para dar apoio a Catherine em relação a qualquer assunto que ela levantasse. A irmã estava na frente da mesa dele. Em seu estilo habitual, ela foi direto ao ponto.

— Sterling, ouvi um boato de que você foi visto acompanhando Frannie na ópera ontem à noite.

Sentando-se na cadeira atrás da mesa em uma pose relaxada, como se não se importasse com o assunto, Sterling olhou para Catherine — o que significava perder Claybourne de vista. Inferno! Sem mudar de posição, era impossível manter os dois à vista, e se distanciar para que pudesse vê-los certamente pareceria estranho. Sterling tinha quase certeza de que o pai não havia contado a Catherine sobre a condição que ele denominava como "constrangimento" e "desgraça para a herança familiar", como se Sterling tivesse escolhido ter um problema de visão. Ele vivia como um cavalo usando antolhos. Por que desejaria essa inconveniência para si mesmo?

— Você já não deveria estar no interior?

— A mansão sofreu um incêndio. Ficaremos em Londres até que os reparos sejam concluídos.

— Ah, é verdade. — Ele virou a cabeça para o lado e arqueou a sobrancelha para Claybourne. — Avendale morreu nesse incêndio, se bem me lembro. Mas ainda não entendo por que ele foi visitá-lo. Não era segredo que ele não acreditava que você era o verdadeiro herdeiro do título de Claybourne, e até defendia que o título fosse dado a Marcus Langdon.

— Não estamos aqui para discutir Avendale — disse Claybourne. — Estamos aqui por causa do boato sobre Frannie.

Sterling olhou feio para ele, depois voltou sua atenção para a irmã com um revirar de olhos impaciente.

— Esse boato... vem de alguém confiável?

Catherine apertou os lábios.

— Da lady Charlotte.

Ah, claro. Fazendo as visitas matinais. Ele deveria ter adivinhado... Apesar da hora tardia, Sterling devia ter visitado Millbank assim que deixou Frannie em casa.

— Espero que não considere aquela mulher bastante desagradável como sua amiga.

— Então é verdade? Estão espalhando boatos de que ela é sua amante, porque vocês estavam sozinhos na ópera.

Maldição! Sterling não gostava nada de saber sobre a existência de tais boatos, mesmo que suspeitasse de que haviam surgido mais pela diferença de posição na sociedade do que pela falta de uma acompanhante. Teria que encontrar uma maneira de acabar com a fofoca. Desejava muito Frannie Darling, mas jamais faria algo que a envergonhasse ou arruinasse sua reputação. No entanto, não admitiria aquilo para Catherine ou para o marido dela.

— Pelo que sei, ela está perto dos 30 anos. A idade arbitrária, em que, como dizem, já não é mais necessária a presença de uma acompanhante.

Sterling sabia que estava certo. Era algo bobo das regras de etiqueta, mas existia.

— Mas você só tem 28 anos, Sterling.

— Está insinuando que sou eu quem precisa de um acompanhante?

— Não seja estúpido. Você é mais jovem do que ela.

— E por que isso importaria?

— Homens não buscam mulheres mais velhas pensando em casamento. É mais pano para as fofocas.

Outra besteira. Sterling sabia muito bem que homens tendiam a se interessar por mulheres mais jovens, mas não era a lei. Ouvindo o tilintar de um vidro, ele virou a cabeça e viu Claybourne servindo uísque em dois copos.

— Ah, sim, sinta-se em casa.

Claybourne foi até a mesa, lembrando Sterling de uma pantera que vira uma vez se preparando para dar o bote. Segurando um dos copos, ele colocou o outro na frente do duque e sentou-se na borda da mesa.

— Beba. Você vai precisar.

Sterling poderia não ter tido a vida dura de alguém que crescera nas ruas, mas passara por algumas experiências angustiantes durante suas viagens e chegara perto da morte uma ou duas vezes. Esse tipo de situação fazia um homem desenvolver uma compreensão aguçada de seus limites e um profundo respeito por seus pontos fortes.

— Você colocou algum veneno aqui? Garanto que a ameaça é desnecessária, pois já recebi avisos de Dodger e Swindler.

Claybourne bateu o copo contra o de Sterling — que ele ainda não havia tocado — e bebeu o uísque. Sterling podia ver tanto sua irmã quanto seu cunhado naquele momento. Catherine parecia estar tentada a interferir, mas apenas virou-se e saiu do seu campo de visão. O que era ótimo, pois Sterling queria se concentrar em Claybourne. Ser casado com Catherine não o tornava imediatamente confiável.

O conde se inclinou para a frente e apoiou o braço contra a coxa.

— Você já se perguntou por que eu matei o segundo filho do conde de Claybourne? Um homem que eu não sabia, na época, que era meu tio e que agora me recuso a reconhecer como tal?

Sterling não esperava ouvir a confirmação do que a maioria de Londres acreditava ser verdade. No entanto, como aquele homem não fora julgado e condenado, as dúvidas persistiam. Quem gostaria de acolher um assassino na nata da sociedade?

— Presumo que os pertences de um morto são mais fáceis de pegar.

— Ele estuprou Frannie brutalmente.

As palavras atingiram Sterling com mais força do que um chute na barriga. A pouca visão que restava lhe ameaçou sumir por completo.

— Ela tinha 12 anos — continuou Claybourne, com a voz baixa, mas cheia de fúria. — Foi vendida para uma casa de má reputação, conhecida por se especializar em virgens. Ele foi o primeiro a estar com ela. Até onde sei, o único. Então, sim, nós quatro a cercamos e a protegemos como se ela fosse uma borboleta ferida, com medo de tocá-la e machucá-la ainda mais, esperando o dia em que ela voltará a voar. Se você magoá-la, de qualquer maneira, por mais leve que seja, responderá a nós. E, embora Graves não tenha aparecido para lhe dar um aviso, não o subestime. Ele poderia cortar seu coração com um bisturi num piscar de olhos.

Sterling repetiu para o marido da irmã o que dissera a Dodger e Swindler.

— Não tenho nenhuma intenção de machucá-la.

Claybourne assentiu.

— Às vezes, machucamos sem querer. Portanto, esteja avisado. Ela é mais preciosa para nós do que as Joias da Coroa são para a rainha.

O conde se levantou e começou a sair da sala.

— Claybourne! — chamou Sterling, levantando-se quando o homem parou e se virou para encará-lo. — Nas minhas viagens pelo mundo, vi muitos tipos de borboletas. São criaturas incrivelmente delicadas, mas não devem ser subestimadas. Eu aprendi uma lição valiosa ao observá-las: às vezes, se cercar uma borboleta muito de perto, ela não consegue voar mesmo se quiser.

Claybourne o estudou por um momento, como se estivesse procurando um argumento mais convincente. Por fim, deu um aceno brusco e voltou sua atenção para o lado, para aguardar Catherine, que havia se aproximado da mesa. A biblioteca era grande e Claybourne se afastara o suficiente para não conseguir ouvir o que os irmãos conversavam.

— Ela não é da nobreza, Sterling.

— Estou bem ciente disso, Catherine. Não precisa se preocupar. Tenho exigências muito rígidas para uma esposa, e a srta. Darling não se encaixa nelas.

Para o bem dele. Já que não queria ver a decepção nos adoráveis olhos verdes, como vira em Angelina quando ela soube da verdade. Não. O duque precisava de uma esposa com quem não se importaria quando ela decidisse partir e viver a própria vida.

— Só não quero que você ou ela se machuquem. Frannie... — Catherine olhou para o marido por um momento. — Claybourne pediu a mão dela em casamento primeiro, mas ela o recusou. E um dos motivos era que ela não desejava fazer parte da aristocracia.

Sterling estreitou os olhos.

— Nunca pense por um momento que ele *se contentou* com você, Catherine. É óbvio que ele te adora.

Catherine abriu um sorriso radiante e apertou o braço do irmão.

— Sei muito bem disso, Sterling. Só senti a necessidade de compartilhar o que eu sei. Embora você talvez não a considere como uma possível esposa, sei que às vezes os sentimentos podem superar todos os pensamentos racionais. Eu amo a Frannie, mas também acredito que, se buscar algo além de um relacionamento platônico com ela, ambos sairão arrasados.

— Suas preocupações estão devidamente anotadas.

Catherine se levantou na ponta dos pés e deu um beijo na bochecha dele antes de se juntar ao marido. Ao saírem, Sterling se perguntou se os dois expressaram suas preocupações a Frannie. Ele duvidava. Era ele quem estava indo atrás dela, então deixaram uma mensagem clara: pare com essa história, ou então...

O duque desabou na cadeira e, com uma mão trêmula, pegou o copo de uísque que Claybourne havia servido. Bebeu tudo num gole só, fechou os olhos e tentou controlar os tremores que o atravessavam. Não por causa das terríveis ameaças de Claybourne, mas pela revelação sobre o homem que morrera e o que ele fizera com Frannie.

Aquilo tinha acontecido anos antes, e ela era apenas uma criança. Uma criança!

Levantando-se da cadeira com tanto ímpeto que o móvel quase tombou, Sterling procurou com fervor por algo para socar. No fim, contentou-se em pegar um vaso que trouxera da China e jogá-lo na lareira.

— Meu Deus! — Caindo em uma poltrona, ele enterrou o rosto nas mãos. — Ah, Frannie, doce Frannie...

Sterling queria abraçá-la. Ela tivera a inocência roubada. Então, lembrou-se do fascínio nos olhos verdes, das lágrimas que surgiram ao sentir prazer…

Sterling queria mudar o passado dela, mas percebeu que esse mesmo passado a transformou na mulher que o fascinava. Ternura e determinação de aço. Mesmo ao aceitar que não poderia ter nem uma noite com ela, ele percebeu que queria mil.

13

Sterling estava sentado na biblioteca iluminada apenas pela lareira acesa. Na semana anterior, enviara flores para Frannie, mas não incluíra nenhum bilhete. Não sabia o que dizer. Ela crescera em um mundo de violência que ele era incapaz de compreender. Sim, Sterling tinha problemas, mas a vida dos dois era tão diferente que não podia ser comparada.

Ele deveria sair de Londres e ir para o campo. Cuidar de suas propriedades, aparecer em uma ou duas festas, avaliar as damas…

Já passava da meia-noite quando decidiu ir ao Dodger. Levantando-se, pensou que poderia perder algum dinheiro e imaginar Frannie contabilizando tudo.

Parou de supetão ao entrar no corredor. Inferno! As lamparinas estavam apagadas. Quem tivera essa ideia? Estava prestes a voltar para a biblioteca, onde poderia usar a campainha para acordar o mordomo e pedi-lo para iluminar o maldito lugar e preparar uma carruagem, quando ouviu alguém à espreita.

Sabendo que o caminho estaria livre contanto que caminhasse pelo centro do corredor, Sterling andou o mais rápido e silenciosamente que conseguiu até o saguão. O som do invasor ficou mais alto enquanto ele dobrava a esquina…

— Eita!

Analisando o tamanho da pessoa e o timbre da voz, percebeu que se tratava de uma criança. Somente sua silhueta era visível sob a luz de uma lamparina que iluminava uma única direção, pois os outros três lados estavam cobertos. Com uma velocidade impressionante que o lembrava de Charley Byerly, o diabrete disparou, e Sterling correu atrás dele.

— Você aí! Parado! Wedgeworth, temos um ladrão na residência!

O menino largou a lanterna, apagando a chama, mas uma luz pálida emergiu da área da cozinha para afastar as sombras. A cozinheira, graças a Deus, deve ter ouvido o grito de Sterling e a comoção que se seguiu. Ela saiu carregando uma lamparina e um rolo, bloqueando a porta com o próprio corpo.

A criança gritou, virou-se e começou a correr em zigue-zague pelo corredor, esquivando-se de um lado para o outro, como se achasse que poderia escapar. Por sua vez, Sterling conseguiu agarrar a parte de trás de um paletó, mas logo se viu segurando apenas uma peça descartada. Que fedelho traiçoeiro!

Sterling correu atrás dele, determinado a não deixá-lo se safar.

— Jenkins o pegou, Sua Graça! — ecoou a voz de Wedgeworth pela casa.

Com a cozinheira fornecendo luz, Sterling caminhou depressa na direção de onde a voz de Wedgeworth viera. Ele o encontrou no corredor que levava à biblioteca. Um valete vestindo apenas calça e com o cabelo amarrotado segurava o rapazinho, que se contorcia.

— Mandaremos chamar um policial — disse Wedgeworth.

— Não — respondeu Sterling severamente. — Tenho outra coisa em mente para o nosso ladrãozinho.

> *Estou em posse de algo que acredito ser seu.*
> *Minha carruagem está à sua disposição.*
>
> *Greystone*

Sentada à sua mesa em seu escritório no Dodger, Frannie largou o bilhete sucinto e olhou para o relógio de bolso dourado que o acompanhava. Ela não conhecia o brasão de todas as famílias nobres, mas aquele era familiar. Já o vira quando pegara o relógio do colete de Greystone durante a recepção do casamento de Catherine e Luke.

O que Greystone poderia ter que pertencia a ela? Por que apenas não levara a coisa até ela, em vez de insinuar que Frannie deveria ir à casa dele? Ela sabia que era isso que Greystone queria. Sabia que esse era o significado por trás do relógio. Que deveria devolvê-lo para receber o que ele tinha.

Uma troca.

Ela fechou os dedos ao redor do relógio e quase sentiu o calor do bolso de Greystone. Frannie sabia que era improvável, pois devia fazer um tempo considerável desde que o relógio estivera na posse dele.

Por que agora? Justo quando ela estava quase sonhando menos com ele, quando não estava procurando-o na área de jogos com tanta frequência, quando já não pensava tanto nos prazeres que receberia caso fosse à casa dele — à cama dele — no meio da noite? Um punhado de palavras era o suficiente para fazê-la lembrar de tudo o que se esforçara para esquecer sobre Greystone. Para fazê-la desejar vê-lo de novo com um desespero quase assustador.

Ninguém a veria subindo em uma carruagem ducal àquela hora da noite. E, mesmo que vissem, de que importava? Para alguém que veio da rua, acompanhantes, etiqueta e comportamento adequado eram tão estranhos quanto um cofre de moedas.

Frannie olhou para o jovem de olhos arregalados que lhe trouxera o bilhete. Thomas Lark trabalhava no Dodger havia apenas alguns meses. Ele era uma criança das ruas recebida por Jack, que muitas vezes dava emprego a rapazes promissores. E, somente para Thomas, também providenciava um lugar para se esconder.

— O cavalheiro que lhe entregou isso entrou pela porta da frente, certo?

— Sim, senhorita.

— Mais alguém sabe sobre esse recado?

— Não, senhorita.

Portanto, era provável que ninguém interferisse. Frannie assentiu, tomando uma decisão.

— Diga a ele para levar a carruagem para os fundos do edifício.

O garoto assentiu rapidamente e saiu correndo para atender ao pedido dela. Parecia ávido em agradar a todos.

Frannie fechou o livro no qual estava trabalhando. Os cálculos restantes poderiam esperar até o dia seguinte. Por enquanto, ela estava ansiosa para saber o que Greystone planejava.

Ou, pelo menos, essa era a desculpa que contou para si mesma. Não queria admitir que o frio na barriga que sentia era mais por antecipação do que preocupação. Frannie não via Greystone no Dodger desde a noite em que ele lhe apresentara às maravilhas da paixão enquanto negava as próprias necessidades. Recebera flores dele, e nada mais. Greystone não a pressionara para se tornar sua amante. Frannie ficou inegavelmente decepcionada ao perceber que ele desistira de tentar conquistá-la. Já sua própria resistência a ele parecia estar enfraquecendo com o tempo.

Ela sabia que o casamento nunca seria uma opção para os dois. Como um nobre, Greystone nunca pediria a mão de uma mulher das ruas, muito menos de uma mulher que trabalhava como contadora em um estabelecimento de jogos. E, mesmo que o fizesse, Frannie não queria viver no mundo dele.

Mas uma única noite... Poder deitar-se em seus braços, afogar-se em seus beijos, tocar sua pele como fora tocada, dar prazer como havia recebido...

No que diabo ela estava pensando? Sendo sincera consigo mesma, era só o que conseguia pensar todas as noites antes de dormir, ao segurar o lenço dele como se o tecido tivesse o poder de levar Greystone a ela.

Frannie chacoalhou a cabeça, levantou-se e atravessou o escritório. Então, pegou a capa e a vestiu antes de fechar a porta e caminhar até a saída no fim do corredor. Quando saiu, foi direto para a carruagem próxima, onde o valete esperava ao lado da porta estampada com o brasão ducal. Sem dizer uma palavra, ele a abriu e a ajudou a entrar.

Sentiu uma onda de decepção quando percebeu que Greystone não esperava por ela. O valete que devia ter entregado a mensagem. O interior do veículo estava agradavelmente quente, e Frannie percebeu que havia um tijolo aquecido no chão. É claro que Greystone insistiria que ela viajasse com conforto. Era bem atencioso quanto a isso.

Com uma guinada repentina, a carruagem partiu. Sentindo um lampejo de vaidade, Frannie desejou ter tirado um momento para se arrumar, talvez trocar de vestido e soltar o cabelo. Se tentasse arrumá-lo sem uma escova, pareceria o próprio diabo quando chegasse. Mas por que ela se importava? De que valia a opinião de Greystone?

Muito, ao que parecia. A parte dela que ansiava ser desejada queria que ele a visse como a mulher que poderia ser — não a mulher que os rapazes de Feagan viam quando olhavam para ela. Sim, eles a amavam e se importavam com Frannie, mas não a *desejavam*.

Embora Luke a tivesse pedido em casamento, Frannie tinha certeza de que ele nunca se imaginara levando-a para a cama. E Jim... De vez em quando, ele deixava a máscara cair e ela via o quanto ele a desejava, mas era da mesma maneira que uma criança desejava um filhote — para cuidar e proteger. Não para compartilhar desafios e problemas, alegrias e tristezas. E certamente não para se perder no êxtase da paixão.

Nenhum deles jamais olhara para ela como Greystone — como se não quisesse nada além de despi-la lentamente. Frannie sabia o quão talentoso ele era com as mãos e a boca, e imaginou tais talentos sendo utilizados para lhe dar ainda mais prazer, visualizando os dois sem roupa e com braços e pernas entrelaçados.

Pensar em tudo aquilo a deixou insuportavelmente quente, e Frannie desejou que não tivessem colocado um tijolo aquecido na carruagem. Apertando a bochecha contra o vidro da janela, ela se deleitou com a sensação gelada na pele. Não queria chegar com as bochechas coradas. De repente, arrependeu-se de ir ao encontro do duque. E se não tivesse mais forças para resistir a ele?

Mas era tarde demais. A carruagem parou e ela percebeu que entraria pela porta da frente, e não pela entrada dos criados para manter sua visita em segredo. Será que isso era um sinal de que Greystone a respeitava? Ou será que ele era tão indiferente à reputação dela que não se importava com quem a visse entrando na casa dele depois da meia-noite?

A porta da carruagem se abriu, e o valete estendeu a mão. Reunindo coragem, Frannie segurou a mão do homem e permitiu que ele a ajudasse a descer.

Depois que o valete abriu a porta da casa, Frannie o seguiu para dentro. O mordomo já aguardava sua chegada e fez uma leve reverência.

— Senhorita Darling, Sua Graça está esperando na biblioteca. Pode me acompanhar, por favor?

Surpresa com o número de criados acordados àquela hora, Frannie assentiu e seguiu o mordomo pelo amplo corredor. Um valete abriu a porta da biblioteca. Dentro da enorme sala, um movimento perto da janela chamou sua atenção, e ela o viu. Greystone.

Por uma fração de segundo, ao atravessar a biblioteca, Frannie pensou ter visto uma expressão de felicidade com a sua chegada, que logo desapareceu. De sua parte, aproveitou para se banquetear com a visão dele. Nunca o tinha visto sem colete e paletó. Greystone tinha ombros largos, mesmo sem as camadas adicionais de roupa. Ela se lembrou de agarrá-los no auge da paixão, de sentir o quão poderosos eles pareciam sob seus dedos. O cabelo despenteado o fazia parecer muito mais jovem, e Frannie sentiu uma súbita explosão de ciúme, torcendo para que os dedos dele — e não os de uma dama — fossem os responsáveis pela bagunça.

— Gostaria de beber algo? — perguntou ele, com tanta formalidade que o coração dela deu um solavanco.

Aquele era o mesmo homem que engolira seus gemidos de prazer?

— Creio que não, obrigada. — Frannie não se opunha a bebidas alcoólicas, e bebera com os rapazes muitas vezes, mas queria manter a cabeça fresca para a conversa. Algo entre eles havia mudado, e não na direção que ela esperava. — Seu bilhete dizia...

— Chegaremos lá em breve. Por favor, sente-se.

Ele indicou duas poltronas perto da janela. Elas eram, sem dúvida, mais seguras que um sofá. Entretanto, sendo honesta, Frannie não tinha mais certeza de que queria segurança. Mesmo assim, escolheu a que ficava mais distante dele e Greystone se sentou na outra.

— Como você está? Presumo que estava no Dodger, já que chegou tão rápido.

O tom indiferente passava a impressão de que eles eram desconhecidos. Frannie se esforçou para também soar neutra com a proximidade dele.

— Sim, eu estava trabalhando. Vou ao orfanato apenas durante o dia, mas tenho funcionários lá o tempo todo. — Por que ela estava divagando sobre assuntos irrelevantes quando outros mais importantes a afligiam? — Você não aparece no Dodger faz um tempo.

— Achei melhor manter distância.

Ela quase perguntou o porquê. Por que naquele momento, e não antes? A familiaridade entre eles já não pareceria existir mais, substituída por uma civilidade tensa.

— Recebi suas flores.

— Não me lembro de enviar uma mensagem junto.

— Não tinha mensagem, mas quem mais me mandaria flores?

— Espero que tenha gostado.

— Gostei muito, obrigada.

Por que tudo estava tão estranho? Por que estavam sendo tão formais?

— Ah, sim. Seu relógio.

Tirando-o do bolso, Frannie estendeu o objeto para ele.

Greystone pegou o item e o balançou na frente do rosto, estudando-o.

— Era do meu pai. Um presente da minha mãe, acho. Pelo que me lembro, ela gostava muito de ser duquesa.

— Eu não consigo nem imaginar.

Greystone a encarou.

— Ser uma duquesa?

— Ter um carinho pela posição. Ouso dizer que não invejo vocês da nobreza. Não consigo pensar em nada pior do que a vida que vocês têm.

— E não consigo pensar em nada pior do que a sua.

Por que ele a observava como se estivesse procurando algum tipo de evidência?

Ah, não, pensou Frannie, sentindo o estômago revirar. Ela sabia qual era a diferença. Greystone a olhava como os rapazes de Feagan: como se ela pudesse quebrar a qualquer momento, como se não devesse ser tocada. Embora os olhos dele indicassem algo muito pior, como se ele tivesse se arrependido do tempo que passaram juntos, da intimidade que compartilharam.

— Claybourne lhe contou — sussurrou ela, sabendo que Luke era a outra pessoa, além dela, a ter sido mais afetada por aquele momento horrível. — Sobre o incidente infeliz na minha juventude.

— "Incidente infeliz"? É assim que você se refere a...

Greystone se levantou de supetão, pegou uma estatueta de porcelana, marchou até a lareira e a jogou no fogo. O barulho ecoou muito alto pela biblioteca silenciosa. Baixando a cabeça e se apoiando no mantel da lareira, ele observou a destruição.

Frannie se levantou e foi até onde ele estava.

— Sterling, está tudo bem.

Ele se virou, e o coração dela quase se partiu com a angústia refletida em seu rosto.

— "Tudo bem"? Juro por Deus que, se ele não estivesse morto, eu mesmo o mataria.

O duque tremia com a intensidade de sua emoção, e Frannie tocou uma bochecha áspera pela barba por fazer. Colocando a mão sobre a dela, ele virou o rosto e beijou a palma de sua mão.

— Está tudo bem, Sterling. Isso já faz muito tempo.

— Você era uma criança.

— Mas eu não sou mais uma criança.

— Se tivesse me contado, eu teria sido mais cuidadoso.

Frannie negou com a cabeça.

— Você foi o primeiro a me desejar. Por que eu iria querer perder isso?

De repente, Sterling a segurou nos braços e a beijou. Ela conseguiu identificar o gosto de conhaque em meio ao beijo desesperado. A adrenalina a dominou. Ele ainda a desejava. Era evidente em cada movimento de sua língua, cada gemido baixo que reverberava por seu peito, cada toque ao longo das costas dela. E Frannie o desejava como nunca desejara algo em sua vida. Não se importava que Sterling não a quisesse para sempre. Ele a queria naquele momento.

Ela passou as mãos sobre os ombros dele, sentindo a força dos músculos que tensionavam sob seu toque. Frannie queria aquilo. Queria Sterling.

Recuando, ofegante, ele pressionou a testa contra a dela.

— Não foi por isso que pedi para chamar você aqui.

Sterling olhou para a porta como se estivesse pensando em pegá-la nos braços e carregá-la para o quarto. E Frannie teve a certeza surpreendente de que não se oporia caso ele o fizesse. Os olhos azuis mostravam sua batalha interna: deveria continuar sendo um cavalheiro ou se aproveitar do motivo que o fizera chamá-la?

Ela soube quando o nobre caráter declarou vitória. Uma pitada de arrependimento misturada à perda passou pelos olhos azuis antes de refletirem aceitação, e Sterling voltou a encará-la.

— Não se engane, srta. Darling. Eu ainda te desejo como nunca desejei outra. Mas agora não é o momento.

Decidida a não revelar sua própria decepção com a decisão dele, Frannie manteve a voz firme quando o lembrou:

— Seu bilhete dizia que você tinha algo que me pertencia.

Ele passou o dedo pelo rosto dela como se estivesse tentando memorizar cada traço.

— Acredito que sim. Venha. Vou mostrar.

Oferecendo-lhe o braço, Sterling a conduziu para fora da biblioteca. Eles caminharam por vários corredores até chegarem à cozinha. Lá dentro, um menino que era mais osso do que pele devorava uma torta.

— Minha nossa!

Sterling observou Frannie se adiantar e agachar ao lado do menino. Ele não conseguia imaginar a força necessária para superar o passado. Sim, tudo ocorrera havia muito tempo, mas ela ainda vivera um evento traumático. Quanto mais tempo passava na presença dela, mais ele percebia que sabia pouco da vida. Será que Frannie já dera prioridade aos próprios desejos e necessidades em vez de cuidar dos outros?

Ela passou os dedos pelo cabelo escuro e longo do menino, como se não estivesse infestado de piolhos. Alguém — o cozinheiro ou Jenkins — limpara seu rosto. Estava rosa, mas muito pálido.

Com mil perguntas refletidas nos olhos verdes, Frannie olhou para Sterling.

— Ele invadiu a residência — explicou.

Ela voltou sua atenção para o menino.

— Como você se chama?

O menino enfiou mais torta na boca, e Sterling ficou surpreso que suas bochechas não explodiram.

— Coitadinho — disse a cozinheira de Sterling. — Ele está comendo assim desde que coloquei um prato na frente dele. É o terceiro pedaço que ele come.

— Mastigue a comida e responda à senhorita, rapaz — disse Sterling.

O menino engoliu, e Sterling ficou surpreso de novo por ele não ter se engasgado.

— Jimmy — respondeu a criança, e enfiou mais comida na boca.

— Quem é seu líder? — perguntou Frannie.

O menino chacoalhou a cabeça.

— Eu sei que você não planejou esse roubo por conta própria.

Ele apenas balançou a cabeça outra vez.

— Você conhece o Feagan? — perguntou ela, e o menino assentiu. — Eu era parte do grupo dele. Meu nome é Frannie Darling.

O menino arregalou os olhos em horror.

— Sykes diz que você é o demônio.

Frannie fechou a cara, então Sterling presumiu que ela conhecia o tal de Sykes e que não gostava dele. Ou talvez não gostasse de ser comparada ao diabo. Que Deus o ajudasse, mas Sterling pensava a mesma coisa, só que de uma maneira mais lisonjeira. Ela estava vestida com trajes simples como sempre, no entanto, já era tarde e seu cabelo não estava tão alinhado. A parte de trás parecia estar lutando contra o peso dos fios e perderia a batalha a qualquer momento. Ele queria desesperadamente que isso acontecesse. Queria enterrar os dedos nas madeixas ruivas.

Queria afrouxar os botões do pulso dela e beijar a pele pálida. Queria sentir a pulsação acelerar sob seus lábios. Queria que Frannie fosse tão afetuosa com ele quanto era com a criança. Sterling queria ser afetuoso com ela.

Frannie Darling se levantou e caminhou até ele. Os olhos verdes refletiam preocupação, e sua testa estava franzida.

— O que você vai fazer com ele? — perguntou ela.

— Ora, deixá-lo com você.

Uma onda de alívio e gratidão encheu os olhos verdes, e ele desejou ter descoberto mil crianças em sua casa.

— Eu gostaria de levá-lo para o orfanato. Você me emprestaria sua carruagem?

— Farei melhor que isso. Vou acompanhá-la.

14

Enquanto a carruagem sacolejava em direção aos arredores de Londres, Sterling sabia que era inútil prolongar seu tempo com Frannie Darling. Seu foco não estava nele, mas no menino deitado no banco, com a cabeça apoiada no colo dela, e que recebia cafuné no cabelo sujo. O menino era como um filhote de vira-lata, imundo e malcuidado. Havia se empanturrado de tanta comida que passara mal antes de embarcar na carruagem. Sterling queria acreditar que o rapazinho era um safado ganancioso, mas suspeitava que ele estivera apenas morrendo de fome. Seus braços eram pouco mais que palitos. Sterling duvidara que o menino conseguisse carregar mais que um mata-borrão da casa, mas os bolsos dele contaram uma história bem diferente.

— Foi muito gentil da sua parte não mandar prendê-lo — falou Frannie.

Para garantir que ela se sentisse confortável com ele na carruagem, e para garantir que o rapazinho não encontrasse uma maneira de fugir — Sterling não duvidava da capacidade dele de escapar —, pedira para o valete acender a lamparina da carruagem. Assim também conseguia enxergá-la melhor, mesmo que sua visão ainda sofresse com o excesso de sombras.

— Imaginei que seu amigo da Scotland Yard o libertaria e o entregaria a você de qualquer maneira, então não faria sentido.

Frannie sorriu, dando-lhe motivos para acreditar que ele estava certo, e olhou para o menino, que parecia estar dormindo.

— Então, quem é esse tal de Sykes? — perguntou Sterling.

Em vez de responder, ela murmurou:

— Quantos anos você acha que ele tem?

Sterling não tinha muita experiência com crianças, mas, com base no tamanho do menino...

— Perto dos 5 anos, talvez?

— Acho que 8, possivelmente 9 — respondeu ela, confiante.

— Ele é muito pequeno.

— Sykes gosta de meninos assim.

Ela ergueu o olhar e neles não havia apenas profunda tristeza, mas também fúria. Frannie era uma mulher de sentimentos intensos, e sentia vários ao mesmo tempo. Será que Sterling era detestável por ainda a querer na cama, mesmo sabendo do passado dela? Será que era um canalha por desejá-la em sua vida mesmo sabendo que nunca poderia se casar com ela?

— Aquele homem vasculha as ruas em busca dos meninos menores e faz de tudo para mantê-los assim. Ele os alimenta apenas o suficiente para que sobrevivam. Desconfio que este tenha descido por uma das suas chaminés, ou entrado por uma janela que não costuma ser trancada porque é considerada pequena demais para que alguém passe por ela. É por isso que Sykes os mantém tão pequenos. — Mesmo com raiva, Frannie não parou de acariciar o cabelo do menino por um segundo sequer. — Ele os aterroriza para que façam o que manda. Essas crianças nunca foram tratadas com gentileza. Se adoecem, não recebem conforto nem comida, porque não estão mais ganhando dinheiro.

— E é esse o homem que chama *você* de demônio?

Vendo o grande sorriso que ela abriu, Sterling percebeu que Frannie estava feliz por ser chamada de "demônio" por Sykes.

— Um demônio assume todo tipo de forma — afirmou ela.

— Você está provocando-o.

— Acolho os meninos dele quando consigo encontrá-los. E sim, espalhei por aí que ofereço um lugar seguro.

— Ele parece um sujeito bastante desagradável. Não deve gostar do que você está fazendo.

Frannie assumiu uma expressão determinada e levantou o queixo.

— Eu sei o que é temer pela própria vida. Não vou me acovardar diante do que sei ser a coisa certa a fazer.

— Mesmo que isso coloque sua vida em risco?

— Não seja tão dramático. Há muitos meninos por aí. Sykes sempre pode encontrar outro. — Ela olhou para o que dormia em seu colo. — Este agora vai ficar comigo.

— Você acha que pode mudá-lo?

— Ele é jovem o suficiente para que sua alma ainda não esteja perdida. Os mais velhos, aqueles que já estiveram na prisão, são os casos mais difíceis.

— Conheço as ruas de Londres. Há centenas de crianças por aí. Não é possível salvar todas.

Ela deu um sorriso melancólico.

— Não, mas posso salvar esta e, por enquanto, é o suficiente.

E você, Frannie?, Sterling queria perguntar. *Quem vai salvar você?*

Frannie doava tanto de si mesma aos outros. Sterling queria que ela fosse como ele, que colocasse seus próprios prazeres em primeiro lugar.

Ele olhou pela janela assim que a carruagem fez uma curva e entrou pelos portões do orfanato. As lamparinas a gás iluminavam o caminho de paralelepípedos. Quando o veículo parou, o menino se mexeu.

— Eu o carrego — disse o duque.

Quando a porta foi aberta, ele desceu e se virou para pegar o menino, que se agarrou a ele instintivamente como um macaquinho, apertando os braços em seu pescoço e as pernas em sua cintura. Sterling ficou chocado ao perceber que a criança não pesava quase nada. Ele notara como o menino era magricela, mas aquilo... ele não poderia ser tão velho quanto Frannie pensava.

— Sterling? — chamou ela, indicando o caminho para a porta bem iluminada.

— Espero que ele não tenha pulgas ou piolhos — resmungou ao alcançá-la.

— Acho que você está seguro. Não notei nada.

Tirando uma chave do bolso, ela destrancou e abriu a porta. Lá dentro, Sterling se admirou com o lugar, bem diferente desde sua última visita. O orfanato passava uma sensação de lar, com vasos de plantas espalhados pelo chão e pinturas nas paredes. Lamparinas com luz baixa estavam por todo lado. Um homem corpulento se levantou de uma cadeira como se estivesse emergindo das profundezas do inferno.

— Olá, srta. Frannie.

— Boa noite, sr. Bates. Como estão as coisas?

— Quietas. Parece que você trouxe outro.

— Sim, trouxe. — Ela se virou para Sterling. — O sr. Bates cuida das coisas à noite.

Como Cérbero guarda os portões para Hades, pensou Sterling, embora suspeitasse que o orfanato era mais como o céu do que o inferno.

Frannie encostou no braço de Sterling.

— Vamos deixá-lo em um quarto aqui embaixo. Amanhã, quando tivermos a chance de dar um banho nele e explicar as coisas, vamos colocá-lo em um quarto com outro garoto.

Frannie o guiou por um corredor até um quarto que continha uma cama e uma poltrona de aparência muito macia. Então, acendeu a lamparina sobre a mesa de cabeceira no momento em que Sterling deitava, com cuidado, o menino que havia tentado roubá-lo. A ironia era óbvia.

Afastando-se, ele observou Frannie descalçar os sapatos desgastados que — quando pés de sola preta foram revelados — eram claramente muito grandes para o menino. Como se lesse os pensamentos de Sterling, ela enfiou a mão em um sapato e tirou o jornal amassado. Frannie deu de ombros, como se quisesse dizer que pelo menos a criança tinha sapatos.

Cobrindo-o com uma coberta, Frannie mais uma vez fez cafuné no cabelo do menino antes de beijá-lo na testa.

— Durma bem.

O menino murmurou algo indecifrável e começou a roncar.

Com um aceno de cabeça, ela guiou Sterling de volta ao corredor.

— Sempre que venho aqui à noite, dou uma volta. Gostaria muito que me acompanhasse.

Como isso prolongaria seu tempo com ela, Sterling assentiu. Ela pegou a lamparina de uma mesa próxima e o levou até a escada.

— Você vem aqui todas as noites? — perguntou ele, enquanto a seguia.

— Não com frequência. Depende do horário que termino de cuidar da contabilidade do Dodger. Em geral, vou para o meu apartamento depois do trabalho e venho aqui durante o dia para verificar as coisas, visitar as crianças... — ela olhou por cima do ombro e sorriu — ... e cuidar da contabilidade. Parece que estou sempre fazendo contas.

Eles chegaram ao topo da escada e ele viu que todas as portas estavam abertas. No primeiro quarto, dois meninos estavam dormindo esparramados em camas separadas. Ao pé de cada cama havia dois baús pequenos, que provavelmente serviam para guardar seus pertences. Frannie beijou a testa de cada um. Nenhum deles se mexeu, e Sterling imaginou que já estavam acostumados a receber beijos de boa-noite enquanto dormiam.

O mesmo ritual foi feito nos outros quartos. Não demorou muito para que Sterling, sentindo-se totalmente inútil, segurasse a lamparina para que pudesse pelo menos ajudar de alguma forma. Assim também conseguia direcionar a luz para iluminar mais Frannie que as crianças, tendo uma visão mais clara dela. Ela não era dissimulada. Não estava fingindo. Realmente se importava com aquelas crianças e procurava proporcionar-lhes uma vida melhor. Filhos que ela não tinha dado à luz. Será que ela amaria ainda mais os que saíssem de seu ventre? Ou será que sua capacidade de amar era infinita?

A quantidade de crianças o surpreendeu.

— Onde você os encontra? — perguntou ele enquanto desciam a escada, depois que ela deu o último beijo.

— Na maioria das vezes, eles é que me encontram. Embora Sykes possa me chamar de demônio, há outros que se referem a mim como um anjo. A notícia de que ofereço um santuário e que nenhum mal lhes acontecerá aqui se espalhou pelas ruas. Alguns não confiam, já outros chegam a um ponto em que sentem que não têm nada a perder. E, claro, Jim sabe quem foi preso. Ele traz crianças que já foram punidas.

Ah, claro. O inspetor da Scotland Yard. Sterling nunca imaginou que competiria com um plebeu pelas afeições de, que Deus o ajudasse, uma plebeia. Embora Frannie fosse mais interessante do que qualquer dama da nobreza que já conhecera.

Deixando a lamparina em uma mesinha de entrada, ele saiu da casa, grato por ela ter acompanhado. Cada momento na companhia de Frannie o deixava querendo mais.

— Não vi o diabrete que tentou me roubar na Grande Exposição. Charley, não era? — perguntou ele.

Ela sorriu, afetuosa.

— Isso, Charley Byerly. Consegui encontrar uma família decente e disposta a acolhê-lo.

— Que Deus os ajude.

— Ele não é tão ruim assim. Eu os visitei outro dia. Ele está se ajustando muito bem, na verdade.

— Então, além de tudo o que está fazendo, você ainda se esforça para encontrar um lar para os meninos?

— Sim.

— Você é notável. Posso acompanhá-la de volta ao Dodger? — perguntou ele.

Frannie negou com a cabeça.

— Vou ficar aqui. Jimmy ficará assustado quando acordar em um lugar desconhecido.

Sterling não queria deixá-la ali, mas sabia que ela não gostaria que ele insistisse.

— Então me perdoe a indulgência.

Sem dar a ela a oportunidade de compreender suas palavras, ele a puxou e a beijou. Frannie soltou um gemidinho, mas cedeu ao toque. O beijo foi mais gentil do que na biblioteca, quando estivera mais desesperado. Queria mais dela do que poderia ter, mais do que merecia. Ela queria que Sterling a desejasse, e, por Deus, ele a desejava, com uma ferocidade quase aterrorizante.

Afastando-se, ele segurou o queixo dela.

— Há muito não resolvido entre nós, mas não pense por um único momento que eu não te desejo. Durma bem, Frannie.

Mais tarde, recostando-se na carruagem, Sterling enfiou o polegar no bolso do colete e sorriu. Seu relógio de bolso sumira. O roubo era o melhor convite que ele poderia ter recebido, e estava ansioso para aceitá-lo.

Sentada em uma poltrona ao lado da cama e sob uma luz leve, Frannie observou Jimmy dormir. Pobrezinho. Ela conhecia Sykes o suficiente para saber que o menino ficaria preocupado em sofrer represálias se não voltasse para seu mentor. Sykes fora um valentão quando menino e se transformara num monstro quando adulto. Ele não se importava com ninguém além de si mesmo e, embora Frannie não o visse desde os 12 anos, ela já havia escutado muitas histórias sobre ele enquanto andava pelas margens de Londres.

Ela pegou o relógio de Greystone do bolso. Queria vê-lo outra vez e esperava que, ao pegar o relógio, tivesse enviado uma mensagem que ele entenderia.

Talvez o duque nunca entendesse o quanto Frannie ficara tocada com o fato de ele não ter mandado chamar a polícia. Se ao menos ela pudesse fazer com que outros tivessem a mesma atitude. Se as crianças nunca tivessem que passar por uma prisão ou qualquer tipo de punição. Se o trabalho dela pudesse fazer a diferença...

Ela não percebeu que pegou no sono, mas acordou com o pescoço doendo e a luz do sol entrando no quarto. Jimmy ainda dormia.

— Senhorita Darling?

Com um sorriso, ela recebeu a sra. Prosser, diretora do orfanato, que estava na porta.

— Bom dia.

A sra. Prosser fez uma rápida reverência. Frannie ainda não tinha conseguido convencê-la de que ela não merecia esse tipo de comprimento.

— Lamento incomodá-la, senhorita, mas um cavalheiro está aqui para vê-la.

Seu sorriso aumentou. Greystone não perdera tempo em voltar para recuperar o relógio. Talvez ele se juntasse a ela para um café da manhã. Mas, quando chegou no saguão, não era Greystone quem esperava por ela, e sim um homem baixinho de pele avermelhada e meio careca que apertava um chapéu entre as mãos ressecadas.

— Posso ajudá-lo, senhor? — perguntou ela.

— Estou aqui para ajudá-la, senhorita. Sou um sapateiro. Sua Graça, o duque de Greystone, me contratou para garantir que todos os meninos aqui tenham sapatos adequados.

Frannie sentiu os olhos lacrimejarem com mais um exemplo da generosidade do duque.

— É mesmo?

— Sim, senhorita. Sempre que um menino precisar de sapatos novos, basta me avisar e eu virei para tirar as medidas. Sua Graça pagará por todos os sapatos que precisar.

— Isso é muito generoso.

— Sim, senhorita. Trouxe uma boa quantidade de papel comigo. Seria possível alinhar os meninos para que eu possa tirar as medidas para voltar à oficina e começar o trabalho?

Depois de pedir a alguns dos funcionários para reunir os meninos, ela voltou para o quarto onde Jimmy estava dormindo e descobriu que ele havia sumido.

— Senhora Prosser! — chamou ela.

A diretora entrou correndo no quarto.

— Sim, senhorita?

— O menino que estava dormindo aqui, você fez alguma coisa com ele? Mandou-o para o banho, talvez?

— Não, senhorita. Quando saí, ele estava dormindo.

Frannie tinha certeza de que era inútil, mas pediu para que todos vasculhassem o prédio e o terreno por mais de uma hora. Ninguém avistou um garoto desgrenhado que atendia pelo nome de Jimmy. No fim do dia, ela sentiu que não só falhara com Jimmy, mas com Greystone também.

15

No beco escuro, Sterling enfiou a mão no bolso do colete para pegar o relógio antes de lembrar que o objeto era a razão pela qual estava ali naquele momento. Era hábito pegar o item para ver a hora — mesmo que não fosse capaz de enxergar os ponteiros na escuridão. Ele instruíra o cocheiro a parar a carruagem na rua que dava entrada para o beco. Queria evitar que Swindler ou Dodger soubessem que estava ali, caso estivessem por perto. Havia também a possibilidade de que tivesse interpretado mal o furto de seu relógio. Talvez Frannie pretendesse penhorá-lo e usar o dinheiro para alimentar o diabrete que invadira a casa dele.

Mas o duque esperava que talvez fosse um convite. Ele tinha entrado rapidamente no Dodger e encurralado um dos meninos que trabalhavam lá para confirmar que a srta. Darling estava em seu escritório. Com sorte, ela terminaria logo e Sterling a abordaria para convidá-la para jantar na casa dele ou para um passeio noturno de carruagem. Fora ela que iniciara o encontro, e Sterling preferia deixá-la ditar o ritmo das coisas. Desde a visita de Claybourne, Sterling não tinha mais certeza do que queria de Frannie. Considerando o passado dela, seduzi-la para seu bel-prazer parecia absurdamente errado. Ele não podia negar que ainda a desejava, mas já reconhecia que a queria por mais de uma noite. Queria desfazer a dureza do passado dela, apresentá-la aos prazeres sensuais que Frannie deveria ter experimentado desde o início.

Ele poderia torná-la sua amante, sustentar o orfanato, tirá-la do Dodger. Por anos. Eles poderiam ter uma felicidade satisfatória. Sim, Sterling em algum momento teria que se casar com alguém da nobreza, mas conhecia muitos homens que tinham uma esposa e uma amante. Era assim que as coisas funcionavam. Claro, ainda havia o problema de prender Frannie a um homem cego, negando-lhe o casamento que ela merecia e os filhos biológicos que a mereciam. Não, torná-la sua amante não era o caminho a seguir. Era terrivelmente egoísta e, embora sempre desse prioridade aos próprios prazeres, Sterling estava mais interessado nos prazeres de Frannie.

A porta dos fundos se abriu, e ela saiu. Depois de trancar a porta, Frannie cobriu a cabeça com o capuz da capa. Um gesto estranho, já que ela morava tão perto. Estava mesmo frio naquela noite, mas...

Frannie saiu apressada pelo beco, passando pela escada que levava ao apartamento. Para onde ela estava indo?

Sterling não tinha o hábito de enfiar o nariz onde não devia, mas ela estava agindo de forma suspeita, como alguém que não queria ser vista. Ele disse a si mesmo que não era da sua conta, mas começou a andar na mesma direção que ela com passos rápidos e silenciosos. Apenas uma coincidência, afinal sua carruagem estava esperando na esquina.

Frannie terminara seu trabalho o mais rápido possível. Queria ir às margens da cidade enquanto as crianças ainda estavam acordadas, enquanto os homens ainda não estavam completamente ébrios, enquanto as mulheres não haviam levado o último cliente para a cama. Ela passara a maior parte do dia rondando aquela área em busca de Jimmy, sem sorte. Mas o ambiente era diferente à noite. Às vezes, Feagan também assombrava as ruas. Se conseguisse encontrá-lo, tinha certeza de que poderia persuadi-lo a ajudá-la. Ele conhecia todos os cantos e esconderijos da região e, embora velho, ainda era muito inteligente.

Quando se aproximou do final do beco, seu coração acelerou. Ela encontraria um cabriolé e...

Alguém a agarrou por trás e a jogou na parede de tijolos. Antes que pudesse reagir, sentiu um corpo pressionar o dela, imobilizando-a. Então, uma mão começou a levantar sua saia...

— Estou aqui para trazer uma mensagem de Bob Sykes — falou o homem de hálito rançoso pelos anos de bebida e dentes estragados. — Deixe os meninos dele em paz.

— Me solta! — exigiu Frannie, tentando afastá-lo.

Ele enfiou a coxa com força entre as pernas dela.

— Não até receber o pagamento da entrega da mensagem. Sempre quis experimentar um rabo de saia chique...

Ele apertou o rosto dela, sufocando-a com a própria boca, enquanto a outra mão a tocava...

Não, não, não!

Ela tinha 12 anos de novo, e lutava e se debatia...

Tudo aconteceu num piscar de olhos. Esforçando-se para não cair de volta naquele abismo escuro, Frannie puxou a faca e golpeou...

O homem gritou e se afastou. Ela ouviu um baque, sua faca atingira algo com força e o impacto reverberou por todo o seu braço.

Um gemido estrangulado e sons de luta ecoaram ao redor dela.

Dedos cravaram em seu ombro. No brilho pálido de uma lamparina a gás distante, ela se viu olhando para Greystone, que pressionava a mão na lateral do corpo. Ela mal conseguia distinguir o líquido escuro que escorria entre os dedos dele.

Frannie ouviu movimentos frenéticos e percebeu vagamente que seu agressor estava fugindo.

— Isso não acabou, Frannie Darling — gritou o homem, que já desaparecia nas sombras da esquina do prédio.

Soltando a faca, ela colocou a mão sobre a de Greystone. Ele xingou sem fôlego, e ela sentiu o sangue quente escorrendo entre os dedos. Muito sangue.

— Meu Deus! Isso parece muito feio! Você consegue subir a escada? Quero dar uma olhada, ver como...

Greystone segurou o pescoço dela, com bastante firmeza, puxando-a para perto.

— Se vou morrer, que seja com o seu gosto nos lábios — ofegou ele.

Sem sua sutileza habitual, o duque a beijou. Frannie disse a si mesma que ele não poderia estar mortalmente ferido se ainda tinha tanta força e a beijava com tamanha paixão.

Um estranho acaso do destino que ele tenha empurrado o agressor dela justo quando Frannie estava para golpeá-lo na barriga. Greystone, com seu heroísmo, agora estava sujando os dois com seu sangue. Sangue até demais.

Frannie o afastou.

— Seu tolo. Você vai sangrar até morrer!

— É só um arranhão.

— Então você é ainda mais tolo por me deixar preocupada. Consegue subir a escada?

— Consigo.

Ela passou o braço pelas costas dele, no mesmo momento em que ele se apoiou nos ombros dela. Juntos, cambalearam escada acima, mas o peso de Greystone aumentava a cada passo, como se estivesse perdendo as forças junto com o sangue. Era óbvio que não era "só um arranhão". Um arranhão não encharcaria a mão dela de sangue. Eles estavam no meio da escada quando o duque caiu de joelhos.

— Parece que avaliei mal — falou ele.

— Não seria nada digno da sua parte morrer aqui.

Ele riu baixinho.

— Sou um homem muito digno.

— Que bom que está achando graça disso tudo.

— Não estou. Nem um pouco.

Agarrando-se ao corrimão, Greystone se levantou. Os dois se arrastaram pelos degraus que faltavam, e qualquer um que os visse acharia que estavam bêbados. Quando chegaram ao topo, ele se encostou na parede enquanto Frannie tirava a chave do bolso. Assim que abriu a porta, ela o levou para dentro do apartamento.

Frannie considerou guiá-lo até o sofá, mas decidiu levá-lo para a cama. Era muito mais confortável, e ele parecia precisar se deitar. Greystone se sentou na beirada enquanto ela pegava algumas toalhas. Ela se virou e se ajoelhou na frente dele. As roupas estavam encharcadas. Frannie só conseguia pensar na quantidade descomunal de sangue enquanto tentava conter o sangramento.

— Isso não parece bom.

— Acho que é só um corte, mas dói pra caramba. Lembre-me... de nunca mais tentar resgatá-la.

— Não acredito em como tudo aconteceu na hora errada. Você interveio justo quando eu tentei golpear o homem. Eu não vi.

— E eu não vi a faca, então estamos quites.

Dificilmente.

— Posso... posso desabotoar seu colete e levantar sua camisa?

Greystone assentiu. Estava ficando mais pálido a cada minuto. Frannie foi gentil, mas tentou ser o mais rápida possível. O corte era horrível. Longo e profundo na lateral do corpo dele. Graças a Deus, nada além de sangue estava saindo.

— Deite-se. Vou mandar alguém buscar o Bill.

— Bill? — perguntou o duque, ofegante, como se estivesse sentindo dor ao respirar. Gemendo baixo, ele se esticou na cama.

— William Graves. Ele é médico.

— Ah, sim. Ele cuidou de Catherine.

— Sim. Espere aqui. Vou mandar buscá-lo.

Greystone deu um sorriso torto e carinhoso, como se a ordem dela fosse engraçada, já que ele não poderia ir a lugar algum nem se quisesse.

Frannie deu um passo para sair, mas se virou para ele.

— O que estava fazendo aqui?

— Vim buscar meu relógio. Pensei que... tinha sido um convite.

Frannie tinha esquecido do relógio. Tirando o objeto do bolso, onde estivera o dia todo, ela o colocou na mão dele e fechou os dedos dele sobre a peça.

— E foi — sussurrou ela, antes de beijar a testa dele.

Mas certamente não tinha sido um convite para aquilo.

Depois de pedir para alguém buscar Bill, ela encontrou Jim e Jack no escritório de Dodger, e os dois a acompanharam de volta ao apartamento. Pressionando toalhas contra a ferida de Greystone, Frannie observou horrorizada o sangue encharcá-las, pouco a pouco.

Ele ainda respirava com dificuldade, e fazia uma cara feia ao inspirar. Sua mandíbula estava tão cerrada que ela temia que fosse quebrar um dente. Seria muito mais fácil suportar a culpa se Sterling parasse de encará-la. Seus olhos azuis e tão lindos estavam cheios de dor.

— Sinto muito mesmo — falou Frannie.

— Por quê? — perguntou Jack, parado ao pé da cama, com os braços cruzados. — Você estava tentando se proteger. A culpa não é sua se ele se meteu na frente.

Greystone contraiu um lado da boca, como se quisesse rir, mas Frannie poderia apostar que aquele não era um incidente do qual ele riria com o passar dos anos. Isso se sobrevivesse...

— Prefere que eu pressione os panos na ferida? — perguntou Jim.

Greystone, que a observava atentamente, segurou seu pulso, como se para sinalizar que desejava que ela ficasse. Ele não precisava se preocupar. Frannie não tinha planos de sair dali. Em resposta ao amigo, balançou a cabeça.

— Não. Eu sou a responsável por isso, então devo cuidar dele.

Frannie queria acariciar o cabelo do duque, embalar seu rosto com as mãos, pressionar a testa na dele e se desculpar outra vez. Mas não queria que ele sobrevivesse apenas para ser atacado por Jack e Jim.

— Cadê o Bill?

Como se as palavras dela o tivessem convocado, o médico entrou pela porta.

— O que aconteceu? Fiquei sabendo que Frannie está machucada.

— Não é a Frannie — respondeu Jack, e logo emendou: — Meu Deus! Você está ferida, Frannie? Nem pensei em perguntar.

— Estou bem.

Exceto por alguns hematomas e arranhões, mas não falou nada porque queria que focassem em Greystone. Era ele quem precisava de assistência imediata. Frannie se virou para olhar para Bill e explicar o que havia acontecido. O movimento mexeu a cama, e Greystone gemeu, soando como se estivesse tentando conter o tamanho de sua dor.

Bill deu a volta e parou ao lado dela.

— Deixe-me ver, Frannie.

— Tem tanto sangue…

— Às vezes, uma ferida superficial pode parecer algo muito mais grave. Deixe-me dar uma olhada, está bem?

Com um aceno de cabeça, Frannie recuou, tirando um pouco a pressão da ferida. Ao se levantar para dar mais espaço a Bill, enterrou o rosto no ombro de Jim, que havia aberto os braços para recebê-la, grata pelo conforto. Ele a guiou para longe da cama. Por mais que quisesse ir com ele, não suportava a ideia de deixar Greystone sofrer sozinho.

— Não, vou ficar por perto — murmurou ela, soltando-se do abraço e voltando para a cama. — Precisa de mais luz, Bill?

— Sim, por favor.

Ela levou a lamparina da mesa de cabeceira e a ergueu sobre Greystone para que o amigo pudesse analisar melhor a situação.

— Ah, minha nossa, é horrível.

— Não acho que seja tão ruim assim — afirmou Bill, apertando o peito do duque. Greystone puxou o ar por entre os dentes cerrados. — Doeu, Sua Graça?

O duque o encarou com um olhar mortal.

— Sim, suponho que sim. Pergunta boba. Pode ser que tenha machucado um pouco as costelas. Você deve tê-lo golpeado com força, Frannie.

— Eu estava tentando matá-lo. — Ela fez uma careta. — Bem, não o Greystone. O homem que me atacou.

— E quem atacou você? — perguntou Jack.

— Não sei.

— Como não sabe? Você conhece todos os homens que frequentam o clube.

— Não era um dos nossos clientes.

— E o que ele queria?

— O que um homem que joga uma mulher na parede quer?

— Você o reconheceria se o visse outra vez?

Agora era ela quem olhava feio para Jack.

— Essa inquisição não pode esperar?

— Quanto mais cedo formos atrás dele, maiores são as chances de o encontrarmos e lidarmos com ele.

Frannie olhou para Jim. Ele era da Scotland Yard. Era ele quem deveria estar fazendo as perguntas.

— Não importa quando as perguntas forem respondidas — afirmou Jim. — Vou encontrá-lo e dar um jeito nele.

— Não faça nada irresponsável — falou ela.

— Tente se lembrar de como ele era.

— Estava escuro. Não dava para enxergar direito. Eu só pensei em sobreviver.

— Talvez o duque o tenha visto.

— Não, estava muito escuro... muitas sombras — resmungou Greystone, depois sibilou para o que quer que Bill estivesse fazendo com ele.

— Tente ficar quieto, Sua Graça — disse Bill. — Vou tirar algumas peças de roupa para costurar o ferimento e depois enfaixar as costelas.

Greystone assentiu.

Com a ajuda de Jim, Bill removeu o paletó, o colete e a camisa sob medida de Greystone. Frannie supôs que deveria ter ficado envergonhada ao ver o peito nu de um homem, mas estava muito preocupada com a ferida para pensar nisso — exceto por notar que o corpo era tão bonito quanto suas roupas.

— O que diabo é isso? — perguntou Jack.

Frannie se virou para ver o que Jack estava encarando. As costas de Greystone tinham uma pintura de uma criatura estranha com fogo saindo de sua boca e asas abertas.

— Tatuagem — falou Greystone, enquanto voltava a se deitar.

— Nunca vi nada parecido.

— Vá para o Japão. — Ele arqueou uma sobrancelha, como se Jack não soubesse onde ficava o país. — Do outro lado do mundo.

— Aproxime-se com a luz, Frannie — pediu Bill, chamando a atenção de todos de volta ao assunto em questão.

— Ah, sim, desculpe.

Frannie se ajoelhou ao lado da cama, segurando a lamparina para iluminar a visão do médico, mas sentiu um nervosismo incômodo ao vê-lo trabalhando. Ela desviou o rosto e se viu observando os olhos azuis cheios de dor de Greystone. Queria se desculpar de novo, mas desculpas ficavam irritantes depois de um tempo. Desejou poder segurar a mão dele, mas teria que contornar Bill ou ir para o outro lado da cama, e ficou constrangida ao se lembrar de que Jim e Jack prestavam atenção em tudo. Não dava para ignorar o fato de que ele era um duque. Ela não quisera se casar com Luke porque ele era um conde, e o título de duque era bem mais importante. Ainda mais o de Greystone, pois Sterling Mabry fora criado especificamente para a posição. A maneira como ele se portava, seus movimentos, suas palavras... Tudo demonstrava a nobreza de seu sangue. Mesmo com dor, ele não perdia a compostura.

— Certo, Sua Graça, vamos tentar deixá-lo sentado. Quero enfaixar suas costelas, só por precaução — explicou Bill.

Frannie se afastou um pouco para ele se sentar. A cama parecia tão pequena com Sterling nela. Assim que se ajeitou, o duque voltou a encará-la, como se ela tivesse o poder de aliviar seu sofrimento.

Quando Bill terminou, ele deu um pouco de láudano para Greystone.

— Você deve estar sentindo um grande desconforto. Isso vai aliviar sua dor na jornada para casa.

— Está dizendo que ele está em condições de ir embora? — perguntou Frannie.

— Tenho certeza de que ele tem uma carruagem boa e que a jornada não será tão insuportável.

— Prefiro que Greystone fique aqui para que eu possa cuidar dele.

— Ele não corre o risco de morrer. É verdade que a ferida pode infeccionar, mas...

— A culpa é minha. Devo cuidar dele, pelo menos por algumas horas.

— Não tenho objeções — disse Greystone, e Frannie tomou um susto. A voz profunda ainda demonstrava a dor que sentia.

— Então está resolvido — falou ela.

— Acho que não é uma boa ideia — argumentou Jim. — Sua reputação...

— Ah, pelo amor de Deus, minha reputação? Por acaso você vai sair espalhando boatos por Londres?

— Não, mas, Frannie...

— Ah, Jim, agora não — retrucou ela. — Me ajude a trocar a roupa de cama.

Quando terminaram, Greystone se deitou e fechou os olhos. Ele não estava mais tão ofegante, mas ainda estava pálido. Frannie precisou discutir, persuadir e insistir mais um pouco, mas finalmente convenceu Jack e Bill a irem embora. Eles estavam preocupados com ela e, embora agradecesse a preocupação, não precisava que ficassem no seu pé como mães superprotetoras. Jim foi um pouco mais cabeça-dura.

— Tem certeza de que não está machucada? — perguntou, analisando cada centímetro dela.

Ao olhar para baixo, ela percebeu que seu vestido tinha quase tanto sangue quanto as roupas de Greystone.

— Vou me limpar. Fique de olho nele.

Não se sentia desconfortável em se trocar atrás do biombo com Jim por perto. Afinal, os dois dormiram no mesmo quarto e tomaram banho na mesma banheira por anos. Além disso, Greystone estava dormindo.

Sterling não se lembrava de ter adormecido, mas, quando abriu os olhos, não viu nenhum dos homens por perto. Sem dúvida tinham ido embora. Então viu a silhueta de Frannie atrás da tela do biombo. Ela ergueu um braço sobre a cabeça e passou a outra mão pela lateral do corpo. Deveria estar se limpando. Ele conseguia ver apenas a sombra dela, mas era o suficiente para perceber que estava nua. Sterling sentiu o corpo enrijecer dolorosamente — bem longe da ferida — enquanto as mãos dela se moviam pelos ombros, para baixo...

— Eu fecharia esses olhos de novo se fosse você.

Sterling virou a cabeça para o lado e descobriu seu pior pesadelo sentado ao lado. O olhar de Swindler era penetrante.

— Seria lamentável se Graves tivesse julgado mal a gravidade do seu ferimento e você morresse de repente. Frannie ficaria terrivelmente decepcionada — disse Swindler.

— E você não gostaria de vê-la decepcionada.

— É o único motivo por você ainda estar vivo.

— Para alguém que deve manter a lei, você faz ameaças até demais.

— Quando se trata de assuntos que envolvem Frannie Darling, tenho minhas próprias leis.

— Como mencionei antes, não tenho intenção de machucá-la. É possível que eu tenha inclusive salvado a vida dela hoje à noite. Achei que ficariam pelo menos gratos.

— Essa é a diferença entre nós, Sua Graça. Se eu tivesse salvado a vida dela, não esperaria nenhum agradecimento. Nem teria desejado.

Sterling balançou a cabeça, frustrado.

— Não importa o que eu faça, Swindler, você sempre vai achar algum defeito. Espero que vá para o inferno.

Swindler riu baixinho.

— Levo você comigo.

— Já estou nele, meu caro.

O inspetor pareceu surpreso com a afirmação, e logo estreitou os olhos.

— Achei que o ferimento não fosse tão grave assim.

— Isso... — ele olhou para as bandagens enroladas no peito — não é nada. Você acha que o diabo só visita os pobres e miseráveis? Sendo sincero, inspetor, estou começando a ficar irritado com sua visão arrogante de que só você sabe o que é o inferno de verdade.

Qualquer réplica que Swindler quisesse fazer foi deixada de lado quando Frannie saiu de trás da tela com um vestido preto, como se Sterling já estivesse morto e ela estivesse se preparando para o funeral. Ele queria vê-la outra vez naquele vestido verde, ou sem vestido algum. Sim, a segunda opção era a melhor.

— Você está acordado — disse ela.

— Mais ou menos.

Ela sorriu para Swindler.

— Obrigada por cuidar dele enquanto eu me arrumava. Acho que já pode ir agora.

— Frannie, não acho que seja sensato deixá-la sozinha...

— Jim, estou com minha adaga. — Ela deu um tapinha na lateral do corpo. — O duque está ciente de que sei muito bem como usá-la. Além disso, ele se colocou em perigo mais cedo para me proteger. Acho que merece um pouco de confiança.

Swindler deu a Sterling um último olhar fatal, que mataria alguém se pudesse, antes de se levantar. Indo até a porta, ele parou e tocou a bochecha de Frannie.

— Tome cuidado.

Frannie o acompanhou até a saída, deu-lhe um sorriso tranquilizador e o empurrou com suavidade para fora. Depois de fechar a porta, ela girou a fechadura. O homem de Sykes poderia ter fugido, mas nada o impedia de voltar.

Com um suspiro cansado, ela foi até a cama, parando de supetão quando viu que Greystone a observava com aqueles olhos azul-cobalto.

— O inspetor… ele ama você — disse Greystone baixinho.

Sem dar importância às palavras dele, Frannie se sentou em uma poltrona.

— Todos os rapazes de Feagan amam.

— Não como ele.

— Somos amigos, nada mais.

— Por que mentiu para eles? — perguntou Greystone, sentando-se na cama com as pernas para fora. — Você sabe quem lhe atacou e sabe o que ele queria.

— Eu não sei *quem* ele é. E isso só serviria para deixar os rapazes preocupados.

— Eu não estava perto o suficiente para ouvir tudo, mas ouvi o nome "Sykes". Isso tem alguma coisa a ver com o menino?

— Talvez. Ele fugiu. Passei a maior parte do dia nos arredores da cidade, procurando por ele. Voltei com quatro crianças, mas nenhuma delas era Jimmy. Presumo que Sykes estava perto da sua casa ontem à noite e provavelmente nos viu levando o menino para o orfanato. Ele pode ter me visto entrando na sua casa e me reconhecido. Não sei. Talvez o menino tenha dito a ele.

— Por que não contou tudo isso para o Swindler? Ele poderia prender esse tal de Sykes...

— Pelo quê? Ameaçar alguém não é crime.

— Ele enviou um homem para machucá-la.

— Que prova eu tenho de que ele estava por trás disso? Eu não consegui dar uma boa olhada no sujeito, então não há como prender ninguém. E, mesmo que eu soubesse quem me atacou e Jim o localizasse... — ela balançou a cabeça — ... ninguém testemunha contra o Sykes. Ele é o diabo na Terra.

Frannie não gostou da maneira como Sterling a examinava, como se pudesse ler seus pensamentos.

— Você não contou a eles porque sabia que eles tentariam resolver a questão.

— Eles podem se machucar tentando resolver tudo. E porque...

— Porque o quê? — incitou ele.

Frannie o encarou.

— Você recebeu ameaça de quantos deles? — perguntou ela.

Greystone cerrou a mandíbula. Homens... Tão orgulhosos. Sempre querendo lidar com tudo sem demostrar fraqueza, sem pedir ajuda. Então, por que não conseguiam entender que, às vezes, uma mulher queria a mesma coisa?

— De todos — respondeu ela, com convicção, quando ele não falou nada.

— Não — adicionou ele rapidamente.

Frannie assentiu, pensativa.

— Bill não o ameaçou. Ele não faria isso. Ele cura as pessoas, e não suporta ver ninguém sofrendo. Mas os outros... Eu os amo. Sempre os amei. Mas, às vezes, sinto como se eles estivessem me sufocando.

— Você precisa da ajuda deles nesse caso.

Ela concordou. Sabia que sim, mas desejou que pudesse ser tão independente quanto quisesse. Pelo menos uma vez...

Estendendo o braço, Greystone segurou a mão dela e acariciou seus dedos. Parecia que ele aproveitava qualquer desculpa para tocá-la, como se gostasse da proximidade tanto quanto ela.

— Fique na minha casa por alguns dias.

— Na sua cama?

— Não. A não ser que você queira. — Gemendo de dor, ele pegou a camisa e começou a vesti-la. — Você foi atacada esta noite e isso deve ter sido... difícil.

Frannie sentiu as lágrimas arderem em seus olhos e piscou. Não havia sido como antes, mas ainda trouxera de volta as lembranças horríveis.

— E você quase me matou, o que teria sido trágico.

Ela reprimiu o sorriso choroso. Como ele conseguia fazê-la querer rir e chorar ao mesmo tempo?

— Você deve estar se sentindo culpada por isso. E agora tem que se preocupar com esse tal de Sykes. Como pode pensar com clareza, Frannie? Ele não vai pensar em procurá-la na minha casa. Mesmo que tenha visto você lá ontem à noite, não vai pensar que a convidei de novo.

— Meus órfãos...

— Podem sobreviver por alguns dias sem sua presença. Você tem funcionários para cuidar deles. E preciso de uma enfermeira para me ajudar na minha recuperação. Acho que você dará conta da função. Quando foi a última vez que teve alguns dias para você, sem se preocupar com nada?

Mas ficar na casa do duque traria outras preocupações. Será que era possível ficar perto dele sem desejá-lo?

— Minha carruagem está esperando na rua.

— Seu pobre cocheiro...

— Ele está acostumado a esperar até o amanhecer em algumas ocasiões, e eu o pago bem o suficiente para não se incomodar por isso. — Ele pegou o colete e o paletó. — Venha comigo. Caso contrário, terei que ficar aqui, e, sem querer ofendê-la, sua casa não é muito confortável. É óbvio que Dodger está se aproveitando de sua bondade. Ele precisa aumentar seu salário. Posso pedir ao meu advogado para discutir o assunto com ele.

— Não tenho reclamações quanto ao meu salário. — Pela primeira vez, ela viu suas acomodações através dos olhos dele. Elas eram bem... deprimentes. — Acredito que meu dinheiro é melhor gasto no orfanato.

— Mas sacrificar tudo...

— Eu não sacrifico nada do que realmente quero.

Embora realmente o quisesse... Lá estava ela argumentando contra a ideia de ir à casa dele quando não havia nada que desejasse mais.

— Venha comigo. Meus criados vão cuidar de você. E eu também.

— O ferido é você. É você que precisa ser cuidado.

Greystone sorriu como se ela tivesse caído em sua armadilha.

— Está bem. Pode me mimar.

— Vou ao menos acompanhá-lo até em casa — aceitou Frannie.

— E ficar.

— Até o amanhecer. Só para ter certeza de que está bem.

Greystone deu um sorriso travesso que parecia insinuar que Frannie concedera a ele exatamente o que queria. Só quando chegaram à residência dele é que o duque falou, em voz baixa e sensual:

— Para a minha sorte, você não especificou qual amanhecer.

16

Eram quase duas da manhã, mas o mordomo de Greystone estava de pé no corredor de entrada pronto para pegar o xale de Frannie e o paletó e o colete ensanguentados de seu mestre. A camisa que Sterling vestia, no entanto, não foi tirada.

— Minha nossa, Sua Graça! Vou chamar seu médico agora mesmo.

— Não precisa, Wedgeworth. Eu já fui atendido, e não é nada para se preocupar. A srta. Darling passará a noite no quarto de lady Catherine. Designe uma das empregadas para atendê-la enquanto ela estiver aqui.

— Sim, Sua Graça.

Era estranho, mas, quando Greystone a conduziu escada acima, Frannie não se sentiu nem um pouco desconfortável ao ir para o andar que continha os quartos, mesmo achando que deveria. Pensou na última vez que estivera ali e em tudo o que acontecera desde então. Sterling poderia dizer que não esperava nada dela, mas Frannie sabia que era mentira — e não se incomodava com isso. A única pessoa com quem sempre fora honesta era ela mesma. Estava ali porque não havia nada que Greystone quisesse que ela não estava disposta a dar.

— Já mencionei que estou muito feliz por você estar aqui? — perguntou ele.

Frannie sorriu.

— Acho que não.

— Quero que você fique feliz por estar aqui, Frannie.

O topo da escada se abria para um corredor enorme. Era tão grande que mesas e cadeiras alinhavam as paredes, e, mesmo assim, quatro pessoas ainda conseguiriam andar lado a lado com conforto. Ela imaginou grupos de damas dando risadinhas quando subiam ali para procurar o toalete durante os bailes.

— Este quarto aqui — disse ele, levando-a a uma porta aberta.

Ela olhou para os detalhes artesanais no teto, a cama grande com dossel, o luxo que não experimentava desde que deixara a casa do antigo conde de Claybourne.

— É lindo.

— Mas não é do seu gosto, não é?

Frannie negou com a cabeça.

— Não, mas vou ficar bem.

Pelo canto do olho, ela viu uma mulher claramente sonolenta andando pelo corredor, vinda da escada ao fundo que dava acesso aos aposentos dos criados. Ela ficou surpresa que Sterling não se virou para a garota que se aproximava.

— Sua Graça — cumprimentou a jovem com uma reverência vacilante.

Só então Sterling pareceu notá-la.

— Agnes, atenda a todas as necessidades da srta. Darling enquanto ela estiver aqui.

— Como desejar, Sua Graça.

— A srta. Darling usará as roupas de lady Catherine.

— Isso não é necessário — disse Frannie.

— Fique à vontade. Saiba que Catherine deixou roupas que, sem dúvida, nunca mais usará. Essas peças, assim como tudo nesta casa, estão aqui para você utilizar como quiser. — Ele deu um passo à frente, pegou a mão dela e a levou aos lábios. — E agora, Frannie, temo que devo ir me deitar e deixá-la fazer o mesmo.

Greystone parecia exausto, e ela percebeu que a dor o estava afetando.

— Vim cuidar de você.

— Durma um pouco primeiro. Se você adoecer, Swindler vai me matar. Além disso, preciso me limpar e tirar essas roupas ensanguentadas.

Assentindo, ela o observou atravessar o corredor para o quarto em frente ao dela. Não planejava mesmo ficar além do amanhecer, e não esperava dormir ali. Ao ouvir uma gaveta se abrir, virou-se e viu Agnes pegando uma camisola. Com um sorriso tímido, a jovem disse:

— Deseja que eu prepare um banho?

— Ah, não, é tarde demais para se preocupar com isso.

— Não será um problema, se é isso que você deseja.

Frannie pegou a camisola, surpresa com a suavidade do tecido. Seria como deitar-se em uma nuvem.

— Volte a dormir. Posso cuidar de mim mesma.

— Mas Sua Graça…

— Nunca vai saber.

Agnes fez uma reverência rápida.

— Sim, senhorita. Obrigada, senhorita.

Depois de vestir a camisola e escovar o cabelo, Frannie se deitou na cama e olhou para o dossel por um tempo. Então, rolou para o lado e estudou a luz que entrava pela janela. Era o luar ou uma lamparina? Isso importava? Ela estava na casa de Greystone. Se ficaria apenas até o amanhecer, certamente não esperaria que a luz do sol a encontrasse naquela cama.

Jogando as cobertas de lado, Frannie se levantou, pegou a lamparina da mesa de cabeceira e foi até o corredor. Encostou a mão na porta do quarto à frente e pensou em Greystone entretendo os meninos com suas histórias na Grande Exposição. Pensou nele mandando buscá-la em vez de chamar a polícia quando descobriu um ladrão em sua casa. Pensou nele se colocando em perigo naquela noite. Pensou no prazer que ele lhe dera na noite da ópera.

Greystone lhe dera a confiança necessária para acreditar que era uma mulher que um homem poderia desejar. Embora o duque nunca fosse se casar com Frannie, talvez outro o fizesse. Mas a vida era incerta e não havia garantias de nada. Aquele era um homem com quem ela se importava muito. O que quer que pudessem compartilhar, seria o suficiente.

Quando abriu a porta e entrou, sentiu o olhar de Greystone cair sobre ela com tanta rapidez que teve certeza de que não o despertara. Ela caminhou até a cama.

— Queria dar uma olhada em você. Está com muita dor?

Ele negou com a cabeça.

— Meu criado me deu um pouco de láudano.

— Você não deve ter dificuldade para dormir, então.

— E você?

— Ficarei tranquila agora que sei que você está bem.

— Você me disse uma vez que gostava de dormir, apenas dormir, com alguém. Estou usando calça, se quiser… — Ele ergueu as cobertas como um convite.

— Você sabia que eu viria.

— Eu torci para que viesse.

Frannie colocou a lamparina sobre a mesa, deitou-se na cama e apoiou a cabeça no ombro dele. Sterling a aconchegou com um meio abraço.

— Viu? Eu disse que seria mais confortável aqui — comentou ele, com a voz lenta, como se tivesse que forçar as palavras através da névoa de sonolência provocada pelo remédio. — Quero saber como você está de verdade, Frannie. Apesar de agir como se o que aconteceu tivesse afetado apenas a mim, deve ter ficado apavorada.

Frannie passou o dedo sobre o peito dele.

— Acho que fiquei furiosa, mais do que qualquer outra coisa. Sou muito cuidadosa quando decido ir àquela parte da cidade, mas fui pega de surpresa perto da minha casa. Quando aquele homem mencionou Sykes, eu queria feri-lo com toda a força que eu tinha.

— Esses passeios, você os faz à noite?

Frannie nunca mentiria para ele. Greystone cutucou o braço dela.

— Frannie?

— Às vezes.

— Sozinha?

Ela assentiu.

— Droga, Frannie, percebe o tamanho do risco que você corre?

— As crianças não se aproximam de mim se eu não estiver sozinha.

— Elas não são mais importantes que você. Contrate alguém, pelo amor de Deus! Alguém que possa se esconder para não assustar as crianças, mas que fique de olho em você.

— Você está ficando tão mandão quanto os rapazes de Feagan.

— Porque você se tornou muito preciosa para mim. — Ele a beijou no topo da cabeça. — Por favor, não vá mais sozinha.

Frannie assentiu, mas só com a cabeça. Era mais fácil quebrar promessas não ditas.

— O que é essa criatura nas suas costas? — perguntou ela baixinho, na esperança de mudar de assunto.

— Um dragão.

— Você viu um em suas viagens? Isso existe?

— Até onde sei, só em lendas. Você não conhece São Jorge? Dizem que ele matou um...

— Eu não o conheço.

— Talvez eu conte a história dele para você um dia.

— A tatuagem vai sumir?

— Não.

— Por que desejaria algo tão permanente no seu ombro?

— Pelo que me lembro, eu estava bastante bêbado na época e achei uma boa ideia.

— E por que um dragão?

— É simbólico. Todos nós enfrentamos dragões de uma forma ou de outra, em algum momento da vida.

— Então não é uma coisa boa.

— Depende se vamos ou não conseguir matá-los. Fazia muito sentido quando eu estava bêbado.

— Você matou o seu dragão?

— Foi o que achei na época.

A mão do duque estava acariciando o braço dela de cima a baixo, e Frannie desejou que a camisola não tivesse mangas. Deitar-se com Greystone não era como se deitar com os meninos quando criança. Seu cheiro, seu corpo, seu tamanho eram os de um homem.

— Eu poderia ter matado você.

Ele parou o carinho e a abraçou com mais força.

— Mas não matou. E, se tivesse feito, não teria sido culpa sua.

— Mesmo assim, eu ainda poderia ter sido mandada para a forca, por matar um lorde.

— Swindler não deixaria isso acontecer.

Greystone estava certo. Jim a teria protegido. Ele fizera o mesmo por tantos outros.

— Eu não teria gostado se você tivesse morrido — sussurrou ela.

— Eu também não teria gostado muito. — Frannie sentiu o peito do duque se erguer sob sua bochecha como se ele estivesse no meio de um suspiro que foi interrompido abruptamente quando sentiu a ferida doer. — Não sei se poderia ter dito o mesmo há um ano.

Erguendo-se sobre um cotovelo, Frannie notou que Greystone estava com as pálpebras pesadas.

— Isso é uma coisa estranha de se dizer. Nunca desejei a morte, nem nos piores momentos da minha vida.

— Você sem dúvida já viu coisas piores do que eu. Como pode continuar sendo tão otimista?

— Feagan costumava dizer: "Não importa o quão ruim as coisas fiquem, Frannie, querida, elas sempre podem piorar, e sempre podem melhorar. Espere o pior e nunca se decepcione. Espere o melhor e sempre tenha algo para almejar". Prefiro viver almejando o melhor.

— Onde você estava quando eu era um jovem revoltado?

— Provavelmente na casa do conde de Claybourne, sabendo que o que ele estava me dando era melhor do que eu já tinha tido e, mesmo assim, desgostando de tudo. Eu sentia falta de Feagan, mas o conde nos proibiu de visitá-lo enquanto vivêssemos sob o teto dele. — Ela voltou a se aninhar na curva reconfortante do ombro de Greystone. — Tenho quase certeza de que isso não impediu Jack, no entanto. Ele nunca foi de aceitar ordens.

— Eu apostaria a mesma coisa.

— Você soube que ele se casou recentemente?

— Não. Deus, quem se casaria com ele?

Frannie soltou uma risadinha.

— Sério, você precisa formar uma opinião melhor sobre meus amigos.

— Quando eles pararem de me ameaçar, quem sabe.

— Eles ainda estão ameaçando você?

— Ultimamente, não. Mas quem é a infeliz dama?

— A viúva de Lovingdon.

— Olivia? Que surpresa.

— Ouso dizer que é um eufemismo, mas acredito que eles estão muito felizes.

— Você fica feliz com a felicidade dos outros.

— É claro. Não deveríamos todos?

— Acho que nunca pensei muito nisso.

Com o dedo, Frannie desenhou círculos lentos no peito dele.

— É melhor eu deixar você dormir.

Greystone fechou a mão sobre a dela, interrompendo o movimento.

— Durma comigo.

Frannie ouviu a respiração dele ficar lenta e uniforme. Sabia que, se ele acordasse primeiro, não se aproveitaria dela.

Luke garantira isso contando a Greystone sobre seu passado, mas achava que ele não se aproveitaria dela de jeito nenhum. Sim, ele era um lorde. Sim, estava acostumado com o poder. Mas também era um cavalheiro.

Quando Frannie adormeceu, seu último pensamento foi de que Greystone era o cavalheiro *dela*.

Sterling acordou e se viu deitado sobre seu lado que não estava machucado, com o braço enrolado em Frannie Darling e uma mão aninhada inocentemente no peito dela. Ele nunca estivera nesta posição com qualquer outra mulher. Sempre tocava uma mulher com propósito, com desejo. Ainda queria tocar Frannie daquele jeito de novo, mas tinha que ser no ritmo dela, quando ela estivesse pronta. A bunda dela estava encostada no quadril dele, e a reação de seu corpo não era nada inocente. Ele recuou um pouco, pois não queria que ela acordasse sendo cutucada...

Com um suspiro, ela se aconchegou contra ele.

Maravilha! Sterling estava tentando ser um cavalheiro, mas ela estava garantindo que ele não fosse. Ele se concentrou no som da chuva batendo na janela, o que o fez pensar em água e, então, na silhueta por trás do biombo enquanto Frannie se limpava. Ficou dolorosamente mais duro. Por isso, começou a pensou em todos os tesouros que trouxera de suas viagens: vasos, cerâmica, estatuetas, joias. Seu corpo começou a responder à falta de imagens sugestivas. Pensou no passeio desconfortável em cima de um camelo, no medo que sentira quando um tigre o atacou e Wexford atirara no animal. Se tivesse morrido, teria perdido a oportunidade de deitar-se com Frannie em seus braços, de ter o cheiro dela em seu travesseiro, de sentir o corpo delicado dela separado do dele por nada mais que uma fina camada de tecido...

Ele praguejou baixinho quando a dor voltou.

— Você sempre acorda de mau humor? — perguntou ela.

— Há quanto tempo está acordada?

— O suficiente.

Ela rolou para longe dele e saiu da cama. As cortinas estavam fechadas, mas a lamparina ainda queimava, e ele podia vê-la com clareza.

— Apesar do que aconteceu quando eu era menina, não tenho medo de intimidade. Tenho medo de desonestidade. Seja sempre honesto comigo.

Percorrendo o corpo dela com os olhos, o duque afirmou:

— Eu quero você. Desesperadamente.

Frannie deu um sorriso travesso.

— Eu sei. Mas, para o seu azar, no momento eu quero café da manhã.

Sterling rolou de costas, começou a rir e praguejou pela dor que sentiu.

— Ou talvez seja para sua sorte... — disse ela.

Sterling a encarou.

— Não me faça rir.

— Ficarei até amanhã de madrugada.

Com isso, ela saiu do quarto. Sterling olhou para o dossel roxo-escuro. Ele planejava ter a recuperação mais rápida já registrada em um ser humano.

Sterling prometera mimar Frannie, então cuidou para que o café da manhã dela fosse servido na cama —

mesmo que fosse na dele. Ela se sentou ao pé da cama usando um dos vestidos diurnos simples de Catherine, deixando a bandeja de comida entre os dois enquanto ele se apoiava em uma pilha de travesseiros na cabeceira. Seu criado havia trocado o curativo e o ajudado a vestir uma calça limpa e uma camisa larga mais confortável.

— Imagino que, por trabalhar no Dodger, você deve saber de todo tipo de comportamentos devassos — comentou ele, espalhando geleia na torrada.

— Eu também jurei manter tudo em segredo. Jack sempre teve uma política muito rígida em relação à confidencialidade dos clientes.

— Que pena. Aposto que sabe histórias fascinantes.

— Bom... talvez eu possa compartilhar uma — respondeu ela, dando um sorriso malicioso.

Ele se endireitou nos travesseiros.

— Pode falar.

— Uma noite... deve ter sido por volta da meia-noite... — ela balançou a cabeça — ... não sei se devo contar.

— Não contarei a ninguém.

— Promete?

— Prometo.

— Está bem. — Ela assumiu uma expressão determinada, e a expectativa dele aumentou enquanto esperava a revelação da história escandalosa. — Foi bastante desonroso, mas somei uma coluna de números incorretamente. E Jack descobriu. Quis morrer de vergonha.

— Números... — repetiu ele.

Frannie sorriu com sarcasmo.

— Eu sou a contadora, afinal. E, geralmente, números não se comportam tão mal.

— Então esse vai ser seu joguinho. Você mantém seu nariz enterrado nos livros e nunca espia o salão? É isso que está dizendo?

— As pessoas têm direito à privacidade e aos segredos.

— Que decepção... Eu, por outro lado, vi mulheres dançando com quase nenhuma roupa.

Agora era a vez de Frannie de se endireitar.

— É mesmo?

Assentindo, Sterling deu uma mordida na torrada.

— Elas conseguem ondular a barriga como se fossem cobras. É muito divertido. Vocês deveriam considerar contratá-las para trabalhar no Dodger. Aposto que os cavalheiros nunca iriam embora.

— É uma ideia. — Deixando o prato de lado, ela levantou os joelhos e os abraçou. — Não consigo nem imaginar tudo o que você já viu.

— Foi tudo maravilhoso. Meu pai não concordava com a minha decisão de viajar, e discutimos feio sobre isso. Ele me disse que, se eu saísse, nunca mais queria me ver. Achava que eu estava sendo egoísta ao colocar meus desejos acima dos deveres. De certa forma, acho que eu estava sendo egoísta, sim. Ele falou que eu poderia conhecer o mundo depois, mas nunca entendeu...

— Tenho certeza de que ele não quis dizer isso... Digo, sobre nunca mais querer ver você.

— Voltei para a Inglaterra quatro meses antes de ele morrer. Cheguei a visitá-lo, em uma ocasião em que Catherine não estava presente. Ele estava doente, havia perdido a capacidade de falar, mas sua enfermeira me disse que ele podia se comunicar com os olhos. Meu pai se recusou a olhar para mim. Acredito que ele havia falado sério quando disse que nunca mais queria me ver.

O pai de Sterling também tivera vergonha das limitações do filho, embora ele não desejasse compartilhar essa parte da história com Frannie. Talvez sentisse tanta vergonha quanto o pai. Ela trabalhava nas partes sombrias de Londres, e lá ele poderia muito bem ser considerado um cego pela limitação de sua visão.

— Pelo menos você sabe quem era seu pai — disse ela.

— É, acho que isso deve trazer algum tipo de conforto.

Frannie apoiou o queixo nos joelhos.

— Agora que voltou, vai cuidar de seus deveres.

— Exatamente. Terei uma esposa chata e filhos que espero não serem chatos.

Ela riu, mas o som pareceu forçado, e Sterling percebeu que, dadas as circunstâncias, não deveria discutir com Frannie o tipo de mulher com quem queria se casar. No entanto, ela exigira honestidade.

— Não serei um bom marido, Frannie.

— Acho que você se subestima, mas não espero nada duradouro. Saiba que eu nunca quis ser uma duquesa.

— Achei que se casar com um duque era o sonho de todas as mulheres.

— Ah, não. Prefiro me casar com um rei — brincou ela.

— Suspeito que Ana Bolena teve o mesmo sonho.

Frannie riu. Ele adorava ouvi-la rir.

— Você é péssimo.

Sorrindo, ele deu de ombros.

— É você quem diz, rainha Frannie.

— Parece bobagem, não é? Mas eu juro que não me vejo me casando.

— Seus órfãos são o suficiente para sua felicidade?

— Acredito que sim. — Ela olhou para a janela. — Eu deveria estar procurando mais crianças.

— Neste tempo horrível? Todas estarão dentro de casa.

— Se tiverem uma casa. — Ela suspirou, melancólica. — É um bom tempo para ler, não é? Você lê muito?

— Não tanto como antes. Ler começou a me dar dor de cabeça nos últimos tempos.

— Óculos podem ajudar.

Não ajudariam, mas Sterling não queria continuar com esse assunto.

— Em algum momento vou atrás disso.

— Você gosta de Dickens? — perguntou ela.

— Acho as histórias dele meio sombrias.

— Acho que ele escreve sobre o que sabe. Talvez eu leia para você esta tarde.

— Eu gostaria muito disso.

Ela deslizou da cama e começou a recolher os pratos vazios.

— Chame uma criada — disse ele.

— Mas eu posso fazer isso.

Estendendo a mão, Sterling segurou o pulso dela.

— Por que faz isso, Frannie? Por que procura me lembrar de que nossas posições na vida são tão diferentes?

— Não estou lembrando você de nada. Estou lembrando *a mim mesma* de ser honesta com você sobre quem sou e o que sou. A única vez que fingi ser o que não era foi quando quis enganar alguém para conseguir algo. Sabia que existem pessoas que aceitam de bom grado receber um soldado desafortunado? O soldado e sua filhinha. E, enquanto a generosa família dormia, pegamos seus objetos de valor e fugimos noite adentro.

Nunca se esqueça, Sua Graça, que eu já fui uma das pessoas de dedos leves que você queria manter fora de sua casa.

— E eu já fui um jovem que colocava os próprios prazeres à frente dos deveres. As pessoas mudam, Frannie. Podemos compensar nossos fracassos do passado. Você roubou, eu decepcionei meu pai. Agora você faz caridade e eu honrarei minhas responsabilidades e meu título. É a mulher que você é hoje que me intriga, é... com quem eu me importo tanto quanto sou capaz de me importar.

— Não quero me tornar algo para você que não sou ou que não sou capaz de ser. Eu não quero enganá-lo.

— Você pensa tão mal de mim a ponto de acreditar que posso ser facilmente enganado? Você me rejeitou em quase todas as ocasiões em que nos encontramos, no entanto, aqui está, na minha cama. A meu convite, se bem me lembro.

— Tudo poderia fazer parte de um plano bem concebido. É assim que trabalhamos, sabe? Fazemos vocês acreditarem no que queremos para tirar proveito.

Soltando o pulso dela, Sterling recostou-se nos travesseiros e abriu os braços.

— Então, por favor, tire proveito.

O olhar dela passou devagar pelo corpo dele, que reagiu com uma ferocidade incontrolável. Sterling observou-a engolir em seco e lamber os lábios. Então, Frannie pegou a bandeja e deu uma piscadela atrevida.

— Está vendo, Sua Graça? Agora você não está mais tentando me impedir de tirar os pratos, que é exatamente o que eu queria.

Ele riu. Não acreditava nela, nem por um minuto, mas, se aquele fosse o jogo que ela queria jogar, ele admitiria a derrota para obter uma vitória decisiva depois.

— Descanse agora — disse ela. — Recupere suas forças.

Sterling a observou sair da sala e fechou os olhos. Frannie estava certa. Ele precisava recuperar as forças o mais rápido possível. Os minutos estavam passando, e o duque provavelmente teria muita dificuldade de fazê-la voltar para a casa dele caso a deixasse ir embora.

17

Enquanto Greystone descansava, Frannie foi ao salão matinal. O cômodo dava para o jardim e tinha três paredes de janelas com um telhado de vidro no qual a chuva batia. Ela queria honestidade não só dele, mas também de si mesma. Conseguiria se olhar no espelho caso se entregasse a um homem que nunca se casaria com ela? Um homem com quem ela nunca se casaria? Era errado, apenas uma vez na vida, conhecer por completo a sensação de ser realmente desejada?

Greystone era um homem de paixões. Um homem de aventuras. Um homem que a desejava. Isso ficara mais que evidente naquela manhã, quando Frannie acordou e descobriu que ele estava excitado.

A proximidade dele a deixara extasiada.

Greystone não se importava com o passado dela. Não se importava que ela tivesse sido uma ladra. Frannie nunca gostara de participar quando Feagan fingia ser um soldado, quando as pessoas eram gentis com eles, e eles retribuíam a gentileza roubando seus pertences. Ela já entendia que o que faziam era errado — mas fazia mesmo assim, a fim de agradá-lo.

Usou a desculpa de que o avô de Luke os proibira de visitar Feagan para explicar por que nunca mais o vira, mas a verdade era que tinha vergonha das coisas que o antigo tutor lhe pedira para fazer. Era parte do motivo pelo qual gastava tão pouco dinheiro consigo mesma e tinha tão poucos pertences. Roubara coisas que não lhe eram de direito quando mais jovem e, assim que conseguiu, começou a retribuir o máximo que conseguia. Se pudesse ensinar as crianças a não infringir a lei, se pudesse dar bons exemplos a serem seguidos, se pudesse fazê-las desaprender as lições que lhes foram ensinadas...

Talvez não se sentisse tão manchada por seu passado, por sua associação com Feagan.

— Eu esperava um dia ensolarado para que pudéssemos fazer um piquenique no jardim — falou Greystone, sentando-se na poltrona ao lado dela.

Ela sorriu para ele.

— Eu gosto da chuva. Provavelmente sou a única pessoa em toda a Inglaterra que gosta.

— É um clima melancólico.

— Prefiro pensar mais em "clima para reflexão".

— Você é uma eterna otimista. E sobre o que está refletindo?

— Nada de importante. Como está se sentindo agora?

— Ainda um pouco dolorido, mas estou confiante de que vou sobreviver.

Frannie o estudou por um momento, notando as linhas perto de seus olhos azuis, o vinco na testa. Ele ainda estava se sentindo desconfortável. Por que os homens achavam que sempre tinham que parecer fortes?

— Sua Graça, preciso agradecer por enviar o sapateiro ao orfanato...

— Isso fez você me ver com outros olhos?

— Fez.

— Então o gasto valeu a pena.

— Estou pensando em listar nossos benfeitores em uma placa na parede. Você acha que seria uma boa forma de reconhecimento?

— Prefiro o anonimato. Fiz isso por você, não pela glória.

— E eu pensando que sua intenção era de ajudar os garotos.

Greystone olhou para a chuva com um leve rubor nas bochechas que Frannie achava que não tinha nada a ver com o ferimento. Ele havia feito aquilo por ela, para agradá-la, para conquistar sua simpatia. Outro buquê de flores não teria funcionado tão bem. O feito de que o duque havia percebido o que de fato era muito importante para ela significava muito.

— Você vai se arrumar para o jantar hoje à noite? — perguntou ele.

— Acho que sim. Encontrei um vestido de Catherine que me serve muito bem.

Ele olhou para ela.

— Fico feliz em ouvir isso. Pedi à cozinheira para preparar algo especial. Há algo que você não goste?

— Crescendo como cresci, Sua Graça, sou grata por qualquer comida que apareça na minha frente.

— Você é muito fácil de agradar, srta. Darling.

— Prefiro quando você me chama de Frannie.

Os lindos olhos azuis ficaram calorosos.

— Então, Frannie, me agradaria imensamente se você me chamasse de Sterling e parasse com essa história de "Sua Graça" enquanto estivermos aqui.

Frannie queria repetir que achava importante lembrar-se de que ele era um duque, mas, de repente, com a chuva os trancando lá dentro, era quase como se o mundo real não existisse mais. Eles poderiam fingir por apenas algumas horas que pertenciam ao mesmo mundo.

— Temos algum tempo antes do jantar — disse ela. — Gostaria que eu lesse para você?

— Só se sentarmos juntos em um sofá e eu puder massagear seus pés enquanto você lê.

Frannie sorriu.

— Sterling, acredito que temos um acordo.

O jantar foi servido no mesmo ambiente íntimo de antes, embora não houvesse nenhuma música desta vez e menos velas. Menos palavras foram ditas. Menos respirações foram dadas.

Ou foi o que pareceu para Frannie.

Talvez seu espartilho estivesse muito apertado ou o vestido de Catherine fosse pequeno demais para ela. Ou talvez, a razão mais provável, ela estivesse respirando com dificuldade pela maneira como Sterling a olhava — como se ela fosse a sobremesa.

O duque estava vestido com tanta elegância como quando estivera na ópera, e estava perversamente bonito. Por cima da borda de sua taça de vinho, Sterling a examinava com um olhar vagaroso, deixando o azul de seus olhos se escurecer com prazer. Era estranho e inebriante saber que ela o afetava tanto.

Mais cedo, Frannie havia se banhado e cheirado todos os frascos de perfume que adornavam a penteadeira de Catherine até encontrar um que remetia a ninfas em um jardim. Ela preferia aromas leves, talvez porque tivera que usar fragrâncias mais pesadas parar mascarar o fedor das margens de Londres quando mais jovem. Tudo em sua vida agora era o oposto do que sua vida tinha sido antes.

Entretanto, não se sentia preparada para aquele momento.

— Relaxe, Frannie — falou ele com uma voz tão calma que seu coração trovejante de fato se acalmou. — Só faremos o que você quiser hoje à noite.

— E se as coisas que você deseja que aconteçam não acontecerem?

— Então elas não acontecerão. Sem dúvida, ficarei desapontado, mas não será o meu fim. Você não deveria ter que viver com a sensação de que foi forçada a fazer algo que não queria. — Sterling pareceu perceber o significado do que havia dito, porque acrescentou: — Não será como antes.

— Eu não estaria aqui se achasse que isso aconteceria.

Ele tilintou a taça de vinho contra a dela, que estava na mesa.

— Obrigado por cuidar da minha recuperação.

— Fico grata por seu ferimento não ter sido tão grave quanto pensei.

— E eu estou ainda mais grato. Suponho que Swindler esteja procurando o culpado.

— Provavelmente. Mesmo sem uma descrição, aposto que ele encontrará o infrator. Ele é muito habilidoso.

— Você o admira.

Frannie fez uma careta para ele.

— Eu admiro todos os rapazes de Feagan.

— Me parece que eles também são os rapazes de Claybourne, além de Feagan. O antigo conde acolheu todos vocês, não foi?

— Sim. Mas Feagan nos ensinou sozinho, enquanto Claybourne contratou tutores. É muito fácil realizar algo quando você tem os meios para pagar por isso.

— Você admira esse tal de Feagan.

— Não sei se "admirar" é a palavra certa. — Ela pensou por um momento. Alguns aspectos do homem que a criou a desapontavam, mas ela não podia negar que ele cuidara das crianças que recebeu. — Na verdade, é sim. Ele nos ensinou habilidades questionáveis, mas nos deu uma espécie de lar. Estava pensando em dar o nome dele ao orfanato, na verdade.

— Orfanato Feagan? Essa é uma honra que ele merece?

Frannie tomou um gole de vinho, e depois outro. Sabia que Greystone não queria nada além de uma noite com ela, mas ainda assim se sentia obrigada a perguntar:

— Você pensaria mal de mim se soubesse que acredito que ele pode ser meu pai de verdade?

Girando o vinho em sua taça, Sterling pareceu refletir sobre as implicações.

— Posso ter valorizado muito a posição social de uma pessoa com base em seus ancestrais, mas, nos últimos tempos, aprendi a julgar um indivíduo por suas próprias conquistas e méritos.

Frannie sorriu.

— Então acho que você é realmente raro.

— Se ele fosse seu pai, não assumiria isso?

— Pensei que sim. Perguntei a Jack uma vez, pois ele sabe muito segredos.

— E o que ele falou?

— Jack evitou responder, mas não sei se é porque estava tentando me proteger ou se achou que eu ficaria decepcionada com a resposta, seja ela qual fosse.

— Segredos sempre acabam sendo revelados.

— Você tem segredos, Sterling?

— Todos temos.

Mas Frannie não conseguia imaginar que os dele eram tão sombrios quanto os dela.

Vestida com outra camisola de Catherine, Frannie sentou-se diante da penteadeira e escovou o cabelo. Cem escovadas. Era uma das regras de Feagan. Ela muitas vezes se perguntava se uma dama já se arrumara, penteando o cabelo, para ele. Será que Feagan a amara? Será que a dama o amara? Ele era tão reservado sobre o passado. Mas, naquela noite, Frannie não queria pensar sobre suas origens. Queria pensar apenas sobre seu possível destino.

Sterling lhe desejara boa noite na porta do quarto, dando a impressão de que realmente estava se despedindo. Que não iria ao quarto dela. Que não a procuraria.

Quem decidiria se iriam ou não se deitar juntos era Frannie. Como nunca se casariam, Sterling estava deixando a escolha nas mãos dela. Frannie encarou seu reflexo no espelho. Entregar-se de bom grado a um homem que não a honraria como mulher...

Mas não seria mais desonesto negar a si mesma o prazer quando o desejava com tanto fervor? Na noite depois da ópera, Sterling lhe dera um gostinho do prazer que encontraria nos braços dele.

Fazia dezoito anos desde que um homem a possuíra. Ela trancara em sua mente o nojo que sentira com aquelas mãos rechonchudas beliscando e puxando. Ela escondera à força, em cantos escuros, as lembranças do corpo em cima do seu, da dor, do sangue, do eco de seus gritos, o som da risada hedionda…

Mas as lembranças ainda estavam lá, esperando para serem substituídas por algo intenso o suficiente para destruí-las.

18

Em seu quarto, Sterling estava sentado em uma poltrona perto da lareira, olhando as brasas desvanecerem, assim como sua visão desvanecia. Além da luz fraca da lareira, a única iluminação vinha da lamparina perto de sua cama. Ele usava apenas calça e o curativo na ferida. Como estava respirando melhor, havia removido as bandagens ao redor do peito.

Desde que beijara Frannie na biblioteca de Claybourne, ele tentara seduzi-la e atraí-la para a cama. No entanto, acabara sendo seduzido a se tornar um homem melhor. Decidira deixá-la partir sem nunca prová-la por completo. Frannie o fazia enxergar a realidade da vida com a leitura de Dickens, seus órfãos e sua capacidade de desvelar intenções nobres mesmo naqueles com um passado criminoso. No mundo de Sterling, havia o certo e o errado, o bem e o mal. No dela, não havia preto e branco, apenas tons de cinza. Era o que o mundo dele estava se tornando. Que ironia… À noite, nada era claro. Havia apenas borrões e sombras.

Os sonhos de Frannie a levavam para as partes mais sombrias de Londres, onde o duque não conseguia acompanhá-la e mantê-la segura. Sterling não sonhava havia tempos. Cumpriria seus deveres e cuidaria de suas responsabilidades.

Mas nada disso a incluía — mesmo que quisesse incluí-la, ela não queria a vida da aristocracia. Ele não podia se afastar do legado que herdara. O preço que pagaria para honrar seu título era muito mais alto do que seu pai jamais imaginara.

Sterling ouviu o clique da porta se abrindo e foi tomado por uma onda de satisfação. Mesmo que Frannie estivesse ali apenas para dormir em seus braços, já seria o suficiente. Seguiria o exemplo dela e encontraria alegria no menor dos prazeres, e dormir aninhado com ela era um dos prazeres mais doces da vida.

Deixando de lado o copo de conhaque, ele se levantou e se virou. Frannie estava ao pé da cama, segurando uma das colunas do dossel. Com os pés descalços e em silêncio, Sterling cruzou o quarto até quase grudar o nariz com o dela.

Frannie o encarou. Não havia medo, apreensão ou dúvidas nos olhos verdes.

— Quero uma noite com você — sussurrou ela.

Sterling não estava preparado para a força daquelas palavras, e sentiu como se tivesse levado um soco no peito. Até aquele momento, estava se enganando ao acreditar que poderia viver sem Frannie, pois nunca esperou tê-la de verdade. E lá estava ela, encantando-o com sua mistura de inocência e bravura como nenhuma outra dama jamais o fizera.

— Então uma noite você terá.

Porque não podia negar isso a ela, assim como não podia negar isso a si mesmo. Abraçando-a, Sterling a puxou contra seu corpo e a beijou.

Frannie o acolheu como se ele fosse o ar e ela estivesse sem fôlego. Como se fosse o sol e ela estivesse congelando. O gosto de conhaque na boca dele era afrodisíaco, encadeando as chamas do desejo e fazendo-a incendiar. Ela deslizou os dedos pelos braços nus e sentiu os músculos definidos. A força era palpável; a determinação, evidente. O beijo foi mais feroz do que os anteriores, como se o pedido dela tivesse libertado a selvageria que Sterling mantinha sob controle.

Ofegante, ele arrastou a boca quente pelo pescoço dela, lambendo e mordiscando.

— Pode me parar se eu te assustar. Não vou machucá-la, mas também não vou conseguir ser tão gentil. Eu te quero demais, fui paciente demais.

Sterling já havia avisado a ela que não era mais civilizado, mas foi só naquele momento que Frannie percebeu que o aviso era verdadeiro, pois a camisola que separava o contato dos corpos foi rasgada num piscar de olhos, o tecido descartado no chão. E então, como se a fera estivesse satisfeita, ele a tocou com o mais gentil dos toques, deslizando as mãos sobre suas curvas. Era estranho não se sentir exposta, não sentir vontade de se cobrir. Em vez disso, Frannie queria acender as outras lamparinas, reunir as velas acesas e revelar tudo o que tinha a oferecer para ele. Ela, que antes era tímida sobre sua feminilidade, agora era puro orgulho.

— Meu Deus, você é linda. Sabia que seria. — Sterling a encarou no fundo dos olhos. — Diga-me o que você não quer.

— Não quero que você me trate como se eu fosse frágil ou fosse quebrar. Quero que me trate como faria com qualquer outra mulher que já conheceu.

— Você não é como qualquer outra mulher que conheci. Nunca cometa o erro de pensar que é ou que poderia ser.

Ele voltou a beijá-la profundamente. Os seios dela estavam no peitoral quente do duque. Frannie deslizou as mãos até as coxas dele, depois as subiu um pouco e, por cima da calça, sentiu o que a havia cutucado naquela manhã. Sterling soltou um gemido profundo, interrompeu o beijo e parou de se mexer, como se lhe desse licença para ela explorar e fazer o que quisesse.

Lambendo os lábios, com a boca repentinamente seca, Frannie baixou o olhar para o volume na calça dele. Ela não tinha dúvidas sobre o poder contido por apenas alguns botões. Era incrível que eles não tivessem estourado.

— Não vai machucar você — afirmou o duque, rouco, enquanto a beijava na testa.

— Eu sei. Porque você não vai me machucar.

Sterling ficou imóvel, e Frannie estava bastante consciente da tensão dos músculos, das leves gotas de suor no pescoço dele. Ele moveu a mão para abrir o primeiro botão da calça...

— Deixe que eu faço isso — falou ela, colocando a mão sobre a dele e empurrando-a para o lado.

Os botões se soltaram como se estivessem gratos pela liberdade, e ela percebeu que o duque não usava nada por baixo. Mas seus dedos não vacilaram. Em vez disso, não perderam tempo e logo revelaram o que o tecido escondia. Sterling terminou de abaixar a calça e ficou diante dela, ereto, orgulhoso e absolutamente magnífico. Frannie o encarou.

— Você também é lindo.

A preocupação que viu no azul profundo dos olhos dele se dissipou. Sterling riu e a pegou nos braços.

— Vamos nos divertir, Frannie — disse ele enquanto a colocava nos lençóis frios de cetim.

Ela era mais linda do que Sterling esperava, e mais destemida do que ele ousara sonhar. Frannie não levara as experiências horríveis de seu passado para a cama. Embora estivesse tímida, não se afastou dele nem fingiu constrangimento. Em vez disso, recebeu-o com um sorriso sedutor e um abraço acolhedor.

Ao contrário das cortesãs com quem Sterling se deitara, Frannie não estava ali por moedas. Estava ali apenas pelo prazer que podiam dar um ao outro. Ele nunca desejara tanto uma mulher. Seu corpo doía com a necessidade de possuí-la, mas não queria apressar o momento. Teria apenas uma noite com Frannie Darling, porém queria que durasse a vida toda. Nunca encontraria outra mulher tão corajosa, determinada e intrigante quanto ela. Qualquer momento longe dela era insignificante e vazio. Ao deitar-se ao seu lado e acariciar o corpo macio, ao sentir as mãos dela o explorando, Sterling tentou não pensar na quantidade interminável de momentos insignificantes e vazios que sua vida teria dali em diante.

— O que aconteceria com sua pele clara se o sol do deserto a beijasse? — sussurrou ele.

— Ficar nua sob o sol?

Dando-lhe um sorriso travesso, ele arqueou uma sobrancelha. Frannie estudou o corpo dele.

— Você já fez isso?

— Uma ou duas vezes.

Ela subiu os dedos pelas coxas dele, até as nádegas, e parou, sentindo a pele com os dedos.

— O que é isso?

Sentando-se, Frannie se inclinou e olhou para as nádegas dele. Com delicadeza, passou os dedos sobre as cinco cicatrizes irregulares que começavam no quadril e desciam, como se as feridas fossem recentes e ainda pudessem causar dor.

— Foi um tigre — explicou o duque. — Só o vi quando ele já estava em cima de mim. Felizmente, o lorde Wexford é um ótimo atirador.

— Você poderia ter morrido.

— Em vez disso, agora Wexford tem um tapete de pele de tigre no escritório dele. Achei que mulheres consideravam cicatrizes um sinal bom de rebeldia.

— Não me importo com elas, só não gosto da ideia de você ter se machucado tanto.

Palavras poderosas vindas de uma mulher com cicatrizes na alma. Embalando o pescoço dela com uma das mãos, Sterling a puxou de volta para o travesseiro.

— Como pode ter tanta compaixão e nenhuma amargura?

Como esperado, Frannie não respondeu, e Sterling a beijou. Ele havia explorado muitas mulheres durante suas viagens, mas nenhuma com a intensidade que desejava explorar Frannie. As outras eram apenas diversão passageira, ela, muito mais. Ela era a razão pela qual ele andava em becos e mandava preparar comida para ladrõezinhos. Ela era a razão pela qual o duque agora entendia os sentimentos que levavam um homem a matar.

Era como se todas as emoções de Sterling estivessem adormecidas antes de Frannie. Ele nunca sentira raiva, ciúme, alegria ou... amor.

Sua mente deu um solavanco. Não, não era amor o que ele estava sentindo. Era paixão, adoração, mas não amor. Nada tão inabalável. Frannie partiria, e o duque não deixaria que ela levasse nada dele. Mas enquanto estivesse ali, em sua cama, ele se esforçaria para lhe dar muitas lembranças.

Frannie sabia que ele era um homem ardente. O que não esperava era que Sterling fosse tocá-la — não apenas com as mãos, mas com a boca — de uma forma tão incansável, como se nada bastasse.

Ele circulou o mamilo dela com a língua até deixá-lo enrijecido, então o chupou com avidez. Frannie agarrou as mechas de cabelo loiro, fincou as unhas nos ombros dele, deslizou a sola de um dos pés pela panturrilha forte. O prazer fluía por seu corpo, e ela achou que enlouqueceria com o desejo de chegar ao ápice. Sem nenhuma pressa, Sterling levou a boca para o outro seio. Ela, que vinha das ruas, nunca experimentara tamanha reverência, nunca havia esperado recebê-la, muito menos de um homem cuja vida estava tão acima da miséria.

Ali, na cama dele, Frannie encontrou o que nunca esperara ter — um dar e receber altruísta, uma sensação de paridade difícil de explicar. Sterling sabia do passado dela, mas, como não o havia testemunhado, não sofria com a culpa pelo que não conseguira evitar. Ele não a tratava como se ela fosse uma porcelana fina que se estilhaçaria com uma leve pressão. Ele apertava e provocava, trilhando um caminho de beijos de sua barriga e quadril até a coxa.

Sterling ergueu a cabeça e abriu o sorriso mais perverso que ela já vira — um sorriso que prometia aventuras e prazer. Era como ficar nua sob o sol. Gentilmente, ele cutucou a coxa dela, e Frannie se abriu para ele. Sterling se ajeitou até ficar aninhado entre as pernas dela, aquecendo sua barriga com o hálito quente. Então, ele se moveu cada vez mais para baixo…

Frannie pensou que deveria sentir medo ou pelo menos apreensão, mas percebeu com uma clareza surpreendente que confiava nele. Sabia que Sterling nunca a machucaria, que nunca a deixaria desconfortável. Que nunca trairia os sentimentos ternos dela, que lhe permitiam ir à cama dele de bom grado quando nunca fizera o mesmo com outro homem.

Então a língua dele acariciou e girou na sua parte mais íntima. Frannie soltou um suspiro de prazer, arqueando as costas e movendo o quadril. Era como se seu corpo fosse o mundo e ele fosse um explorador, descobrindo e provando tudo. Ela queria fazer o mesmo com ele. Será que Sterling a acharia ousada ou devassa?

E isso importava? Alguma coisa no mundo importava enquanto ele fazia o corpo dela transcender? Frannie sentia como se estivesse prestes a explodir, a sair de seu corpo. Ela ficou ofegante e sentiu os seios pesarem, a barriga tensionar. Com a boca e os dedos, Sterling criava sensações ainda mais vívidas do que as que ela sentira no sofá. Onde estava o duque egoísta que se importava apenas com os próprios prazeres? Será que ele estava gostando daquilo tanto quanto ela?

As perguntas evaporaram de sua mente conforme o prazer aumentava...

— Meu Deus, acho melhor você parar — ofegou ela, rouca, apertando os ombros dele.

Ele riu, fazendo cócegas com sua respiração, antes de voltar à sua missão. Frannie queria chorar, queria rir... Quando o êxtase chegou, ela gritou. Gritou para que ele parasse, gritou para que ele continuasse, gritou o nome dele conforme o prazer a dominava.

Quando voltou a si, Frannie estava tremendo e Sterling lambia seu corpo até chegar à boca dela e beijá-la com força, com tanta paixão, como se estivesse faminto e pudesse provar o que ela acabara de vivenciar.

Roçando os lábios na bochecha dela, ele mordiscou uma orelha.

— Eu amo os sons que você faz.

Sterling parecia maravilhado e, quando ele se moveu para ficar na mesma altura que ela, Frannie viu alegria absoluta nos olhos azuis, como se ele estivesse satisfeito com o que acabara de proporcionar a ela. O pescoço e os ombros fortes brilhavam de suor, e Frannie deslizou as mãos pelas costas dele, sentindo os músculos firmes.

— Não é só isso... é? — perguntou ela baixinho.

— Não é, mas será se for tudo o que quiser.

Estudando-o, Frannie tentou compreender as palavras dele. Sterling estava disposto a renunciar ao próprio prazer de novo? O que ele havia dito na biblioteca, tantas noites atrás, ganhou um novo significado. Ele pedira para ser amante dela. Mas dar sem nenhuma expectativa de receber?

Frannie negou com a cabeça.

— Quero tudo. Quero você.

Ele abriu um sorriso lento e triunfante.

— Então você terá.

Sterling se mexeu e estendeu a mão na direção da mesinha de cabeceira. Frannie ouviu uma gaveta sendo aberta e o viu pegar algo...

Um preservativo, percebeu ela.

Era estranho ficar desapontada, embora soubesse que era o mais sábio a se fazer. Frannie até apreciou o esforço dele em protegê-la de um escândalo, mas não podia negar que tivera um desejo repentino de ter um filho dele.

Ela assistiu com fascínio enquanto ele colocava o preservativo. Os olhos deles se encontraram quando Sterling ficou por cima dela e começou a se abaixar com cuidado. Frannie sentiu uma leve resistência, mas nenhum desconforto. Apenas o prazer aumentando enquanto ele ia mais fundo. Aquela satisfação, aquela possessividade, era a verdadeira sensação de tomar um homem. Ele gemeu baixinho e parou. Com olhos quase fechados, Sterling sorriu para ela.

— Alguma dor?

Frannie negou com a cabeça.

— Nenhuma.

— Ótimo, porque quero ouvi-la gritando meu nome de novo, mas quero que seja de prazer, não de dor.

— De novo?

O sorriso dele se alargou.

— De novo.

Frannie estava saciada e achou que não conseguiria fazer mais que acariciar as costas dele enquanto ele se movia. No entanto, os movimentos dele despertaram algo profundo em seu interior, e a surpresa a deixou sem fôlego. Sterling acelerou o ritmo e a intensidade de suas estocadas, até que a cama começou a bater na parede. Frannie o segurou, enfiando os dedos nas nádegas torneadas, sentindo a força, o poder...

Os movimentos dele eram pura selvageria enquanto a levavam a novas alturas. Frannie gritou o nome dele de novo.

Então, ele grunhiu o dela com os dentes cerrados, jogou a cabeça para trás e arqueou o corpo, enterrando-se ainda mais fundo nela e tremendo.

Caindo por cima dela, Sterling enterrou o rosto na curva do ombro de Frannie. Ela sentiu como ele estava ofegante e trêmulo, assim como ela. Cada espasmo era mais poderoso que o anterior, e ela se perguntou se era possível morrer de tanto prazer.

Deleitando-se com o peso do corpo sobre o seu, Frannie roçou levemente os dedos nas costas dele — para cima e para baixo.

— Faz cócegas — murmurou ele.

Com um sorriso travesso, ela passou os dedos pela lateral do corpo de Sterling. Ele se ergueu rapidamente.

— Isso não se faz. Espere aqui.

Como se tivesse escolha. Ela teria rido, mas não tinha forças. Sterling rolou para o lado e foi ao que ela supôs ser o closet, voltando em seguida com uma toalha, que usou para limpá-la. Então, voltou para a cama e puxou a coberta.

Aninhada nele, Frannie ouviu seus batimentos cardíacos. Quando a respiração dele se nivelou, ela ergueu a cabeça e olhou para o rosto de Sterling. O cabelo loiro estava bagunçado, e ele tinha menos rugas de preocupação durante o sono. Ela sentiu as lágrimas arderem em seus olhos quando percebeu que havia cometido um erro terrível ao ir até lá.

Temia ter se apaixonado pelo duque de Greystone.

Frannie não sabia que horas eram quando acordou, deitada de bruços e esparramada na cama dele. Quase não conseguia abrir os olhos. Sabia apenas que ele não estava mais na cama, pois sentiu a ausência dele sem precisar olhar para o lado. Será que Sterling já havia se cansado dela?

— Não se mexa.

Ela arregalou os olhos. Sterling estava sentado em uma poltrona perto da cama, com uma perna cruzada sobre a outra para apoiar um bloco de desenhos.

— O que está fazendo? — perguntou ela.

— Desenhando você.

— Você desenha todas as mulheres que leva para a cama?

Ele olhou para cima, parecendo ter acabado de perceber algo importante.

— Não, na verdade. Você é a primeira que desejo me lembrar.

As palavras dele a derreteram, e foi muito difícil ficar imóvel quando tudo o que Frannie queria era ir até ele e beijá-lo profundamente.

— Preciso ficar parada por mais quanto tempo?

— Só mais um pouco. Então mostro o que fiz.

— Você não vai mostrar a mais ninguém, não é?

— De jeito nenhum. Estes vão para minha coleção particular.

— "Estes"?

— Você me deu apenas uma noite, e eu não pretendia passar a maior parte dela dormindo.

Frannie queria sorrir, mas se esforçou para continuar imóvel. Ela nunca conhecera alguém que a fizesse se sentir tão apreciada. Sim, os rapazes de Feagan a apreciavam, mas não a deixavam com um frio na barriga quando a olhavam.

— Você pode fazer um autorretrato? — perguntou ela.

— Não. Por que eu faria um?

— Para me dar.

Sterling sorriu.

— Aposto que podemos encontrar algo na casa que funcionaria.

— Todas as pinturas daqui são tão grandes que seria difícil colocá-las em uma coleção particular.

Ele piscou para ela, e o corpo de Frannie ameaçou se dobrar de tanto prazer.

— Encontraremos algo.

Frannie ficou surpresa com os desenhos quando ele finalmente voltou para a cama para mostrá-los a ela. Os dois se recostaram em um monte de travesseiros enquanto ele revelava um por um.

Os pés dela, um cruzado sobre o outro.

— Você esfrega os pés enquanto dorme — apontou ele.

— Deve ser um hábito. Sempre senti muito frio nos pés quando era mais nova. Carvão era uma raridade na casa do Feagan.

— Se sentir frio neles antes de sair da minha cama, pode colocá-los em mim. Isso deve aquecê-los.

O lençol caído sobre suas costas, um ombro nu exposto.

— Você tem ombros adoráveis — disse ele, beijando um.

— Você é um artista muito bom.

— Eu tenho muita prática. Meus esforços nunca serão exibidos em um museu, mas me ajudam a relaxar.

— E você precisava relaxar depois do que fizemos?

Sterling enrolou uma mecha ruiva em um de seus dedos.

— Não, eu estava quase derretendo na cama.

Sua mão curvada sob o queixo.

— Esse é o meu favorito — afirmou ele. — Um pouco inocente, um pouco sensual. Com o que será que você estava sonhando?

— Com você, provavelmente.

— Provavelmente? Você não se lembra?

— Quase nunca me lembro do que sonho.

Sterling lhe deu um olhar curioso antes de jogar os papéis no chão e puxá-la para baixo dele.

— Você disse uma noite, mas ela ainda não acabou.

Quando a boca dele cobriu a dela, Frannie suspirou. *Não, não acabou.*

Frannie planejava partir antes do amanhecer, mas, pouco antes de o sol começar a surgir no horizonte, eles estavam fazendo amor de novo, sem pressa alguma. Ambos sabiam que seria a última vez e aproveitaram cada toque, cada carícia, cada beijo. Quando finalmente deixou a cama dele, o café da manhã já havia sido servido.

Os dois se vestiram e foram juntos até a sala do café da manhã. Durante a refeição, Sterling contou sobre suas aventuras atrapalhadas ao montar um camelo, e ela ria tanto que não conseguia comer direito. Frannie amava o sorriso dele e a alegria que iluminava os olhos azuis. Ela amava...

— Sua Graça, lamento incomodá-lo, mas o inspetor Swindler da Scotland Yard está aqui — anunciou o mordomo.

Frannie sentiu um nó no estômago. Seu mundo mágico estava prestes a colidir com a realidade.

— Mande-o entrar — disse Sterling, pouco antes de estender a mão e apertar a dela. — Vai ficar tudo bem.

Frannie assentiu, levantando-se com ele. Jim entrou na sala e parou no instante em que a notou. Ela viu a decepção tomar o rosto dele. Não era necessário ser um gênio para adivinhar o que acontecera entre os dois. Será que estava evidente no modo incontrolável como suas bochechas coravam?

— Inspetor, gostaria de tomar café da manhã conosco? — perguntou Sterling.

— Não. Eu só... Estávamos preocupados com você, Frannie. Não sabíamos...

— Deixei um bilhete na mesa de Jack.

Ela escrevera apenas que cuidaria de Greystone, mas isso pelo menos informava seu paradeiro. Não havia motivo para se preocupar. Bem, tirando o fato de que ela prometera voltar no dia anterior...

Jim assentiu.

— Você está bem, então?

— Sim, estou muito bem. Obrigada.

— Desculpe ter atrapalhado sua manhã — falou ele, virando-se e saindo.

— Jim! — exclamou ela, e deixou o guardanapo da mesa para ir atrás do amigo.

— Frannie! — chamou Sterling, mas ela o ignorou.

Frannie correu pelo corredor, alcançando Jim no saguão, e segurou o braço dele.

— Jim.

Ele se virou. Ela viu a preocupação e a mágoa nos olhos verdes. E raiva também, como se não soubesse o que sentir, assim como ela.

— Ele não vai se casar com você, Frannie.

— Sei muito bem disso.

— Eu me casaria.

Ele encarou o chão, como se não aguentasse ver o que os olhos dela pudessem revelar. Frannie estava bem ciente de que Jim estava lutando para controlar suas emoções. E queria estender a mão para tocá-lo, consolá-lo, mas tinha certeza de que o amigo também não aceitaria tamanha intimidade naquele momento. Finalmente, ele a encarou, e todo o amor que já sentira por ela estava contido em seus olhos.

— Mesmo que o bebê dele cresça na sua barriga, eu me caso com você.

Jim se dirigiu para a porta, que foi aberta pelo valete, e saiu sem olhar para trás.

Meu Deus! O que Frannie havia feito? Por que nunca tinha notado aquilo antes? Por que nunca reconhecera a profundidade do que Jim sentia por ela?

— Você está bem? — perguntou Sterling, aproximando-se e colocando as mãos nos ombros dela.

Lágrimas queimavam em seus olhos.

— É melhor eu ir embora.

— Vou mandar prepararem a carruagem.

Ela assentiu, enquanto o peso da realidade do que fizeram e do que deveriam fazer a partir daquele momento caía sobre ela. Lentamente, o duque a virou e a abraçou. Frannie inalou o cheiro dele, absorveu sua força. Então Sterling inclinou o rosto dela para cima. Os olhos dele encontraram os dela, e ele começou a abaixar a boca…

— Obrigada, *Sua Graça* — disse Frannie com suavidade.

Sterling parou. Ela o observou engolir em seco e se afastar.

— Foi um prazer, srta. Darling.

Deixando-o de pé no saguão, ela se dirigiu ao andar superior para vestir suas próprias roupas e voltar ao seu mundo. Seu peito doía tanto que Frannie pensou que haveria um buraco nele. Ela não choraria ali, porém mais tarde, em seu apartamento, onde ninguém podia ouvi-la, deixaria as lágrimas caírem. E rezou para que, eventualmente, elas parassem.

19

Com um suspiro, Frannie apoiou o cotovelo na mesa e o queixo na palma da mão. Ela deveria estar fazendo cálculos e, em vez disso, estava escrevendo "Greystone", "Sterling" e "duque" em vários ângulos de um pedaço de papel. Chegou até a escrever "duquesa", mas logo rabiscou a palavra. *Nunca* seria a duquesa dele.

Duas noites haviam se passado desde que fora à casa de Sterling. Nesse meio-tempo, visitara a varanda secreta pelo menos cinco vezes tentando vê-lo nas mesas de jogo. Mas, se o duque estivera lá, ficou tão escondido quanto ela.

Se Jack não gostou do fato de Frannie ter ido para a casa de Sterling, ele não disse nada. Na verdade, parecia um pouco mais receptivo à nobreza desde que se casara, e talvez menos crítico. Já Jim não havia aparecido mais no clube. Ela esfregou a testa. Frannie temia o futuro encontro, se é que fosse acontecer. Jim talvez estivesse se sentindo confuso quando revelara seus sentimentos, quando colocara todas as cartas na mesa. E que Deus a ajudasse, pois Frannie era incapaz de retribuir esses sentimentos na mesma medida.

Ela pensou em conversar com Luke. Ele pedira a mão dela em casamento uma vez, mas não a amava. Não de verdade. Não da maneira que um homem amava uma mulher.

Seu amor era o amor juvenil. Ainda bem que Catherine havia aparecido e lhe mostrado como ele estava errado.

Talvez ela pudesse conversar com Catherine, já que Sterling era irmão dela, mas sentia que eles não eram tão próximos quanto já tinham sido.

Frannie estava cansada. Não estava dormindo bem porque começara a sonhar e a se lembrar dos sonhos, e em quase todos Sterling a fazia gritar o nome dele em êxtase. Em alguns, era ela quem estava sendo devassa e o fazia gritar o nome dela.

Levantando-se, deu uma última olhada no escritório pouco mobiliado, mas arrumado. Ela deveria levar os livros contábeis para o orfanato. Quem sabe pudesse trabalhar neles enquanto ficava com as crianças e, assim, começar a ir todas as noites para lá, em vez de apenas visitá-las durante o dia. Não importava onde trabalhasse, desde que fizesse todo o trabalho.

No corredor, Frannie segurou a adaga e enfiou a mão no bolso para pegar a chave que destrancava a porta da rua. Ela não deixaria que um dos meliantes de Sykes a pegasse de surpresa de novo. Que alguém ousasse atacá-la. Ela estava com vontade de brigar.

Nos degraus da rua, mal iluminados por lamparinas próximas, ela fechou e trancou a porta. Então, parou por um momento para que seus olhos se ajustassem à escuridão sombria e enevoada.

— Frannie?

Ela ouviu um sussurro leve, como se a pessoa quisesse ao mesmo tempo ser e não ser ouvida. Virando-se para as sombras, estendeu a mão e levantou a lamparina de um gancho. Frannie não ficou com medo, por ter reconhecido a voz, mas estava incrivelmente curiosa e cautelosa.

— Nancy?

Uma mulher saiu das sombras. Era apenas dois anos mais velha que Frannie, mas o tempo não tinha sido gentil com ela. Ela tinha bochechas afundadas, olheiras e manchas que poderiam ser sujeira, mas deviam ser hematomas.

— Como vai?

Elas foram amigas de rua, embora estivessem sob os cuidados de homens diferentes. Quando Nancy completou 12 anos, foi morar com um menino três anos mais velho — Bob Sykes. Não era incomum que meninas ficassem com meninos apenas um pouco mais velhos que elas. Eles ofereciam proteção. Para os meninos, ter uma menina era um símbolo de conquista. Frannie sempre conseguia distinguir quais meninos acolheram uma menina, pois eles sempre andavam com arrogância, e seu status aumentava pela aparente evidência de sua masculinidade.

Frannie não via Nancy desde a noite em que fora sequestrada e vendida para o prostíbulo. Ela e Nancy tinham planejado entrar escondidas em um teatro para ver uma peça sobre a qual Nancy não parava de falar. Em vez disso, um desastre aconteceu. Nancy conseguiu escapar, mas Frannie foi levada para o inferno.

— Estou bem, Nancy. E você? Ainda está com Sykes?

— Ah, sim. Ele não é o tipo de cara que se pode largar, né? Você ainda trabalha pro Dodger?

Nancy estava curvada, evitando a luz, então Frannie afastou a lamparina. Ela sabia como era não querer ser vista sob uma luz clara. As roupas de Nancy estavam desgastadas, mas Frannie percebeu que tinham sido passadas recentemente, como se ela quisesse causar uma boa impressão. Embora fosse noite, ela usava um chapéu torto em cima do cabelo preso.

— Sim, ainda trabalho para o Dodger — respondeu Frannie. — Temos uma cozinheira que prepara comida para os cavalheiros a noite toda. Você sabe como é, precisam de energia para continuar jogando. Entre e encontrarei algo para você comer.

— Não, brigada, tô bem. Aquele velhote te ensinou a falar direito, hein?!

— Ele me ensinou muitas coisas.

— Então tudo que aconteceu naquela noite não foi tão ruim assim.

Frannie havia sido brutalmente estuprada. Pensar que aquilo não fora "tão ruim" era o mesmo que comparar uma facada no coração com um corte no dedo.

— Eu sobrevivi. — Ela olhou ao redor. — A noite está muito úmida. Venha comigo ao meu apartamento, pelo menos, para sair desse frio.

— Ouvi dizer que você pega órfãos por aí — falou Nancy.

— Sim, eu...

— Então pega esse aqui. — Nancy estendeu a mão para as sombras e jogou um menino nas pernas de Frannie. — É um dos meninos do Sykes. Eu trago mais se aceitar esse.

— Nancy...

— Por favor. Ele é meu filho. Quero algo melhor do que as ruas pra ele. O nome dele é Peter. É um bom menino.

Passando o braço em volta da criança, Frannie o segurou no colo. Ele usava um paletó, mas era visível que era só pele e osso.

— Venha conosco também, Nancy. Posso dar um refúgio seguro para você e o menino.

Nancy riu.

— Estou com ele desde os 12 anos. Sykes não vai largar de mim tão fácil.

— Posso encontrar um emprego para você no interior...

Ela percebeu que o rosto de Nancy ficou triste.

— Você sempre foi muito gentil. Eu não queria fazer aquilo, sabe? Acredite em mim, não queria mesmo.

— Do que você está falando?

— Foi o Sykes. Ele me obrigou. Disse que a gente ia ganhar um dinheirão vendendo você praquela velha. Nunca vi um centavo do dinheiro.

Foi como se Frannie tivesse levado um soco no estômago. "Velha"? A mulher grisalha que comandava o bordel para onde fora levada? De repente, ela se viu se segurando no menino para conseguir se manter de pé.

— Você parece que vai gorfar. Você não sabia?

Frannie negou com a cabeça.

— Não.

— Você sempre foi tão inteligente que achei que já tinha adivinhado. Não use isso contra o meu filho.

— Eu nunca descontaria os pecados da mãe na criança. Você sabe o que fizeram comigo, Nancy?

— Consigo imaginar...

— Não, acho que não consegue.

— Imagino que seja muito parecido com o que Sykes faz comigo toda noite. Ele é um animal. Uma besta. Alguém devia sacrificar ele. Trago mais garotos, se puder.

Antes que Frannie conseguisse responder, Nancy sumiu na escuridão, seus passos rápidos abafados pela névoa espessa. Frannie abaixou a lamparina e olhou para o menino que fora deixado para trás.

Era o garoto que se apresentara como Jimmy.

O ladrãozinho estava mais uma vez na cozinha de Sterling, sentado à mesa dos criados e enfiando comida na boca como se não tivesse comido nada desde a última visita.

Frannie tê-lo levado para lá e não para o orfanato dela significava muito. Infelizmente, ela não estava falando nada, e Sterling sentiu que o que a incomodava era muito mais preocupante do que descobrir quem era o pai do menino.

— Então ele é filho de Sykes? — repetiu ele.

— De acordo com Nancy, a mãe, sim.

— Suponho que isso explique por que ele não gostou de você ter levado o garoto.

— Tenho medo de Sykes ir até o orfanato se eu o levar para lá.

Sterling a encarou. Havia certeza absoluta naqueles olhos verdes de que ele ofereceria uma solução sem pensar duas vezes.

— Se ele for ficar e dormir em uma das minhas camas, vai precisar tomar banho primeiro. Não me importo com a hora.

Frannie deu um sorriso beatífico que aqueceu o coração dele. Inferno de mulher! Havia algo que ele pudesse negar a ela? Sterling a deixara ir embora uma vez e não sabia se conseguiria fazê-lo de novo. Vê-la partir fora a coisa mais difícil que ele já fizera.

— Também acho que você deveria dormir aqui.

Ele não gostava nada da ideia de ela ficar sozinha. Além disso, conhecendo-a, era capaz que ela fosse para as ruas confrontar esse tal de Sykes. Por mais que não gostasse dos amigos dela, Sterling estava pensando em alertá-los da situação. Não... Frannie veria isso como traição. Talvez ele devesse contratar guardas para segui-la.

— Se você não se importar... — começou ela.

— Eu não teria oferecido se me importasse. E você deveria parar de trabalhar no Dodger.

Ela deu uma risadinha fraca.

— O que faço no Dodger me dá os meios para ajudar os órfãos. — Ela acenou com a cabeça em direção ao menino. — É melhor não o deixarmos comer tanto esta noite.

— Concordo. Uma torta será o limite.

Frannie apertou a mão dele, mas era como se tivesse apertado seu coração.

— Eu sei que você não gosta de pessoas com dedos leves na sua casa, mas vou garantir que ele não roube nada.

Sterling tocou a bochecha dela.

— Ele trouxe você de volta. Pode roubar o que quiser.

Frannie soltou uma risada suave que, por um momento, pareceu diminuir as preocupações dela, mas Sterling viu quando voltaram com força. Assim que a criança estivesse na cama, ele tentaria descobrir o que realmente a incomodava. Era mais do que o garoto, disso ele tinha certeza.

O duque acordou o criado mais novo e o mandou preparar um banho na cozinha para o menino. Enquanto Frannie limpava o diabinho, Sterling pediu que o valete lhe trouxesse algumas roupas. As peças ficariam um pouco grandes, mas serviriam.

Quando voltou para a cozinha, o menino estava fora da banheira e Frannie o estava secando com a toalha.

— Ai! Caramba! Você tá ralando minha pele!

— Pare de reclamar — disse Sterling, antes que Frannie pudesse responder. — Saiba que já paguei um bom dinheiro para que lindas damas me secassem.

Frannie virou a cabeça para encará-lo com as bochechas vermelhas.

Sterling sorriu para ela.

— Alguns países estrangeiros têm costumes adoráveis. — Ele ergueu as roupas que segurava. — O menino pode ficar com estas. — Então, cutucou os trapos no chão com a bota. — Já isso aqui, é melhor queimar.

— É mesmo.

Frannie deixou a toalha cair quando estendeu as mãos para pegar as roupas novas.

Sterling não tinha a intenção de encarar, mas, por Deus...

— Ele realmente é pele e osso.

— Temo que sim.

Sterling podia ver algumas marcas na lateral do pequeno corpo, bem no ombro. Ele o virou...

— Ei! — berrou o menino.

Ignorando-o, Sterling estudou as cicatrizes cruzadas e esmaecidas nas costas dele.

— Alguém o chicoteou?

Virando-o, Frannie o fez levantar os braços e começou a vesti-lo com a camisa de dormir.

— A polícia — disse ela baixinho. — Aparentemente, ele foi preso por roubar alguns centavos. Em vez de mandá-lo para a prisão, ele foi chicoteado.

— Mas... mas ele é uma criança.

— Algum nobre achou que meros centavos eram mais importantes.

— Tá incomodado por quê? — O menino cruzou os braços ossudos sobre o peito magro. — Eu nem chorei.

— Quantos anos você tem?

— Não preciso te dizer nada, riquinho nojento.

— Ele tem 8 anos — respondeu Frannie. — Tem uma cama para ele?

Sterling assentiu.

— Sim.

O cômodo escolhido ficava no final do corredor do quarto de Sterling, caso Frannie quisesse verificar o menino durante a noite. Além disso, pediu para que um criado ficasse no quarto com o garoto e não o deixasse ir a lugar algum.

Ele parecia ainda menor na cama enorme, com Frannie acariciando seu cabelo escuro.

— Você precisa ficar aqui, Peter — murmurou ela. — É o que sua mãe quer. Amanhã tomaremos um bom café da manhã e compraremos roupas do seu tamanho. Vai ficar tudo bem. Eu não quero que você tenha medo.

— Não tenho medo de nada.

— Não fuja de novo, está bem?

Ele deu de ombros, assentiu e deu as costas para ela, tudo ao mesmo tempo. Frannie se levantou e sorriu cansada para Sterling.

— Isso não foi bem uma promessa, foi? — perguntou ele.

Balançando a cabeça, ela foi para a porta. Sterling parou perto do valete e disse em voz baixa:

— Fique atento a qualquer problema.

— Sim, Sua Graça.

— Mande me chamar se acontecer alguma coisa.

— Sim, Sua Graça.

Sterling entrou em seu quarto e ficou grato ao ver que Frannie já estava lá, sentada no sofá em frente à lareira, onde um fogo baixo queimava. Seus pés descalços estavam apoiados em uma almofada e ela esfregava os braços como se estivesse com frio. Ele foi até uma mesa onde guardava seu conhaque noturno, serviu dois copos generosos e se juntou a ela.

Frannie aceitou o copo e deu um bom gole antes de equilibrá-lo na coxa e segurá-lo com as duas mãos. Seu olhar estava longe. Muito longe.

— O que aconteceu? — disse ele em voz baixa.

— Você não acha que a situação da criança é preocupante o suficiente?

O duque esfregou o polegar entre as sobrancelhas franzidas dela.

— Tem outra coisa incomodando você. Diga-me o que é.

Ela balançou a cabeça em negação, e seus olhos lacrimejaram.

— Não há nada que você possa dizer que mudará... o carinho que sinto por você.

— Você sente carinho por mim, Sterling?

Ele temia sentir muito mais que carinho, mas a admissão os levaria a uma estrada que não podiam tomar e que complicaria muito mais as coisas.

— Eu me importo muito com você, Frannie. Não gosto de vê-la triste. O menino está limpo, alimentado e na cama. Está sob seus cuidados de novo. Isso deveria ser motivo de alegria. Mas parece que seu coração está partido, minha querida.

Ela assentiu, fechou os olhos com força e tomou outro gole do conhaque. Então, virou-se e o encarou.

— A mãe dele... era minha amiga. Nancy não era uma das crianças do Feagan, mas vivia por lá, nas ruas. Era uma de nós. É dois anos mais velha que eu. Quando tinha 12 anos, ela foi morar com o Sykes. Muitas garotas de rua fazem isso. Você sobrevive do jeito que dá. Mas éramos amigas. *Amigas...*

Ela parecia presa àquela palavra.

— Vocês eram amigas — repetiu ele. — Brincavam juntas?

Ela riu e negou com a cabeça.

— O que fazíamos se chamava "Tombo de Lúcifer". Eu tinha duas caixas de fósforos que oferecia às pessoas. Claro que todos me ignoravam, pois eu claramente era da rua. Então, eu dava um encontrão em alguém e derrubava os fósforos na lama. Eu começava a chorar e Nancy gritava que nossa mãe ia me matar. Assim, a pessoa em quem esbarrei nos pagava alguns tostões para acalmar nossa choradeira, que começava a chamar a atenção dos outros. Éramos muito boas nisso.

— Então você se sente na obrigação de ajudar o filho dela?

Uma lágrima escorreu por uma bochecha, e Sterling a enxugou com o polegar. Então, embalou o pescoço dela.

— Frannie...

— Um dia ela me contou sobre uma peça de teatro maravilhosa e disse que conhecia um sujeito que nos deixaria entrar no teatro pela porta dos fundos. Feagan sempre me dizia: "Frannie, querida, a noite não é um lugar para você. Sempre volte para mim antes do anoitecer", mas eu queria ver a peça, então fiquei com Nancy até escurecer. Quando andávamos por um beco, alguém pulou em mim e colocou um saco na minha cabeça, e eu gritei para Nancy correr...

Frannie soltou um soluço sufocado e mais lágrimas escorreram. Sterling pegou o copo dela e o colocou sobre a mesa junto ao seu. Ele queria confortá-la, mas sabia que ela tinha mais a dizer. Os olhos verdes de Frannie pareciam implorar para que ele acabasse com a dor, e Deus sabia o quanto ele queria fazer isso, mas era impossível até saber a verdadeira causa...

— Todos esses anos, Sterling... Todos esses anos achei que tinha merecido o que aconteceu comigo.

— Ninguém merece passar pelo que você passou.

Ela negou vigorosamente com a cabeça.

— Eu fui desobediente. Estava onde não deveria estar, fazendo o que não deveria fazer. Feagan tinha me avisado para não sair à noite, e eu não dei ouvidos. Quando fui levada, pensei que era o meu castigo. E quando Luke matou Geoffrey Langdon e eles o prenderam, pensei que o enforcariam e que era tudo culpa minha. Você não imagina o quão culpada eu me senti.

— Frannie, você não tem culpa de nada disso.

Ela enxugou as lágrimas.

— Hoje à noite, Nancy... Nancy me disse que ela e Sykes planejaram tudo. Que armaram para que eu fosse levada.

— Meu Deus, Frannie!

Ele a puxou para o colo, abraçando-a e confortando-a enquanto ela chorava.

— Eles sabiam o que aconteceria e fizeram de propósito.

Sterling reprimiu a fúria que fervia em seu corpo. Aquela não era hora de querer quebrar tudo ou descontar sua própria raiva. Ele tinha que cuidar dela. Tinha que consolar sua preciosa Frannie.

— Fui levada para algum lugar. Eu não sabia onde. Tiraram minhas roupas e me amarraram numa cama. Então, um homem horrível e risonho chegou. Eu precisava ser virgem, pois virgens ainda não têm doenças. Alguns homens só dormem com virgens. — As lágrimas dela encharcaram sua camisa. — Achei que tinha superado todo o horror, mas, de alguma forma, é muito pior saber que alguém desejou isso para mim. Que fez tudo isso acontecer.

— Se eu cruzar com esse tal de Sykes, vou matá-lo.

Frannie se afastou e o encarou com seus lindos olhos verdes cheios de lágrimas.

— Eles enforcariam você, e ele não vale a pena. Me ajude a esquecer, Sterling. Me ajude a trancar todas essas lembranças horríveis de volta na parte obscura da minha mente, onde elas pertencem. Me dê algo bonito para lembrar.

Então, ela o beijou. Ele não tinha certeza se aquela era a melhor ideia, mas não tinha forças para negar qualquer coisa que Frannie desejasse. Por isso, levantou-se do sofá, com ela ainda nos braços, e a carregou para a cama.

Ele era o amante mais terno que Frannie poderia desejar. Não havia sombras de seu passado da última vez que estivera na cama dele. Mas, naquela noite, era como se Sterling estivesse afastando as lembranças horríveis como se fossem teias de aranha. Foi gentil, mas determinado, sempre que as imagens pareciam grudar nela.

Sterling tirou as roupas dela devagar, beijando-a em todas as partes que eram reveladas. Os olhos azuis estavam cheios de ternura misturada com desejo. Ele ainda a desejava. Ela sabia disso. Depois de tudo o que havia revelado, ele ainda ansiava por ela... mas deixara as próprias necessidades de lado, tocando-a com calma, como se a venerasse.

Frannie o tocou com igual cuidado. Não porque ele era frágil, pois certamente não era o caso, mas porque as confissões da noite exigiam algo diferente do que compartilharam antes.

Sterling parecia sentir quando precisava acariciar, quando precisava beijar, quando precisava murmurar palavras doces perto do ouvido dela. Eles estavam em sintonia, de uma forma que ela nunca estivera com qualquer outra pessoa.

Não havia frenesi ou pressa.

Ele a rolou de barriga para baixo e arrastou a boca pelas costas dela. Então, trilhou a pele, massageando até a bunda, e beijou-lhe atrás dos joelhos. Continuando com as carícias, subiu dos pés até as panturrilhas e coxas, até Frannie praticamente derreter no colchão.

Quando ela já estava achando impossível se mover, Sterling a puxou para montar nele, e o cabelo ruivo selvagem formou uma cortina ao redor dos dois. Ele entrelaçou os dedos nas madeixas e a puxou para um beijo lento, mas apaixonado. Frannie estava completamente tomada por pensamentos dele. A maneira como ele a tocava com reverência, a forma como a fazia se sentir como se ninguém e nada mais importasse.

Eles estavam em um mundo particular, onde apenas os dois existiam. Não havia nobreza ou crianças de rua. Havia apenas Sterling e Frannie, duas pessoas sem diferenças e com um único objetivo: dar e receber prazer.

Segurando a cintura de Frannie, Sterling a ergueu e a encaixou nele, até preenchê-la por completo. Sorrindo, ela beijou o peitoral dele, sentindo a vibração sob seus lábios enquanto ele praticamente ronronava, como se fosse o leão de seus desenhos.

Então Frannie começou a se mover para a frente e para trás, observando o prazer no rosto de Sterling. O prazer se intensificava conforme o ritmo aumentava, tornando-se quase insuportável. Quando o ápice a atingiu, ela enterrou o rosto no pescoço dele para abafar seus gritos, enquanto ele também estremecia por baixo dela.

Frannie não sabia onde Sterling encontrara forças para acariciar as costas dela depois. Enquanto ela adormecia, as mãos dele ainda se moviam com gentileza sobre sua pele, e ela levou as palavras doces e tranquilas que ele murmurava em seu ouvido para os seus sonhos.

20

Conforme o sol começava a invadir o quarto por uma abertura nas cortinas, Sterling observou Frannie abrir os olhos.

— Bom dia — disse ele, passando a mão pelo seio dela.

Frannie suspirou e se espreguiçou.

— Bom dia.

Sterling rolou por cima dela e a penetrou de uma vez só, antes de cheirar e beijar o pescoço dela.

— Você é tão deliciosa.

Balançando-se em um vaivém lento, ele observou um sorriso se formar no rosto de Frannie.

— Que ótimo jeito de começar o dia — ronronou ele.

Frannie deslizou as mãos por suas costas e apertou a bunda dele.

— Adoro a sensação de você dentro de mim — gemeu ela baixinho.

Virando a cabeça para o lado, Frannie arregalou os olhos, endureceu, gritou e cravou as unhas na pele dele.

Sterling olhou para a mesma direção.

— O que é isso nas suas costas? — perguntou o ladrãozinho.

— Não é da sua conta — bradou Sterling se levantando, cobrindo-se com um travesseiro e virando o menino, tudo ao mesmo tempo. — O que raios você está fazendo aqui?

— Tô com fome.

— E o criado que estava cuidando de você?

O garoto deu de ombros.

— Dormiu. Você não tá fazendo direito, sabia?

— Como é?

— Na hora de transar, você precisa fazer ela chorar. Minha mãe sempre chora.

— Bom, não estou nem um pouco surpreso por descobrir isso. Só que eu estou *fazendo amor* com ela, e isso requer certa sutileza que duvido que seu pai tenha.

Frannie deu risada, e o que havia começado como uma das manhãs mais lindas da vida dele desandou de vez. Empurrando o lençol para dar a Frannie um pouco de discrição, Sterling se sentou, cobrindo o colo com o travesseiro e o restante do lençol.

— Você não está horrorizada? — perguntou ele.

Frannie negou com a cabeça.

— Crianças que moram nas margens de Londres costumam dormir no mesmo quarto que os pais, muitas vezes até na mesma cama.

Era de se admirar que eles conseguissem fazer filhos após o primeiro.

— Você aí. — Ele apontou para o garoto que voltara a encarar. — Vá até a cozinha e encontre algo para comer. E não se atreva a fugir. Mandarei a fera que está nas minhas costas atrás de você se você fugir.

O menino arregalou os olhos.

— Ela é de verdade, então?

— Apenas faça o que estou mandando.

— Posso conhecer ela?

— Depende se você ainda estará aqui quando eu descer para o café da manhã.

— Vou estar! Prometo!

O menino saiu correndo com suas perninhas ligeiras.

— E onde você vai encontrar um dragão? — perguntou Frannie.

— Cuidarei disso mais tarde. Mas acho que não vamos precisar nos preocupar com ele fugindo por enquanto.

Ela deslizou a ponta dos dedos nas costas dele.

— Você estava mesmo "fazendo amor" comigo?

Sterling rolou de novo para cima dela.

— Se você está perguntando, é porque eu não estava fazendo direito. Vou tentar de novo antes de ir atrás do dragão na cozinha.

E ele fez amor com ela mais duas vezes. Sim, sem dúvida aquilo era fazer amor. Depois, Frannie foi para o quarto de Catherine e tomou um banho tranquilo para se preparar para o dia.

Ela não queria pensar em Sykes, mas temia que o homem quisesse se vingar caso descobrisse que ela estava com o filho dele de novo. Quanto a Nancy, Frannie pensou por um instante que a mulher recebera o merecido, mas logo mudou de ideia. Ninguém merecia Sykes.

O filho dele podia ter uma boca suja, mas ainda tinha jeito. O que a surpreendeu foi o relacionamento que parecia estar nascendo entre Peter e Sterling. Para um homem que proclamava odiar trombadinhas, ele parecia gostar bastante do menino.

Depois do banho, Agnes a ajudou a pentear o cabelo e a escolher um dos vestidos matinais de Catherine. Um vestido azul-escuro discreto, mas provocante. Frannie podia apostar que Sterling havia se arrumado muito mais rápido que ela, por isso ficou surpresa ao chegar ao salão matinal e descobrir que ele não estava lá.

— Sua Graça já tomou café da manhã? — perguntou ela ao valete.

— Sim, senhorita.

— Pode me dizer onde posso encontrá-lo?

— Desculpe, senhorita, mas não sei. O sr. Wedgeworth deve saber.

— E onde eu posso encontrar o sr. Wedgeworth?

— Acredito que ele foi falar com a cozinheira sobre o almoço.

De fato, Frannie o encontrou na cozinha.

— Olá, srta. Darling. O café da manhã não estava do seu gosto? — perguntou o mordomo.

— Estava ótimo, obrigada — respondeu ela, mesmo sem ter comido nada. Ela estava ansiosa demais para encontrar Sterling. — Sabe onde posso encontrar o duque?

— Ele está na sala de arte. Quer que eu a acompanhe?

— Sim, por favor.

A sala de arte ficava no último andar, no canto de uma ala que Frannie ainda não havia visitado. As paredes externas eram todas de vidro, permitindo a entrada da luz solar e criando uma auréola ao redor de Sterling, que estava sentado atrás de Peter, que por sua vez estava sem camisa. A peça que alguém arranjara para ele estava em um montinho no chão.

Sterling segurava uma paleta e estava pintando algo nas costas do menino. Um dragão, claro.

— Ele precisa de muito fogo — afirmou Peter.

— É melhor aceitar o que eu posso fazer e ficar grato — disse Sterling.

— Por favorzinho, senhor!

Sterling apertou os lábios, como se estivesse se divertindo e talvez satisfeito por ser tratado com educação pelo menino.

— Tudo bem se eu fizer o fogo ir até o seu outro ombro?

— Sim!

Frannie atravessou a sala e parou ao lado de Sterling.

— O que estão fazendo?

— Acabei de iniciar o mestre Peter na Ordem do Dragão. Ele fez um juramento de permanecer onde quer que a srta. Darling, a rainha da ordem, determine que ele fique.

— Tô torcendo pra ficar aqui — disse Peter, virando a cabeça para olhar para Frannie.

— Não se mexa, rapaz — ordenou Sterling, adiando a necessidade de uma resposta imediata.

Frannie queria chorar. Ficar na casa de Sterling não era uma opção.

— Precisarei revisar minhas contas — respondeu ela, para adiar a decepção do menino por um tempo. — É um dragão impressionante. Não sabia que você pintava com tintas além de desenhar esboços. — Ela olhou para as paredes. — Essas obras são suas?

— Sim. — Sterling deixou a paleta de lado. — Fique quietinho, mestre Peter, enquanto a tinta seca.

— Sim, senhor!

Sterling levantou-se e disse a Frannie:

— É incrível como uma transformação em um paladino também inspira boas maneiras.

— Acho que ele é muito bondoso, só não teve chances o suficiente para provar isso.

— Você fará esse lado dele florescer.

— Vou tentar.

— Pode olhar os quadros, se quiser.

Sterling a seguiu enquanto Frannie andava pela sala. O duque parecia preferir pintar paisagens. Ela parou para admirar uma que tinha colinas ladeadas por árvores e uma lagoa em primeiro plano. Não era um obra tão refinada, mas algo a tornava muito especial.

— É adorável.

— É a propriedade ancestral da minha família.

Frannie passou para a pintura seguinte. O cenário era o mesmo.

— É a sua vista favorita?

— Está vendo esse salgueiro? — perguntou ele, apontando para um galho do outro lado do lago. — Meu pai o plantou depois que mamãe morreu. Sempre pensei nele como a árvore dela, então comecei a registrar seu crescimento. Todos os anos, no dia de sua morte, eu montava meu cavalete e pintava a vista.

Ela caminhou ao longo da parede com quadros alinhados, um após o outro.

— Gosto do que fez aqui — comentou Frannie, quando chegou ao último.

— Como assim?

— Bem, nas primeiras pinturas você representava todo o escopo do campo. Mas, com o passar dos anos, começou a incluir menos do que cercava a árvore e se concentrou mais nela à medida que crescia.

— Genial, não é? — perguntou o duque, de forma seca.

Frannie virou-se para encará-lo, sem saber o que interpretar do tom dele.

— É mesmo. Você devia ser muito jovem quando começou a pintar a paisagem. Tem mais de uma dúzia de quadros.

— Sim, tenho bem mais. Mas você está certa. A forma como eu vejo o mundo mudou durante os anos. — Ele se virou. — Vamos verificar a situação do dragão.

— Acho que é melhor eu ir para o orfanato.

— Vamos com você. — Ele olhou para ela por cima do ombro. — Prefiro que não vá a lugar nenhum sozinha.

Frannie não tinha intenção de virar uma prisioneira, mas relevaria. Pelo menos por um dia.

À noite, Frannie fechou o livro-caixa por um momento. Os números estavam se misturando, provavelmente porque ela estava exausta. Se o clube não fosse tão lucrativo, ela poderia terminar as contas mais tarde, mas, como era, sabia que acabaria soterrada de páginas se não mantivesse o ritmo. Até havia considerado pedir que outra pessoa cuidasse da contabilidade, mas, na verdade, era mais seguro que o mínimo de pessoas soubesse do verdadeiro valor do Dodger.

Frannie passara a maior parte do dia no orfanato, acompanhada de Sterling e de Peter, certificando-se de que tudo estava bem.

"Se você o forçar a ficar, vai acabar transformando o orfanato em uma prisão", afirmara Sterling, referindo-se ao menino.

"Eu sei, mas prometi a Nancy que cuidaria dele."

"Não vejo problema de ele ficar na minha casa até encontrar uma família disposta a adotá-lo."

Frannie ficara emocionada com a oferta.

Olhando para o pequeno relógio em sua mesa, viu que era quase meia-noite. Quando um relutante Sterling a deixara no Dodger, ela prometera que estaria em casa a essa hora. Sabia que ele mandaria uma carruagem para ela, e que o veículo estaria esperando no beco.

Casa. Era estranho pensar assim, já que não era a casa dela. Era um refúgio para Peter até que o menino não estivesse tão arisco. Até que ele se contentasse em ficar no orfanato enquanto ela procurava uma família adotiva.

Frannie avistou algo com o canto do olho, virou a cabeça para a porta e quase pulou no lugar. Respirando fundo para acalmar os nervos, ela empurrou a cadeira para trás e se levantou.

— Oi, Jim. Há quanto tempo está aí?

Ela não o via desde a manhã em que ele interrompera seu café da manhã com Sterling. O amigo estava com uma aparência péssima, como se não tivesse dormido desde então.

— Cheguei faz pouco tempo. Acho que ninguém se concentra nas coisas com tanta intensidade quanto você.

— E eu aqui, pensando que minha concentração estava péssima. Como vai?

Ele deu de ombros.

— Frannie, sinto muito pelo que eu disse aquele...

— Não, não se desculpe. — Ela contornou a mesa. — Eu sei que você falou com a melhor das intenções. Agradeço sua disposição em se casar comigo se eu acabar em uma situação difícil.

Ele fez uma cara séria.

— Mesmo que não acabe. Eu sempre te amei, Frannie. Você é a razão pela qual fiquei com o Feagan, mesmo sabendo que você amava Luke e Jack mais que a mim.

— Não seja bobo. Eu te amo da mesma forma que eles... como irmãos.

— Não penso em você como uma irmã. Também sinto muito por isso, mas não controlamos nosso coração, não é? Você o ama?

Frannie não precisou perguntar a quem ele estava se referindo. Ela levou a mão à boca e sentiu os olhos arderem em lágrimas.

— Que Deus me ajude, Jim, mas sim, acho que sim. Você tem razão, eu sei que o duque não vai se casar comigo. E, pelo amor de Deus, não vá dar nenhum dos seus recados a ele. Eu não me casaria com ele nem se me pedisse. Ele é um maldito duque e eu seria uma maldita duquesa. Mas, por favor, continue sendo meu amigo. Sinto que vou precisar muito dos meus amigos.

— Eu nunca seria capaz de abandoná-la. Estou insultado por pensar que eu faria isso.

Frannie caminhou até ele, ficou na ponta dos pés e deu um beijo suave na bochecha dele.

— Obrigada.

Eles ficaram parados e sem jeito por um momento, e ela percebeu que os dois nunca mais compartilhariam a intimidade tranquila que um dia tiveram.

— Bem, está ficando tarde. É melhor eu ir.

— Ah, sim. Nos vemos depois.

Jim virou-se para sair e ela pegou a própria capa.

— Ah — disse ele, voltando para a porta. — Você se lembra da Nancy, que brincava conosco quando criança?

Frannie parou, segurando o tecido com força na barriga.

— Nancy que morava com Sykes?

— Sim. Nós a encontramos flutuando no Tâmisa.

— Ela morreu?!

Jim assentiu, sério.

— A julgar pelos hematomas em volta do pescoço, eu diria que ela foi estrangulada.

21

Jack Dodger estava pegando no sono após ter feito amor com sua esposa quando ouviu o assobio. Como Olivia estava aninhada nele, o cabelo castanho-avermelhado esparramado pelo seu peito, ela o sentiu enrijecer ao ouvir o som.

— O que foi? — murmurou ela.

— Só algo que preciso checar. — Beijando o topo da cabeça da esposa, ele saiu da cama. — Volte a dormir, Livy.

— O que foi, Jack?

— Shh — sussurrou no ouvido dela. — Não deve ser nada.

Ele atravessou o quarto e vestiu uma calça e uma camisa antes de descer para o térreo. Mesmo agora, meses depois de ter herdado a enorme residência em St. James, Jack ainda tinha dificuldade em acreditar que tivera a sorte de se casar com Olivia. Ao chegar ao grande saguão, pensou em abrir a porta da frente e verificar lá fora a fonte do assobio, mas suspeitou que o culpado já estava dentro da casa, em algum lugar.

Fechaduras nunca impediram Feagan de nada.

Se Jack conhecia o mentor, e o conhecia muito bem, suspeitava que o encontraria na biblioteca, onde a maior parte das bebidas eram guardadas. E não estava errado.

Com o sobretudo que já tinha visto dias melhores e o chapéu que raramente tirava, mesmo dentro de casa, Feagan estava se servindo de um copo de uísque.

— Olá, Feagan.

— Ah, meu Dodgerzinho. Você foi rápido. Espero não ter atrapalhado uma noite gostosa. — Ele olhou ao redor. — Que casa chique, hein?

— A qual você certamente já xeretou quando eu não estava por perto. Mas o que está fazendo aqui, velho? — perguntou enquanto pegava o copo de uísque que Feagan lhe ofereceu.

— Tô preocupado com a minha querida Frannie. — Ele bebeu o uísque de uma vez só e serviu outra dose. — Sykes mandou espalhar por aí que vai pagar uma grana boa pra quem acabar com ela.

— Sykes a quer morta? Por quê?

— Ela tá atrapalhando os negócios dele, tirando os meninos da rua.

— Bom, então espalhe por aí que, se alguém tocar num fio de cabelo dela... Inferno! Frannie foi atacada outra noite. Achei que tinha sigo algo aleatório, só um pilantra querendo se divertir. Foi o que ela nos fez pensar.

— É provável que tenha sido por isso. Ela sempre se sentiu culpada pela história de Luke ter matado o tal do lorde. Não quer que aconteça algo que pode levar vocês pra forca.

Jack praguejou de novo. Eles deveriam ter percebido. Frannie queria proteger a todos, exceto a si mesma.

— Diga que seus rapazes vão acabar com as margens de Londres se algo acontecer com ela.

— Já falei, mas acho que não vai adiantar de nada. Vocês não moram mais lá, e Sykes ainda mora. Os mais novos só conhecem o demônio que é o Sykes, não o demônio que vocês são.

Jack xingou mais uma vez. Não importava o que fizessem ou o que conquistassem, parecia que sempre acabavam voltando à estaca zero.

— Está bem, então. Vou juntar os outros. Vamos até seu bar favorito amanhã à noite para nos certificarmos de que *os mais novos* tenham um gostinho do que somos capazes.

— Pra ser sincero, acho que já vai ser tarde.

Jack sentiu um aperto no estômago.

— O que você sabe, Feagan?

— Querem matar ela hoje.

Frannie sabia que deveria ter confessado tudo a Jim e dito a ele por que Sykes talvez tivesse matado Nancy. Ela não tinha dúvidas de que ele era o culpado, mas não tinha provas, apenas um pressentimento. E havia preocupações mais urgentes. Precisava tirar Peter e, possivelmente, as outras crianças de Londres. Jim não poderia ajudá-la com isso, mas Sterling, sim.

Além disso, se Jim soubesse das suspeitas dela, provavelmente iria querer protegê-la, interrogá-la e mantê-la segura, e ela não tinha tempo a perder. As crianças eram prioridade. Elas sempre eram sua prioridade.

Frannie abriu a porta dos fundos do beco e soltou um grito ao ver a figura alta e escura que se aproximava.

— Desculpe, querida, não quis assustá-la — disse Sterling enquanto a abraçava.

— Eu não esperava encontrá-lo agora.

— Eu disse que não a deixaria andar por aí sozinha. Você está bem? Está tremendo.

— Sykes matou Nancy.

— O quê?!

Ela assentiu com a descrença na voz dele.

— Jim acabou de me contar. Ele não sabe quem é o culpado. Encontraram o corpo dela no Tâmisa, mas sei que foi Sykes. Eu não deveria ter deixado ela voltar para ele. Eu deveria ter insistido...

— Você não é responsável por todo mal que é feito a alguém, Frannie...

— Eu sei. É que... Eu estava tão brava com ela.

— Por um bom motivo.

— Ainda assim, ela não merecia o fim que teve. Cadê o Peter?

— Ele estava dormindo quando saí.

— Você deixou alguém cuidando dele?

— Não. Ele prometeu não fugir.

— Ah, Sterling, crianças não entendem o que é uma promessa.

— Vamos logo para casa, então, ver como ele está.

Enquanto a carruagem percorria rápido o caminho, Sterling abraçou Frannie.

— Sterling, eu sei que seria pedir muito, mas acha que é possível levar Peter para sua casa no campo?

— Você acha mesmo necessário? Por que Sykes acharia que estamos com ele?

— Nancy pode ter contado, não sei... Eu apenas sinto que ele não está seguro aqui.

— Está bem, então. Vamos levá-lo para o campo.

Frannie apertou a mão dele.

— E as outras crianças? Quero levá-las também.

— Quantas são?

— Trinta e seis. Sei que é um número grande, mas vou me certificar de que não peguem nada que não é delas.

— Frannie, eu não me importo com nada disso. Estou apenas pensando na logística. Tenho mais duas carruagens, sua equipe pode viajar nelas. Já as crianças teriam que ir em uma carroça grande que usamos para levar nossos pertences durante a temporada. Deve comportar todas elas. Só será ruim se chover, mas é apenas um dia de viagem se partirmos ao amanhecer.

Frannie o abraçou com força.

— Muito obrigada!

— Você achou que eu não ajudaria?

— Não, eu sabia que você aceitaria me ajudar.

Dois meses atrás, Sterling não teria aceitado. Essa era a questão. Ele nunca se importara com órfãos, apenas com os próprios prazeres. Não parava para pensar em como os outros sobreviviam. Os outros não eram da sua conta. Como fora egoísta…

Quando chegaram à casa, Frannie subiu correndo a escada enquanto Sterling falava com Wedgeworth para combinar a preparação das carruagens e da carroça.

— Sterling!

Ele olhou para o topo da escada e, pela postura dela, antecipou o que ouviria.

— Peter sumiu.

Eles procuraram em todos os lugares. Sterling achou que talvez o menino tivesse ido para a sala de arte. Naquela tarde, Sterling o deixara usar carvão para desenhar antes de mandá-lo dormir.

Por um momento, Frannie estudou o desenho que Peter havia feito. Linhas grossas, olhos pequenos e escuros e dentes pontiagudos.

— Algo que lhe dá pesadelos, suponho — disse Sterling, tão desconfortável agora quanto ficara quando Peter lhe mostrara.

Que tipo de pensamentos sombrios passavam pela mente daquela criança?

Frannie deu um sorriso triste a Sterling.

— É o Sykes. — Ela se virou, indo para a porta. — Preciso verificar o orfanato.

— Posso entender o motivo dele vir atrás do filho, mas não dos outros... — afirmou Sterling, enquanto a seguia escada abaixo.

— Você não entende como Sykes é. Quando eu tinha 12 anos, ele pediu que eu fosse a namorada dele. Quando tentou me beijar e eu o chutei, dizendo que preferia morrer, ele me disse que havia coisas piores que a morte. Acho que foi por isso que ele organizou minha ida ao inferno.

— Você nunca falou disso.

— Só lembrei disso esta noite, quando fiquei sabendo da Nancy.

— Gosto cada vez menos desse sujeito. Swindler deve ser capaz de fazer algo contra ele, não?

— Não sem provas, e é muito difícil de encontrar o Sykes. Ele se esconde nas sombras.

O que o deixava em vantagem sobre Sterling.

Eles saíram da casa. A carruagem estava ali, mas Sterling não viu o cocheiro ou o valete. Deviam estar tomando chá na cozinha.

— Preciso chamar o cocheiro...

Frannie desceu o último degrau, e ele percebeu que o local estava mais escuro. Duas das lamparinas não estavam acesas.

Onde estava Frannie? Ela estivera em seu campo de visão, mas havia desaparecido atrás das sebes.

— Wedgeworth! — gritou o duque a plenos pulmões enquanto descia correndo os degraus.

Sterling amaldiçoou a escuridão que a engoliu. Ele viu o que achava que eram sombras... se movendo... e ouviu um grunhido feminino.

— Frannie!

Barulhos de passos rápidos vieram da direção da casa.

— Sua Graça!

Algumas luzes balançaram à sua frente. Ele conseguia distinguir as formas agora. Dois homens curvados sobre alguém...

— Frannie!

Os homens saíram correndo.

— Peguem eles! — gritou Sterling para seus valetes enquanto se ajoelhava ao lado da mulher ferida e desmaiada.

— Meu Deus, é a srta. Darling! — falou Wedgeworth, segurando uma lamparina no alto.

Sterling não conseguiu responder. Lágrimas entalavam sua garganta. Com muita gentileza, ele a segurou nos braços e se levantou, engolindo o medo.

— Quando Catherine desmaiou, Claybourne mandou um dos criados buscar um tal de dr. Graves. Quem foi buscá-lo?

— Sim, Sua Graça, foi o Jessup.

— Mande-o chamar Graves. Imediatamente.

Frannie estava tão imóvel que Sterling manteve os dedos no pescoço dela, sentindo o tremular leve e fraco do coração. Ela tinha um corte horrível na cabeça. Uma das criadas o ajudou a vesti-la em uma camisola para que ficasse mais confortável. Os machucados já estavam ficando roxos. Era evidente que a espancaram. Se ele tivesse visto os homens. Se não tivesse parado na escada. Se enxergasse melhor à noite. Se...

Pedir para que chamassem Graves foi o mesmo que usar um telégrafo. Claybourne, Catherine e Swindler chegaram em pouco tempo e foram rapidamente seguidos por Dodger, que apareceu com um sujeito de aparência duvidosa que ele apresentou como Feagan. O velho se apoiou na bengala e observou Frannie, que estava deitada com seu glorioso cabelo ruivo espalhado sobre o travesseiro. Aquele era o homem que Frannie achava que poderia ser seu pai. A julgar pela maneira como ele a olhava, como se fosse morrer caso a perdesse, Sterling suspeitou que ela podia ter razão.

— Ela levou um golpe feio na cabeça — disse Graves, inclinando-se sobre Frannie e abrindo um olho e depois o outro. Ele se endireitou e olhou ao redor. — Preciso que todos vocês, exceto lady Catherine, saiam para que eu possa examiná-la melhor.

Várias bocas se abriram...

— Vocês ouviram — falou Catherine com firmeza. — Vão logo, vocês não ajudam em nada se ficarem enrolando. Encontraremos vocês na biblioteca quando tivermos novidades.

Sterling ouviu os outros saindo, mas ficou onde estava — parado ao lado da cama, olhando para Frannie. Catherine tocou no braço dele.

— Sterling, você também precisa sair.

— Preciso de um momento.

Ela assentiu e levou Graves até a área de estar do quarto. Sterling se inclinou e sussurrou perto do ouvido de Frannie:

— Por favor, minha doce Frannie, não deixe Sykes levá-la. Juro que nunca mais vou deixá-lo machucar você.

Ele beijou a testa dela. Não era o suficiente, mas era tudo o que podia oferecer naquele momento.

— Eu não os vi se aproximarem — explicou Sterling pelo que parecia ser a centésima vez.

Ele não estava acostumado a se defender. Tentara receber os amigos de Frannie com hospitalidade em sua biblioteca, oferecendo uma dose de uísque forte e qualquer outra coisa que quisessem, mas todos pareciam apenas querer determinar como ele era responsável por toda aquela tragédia.

— Como não? — perguntou Swindler, claramente bravo. Ele era quem mais repetia as perguntas.

— Já chega! — gritou Dodger. — Não adianta chorar pelo leite derramado. O que temos que fazer agora é descobrir a melhor forma de proteger a Frannie.

— Sykes não é de perdoar ninguém — disse Feagan. — Só tem um jeito de ele nunca mais machucar ela.

— Que seria...? — indagou Sterling.

Swindler o encarou como se o duque não tivesse o mínimo de bom senso.

— Matando ele — explicou Feagan, no tom mais ordinário possível, como se tivesse acabado de pedir uma informação.

As próximas palavras de Sterling foram algo que ele nunca se imaginou falando:

— E como fazemos isso?

— Temos que encontrá-lo primeiro — afirmou Claybourne.

— Não basta ir até a casa dele e emboscá-lo nas sombras, como ele fez com a Frannie? — perguntou Sterling.

— Alguém como Sykes não tem um paradeiro conhecido — esclareceu Swindler. — Ele trabalha em segredo, contratando pessoas para fazer o trabalho sujo por ele. Só cuida do serviço sozinho quando é algo pessoal, mas ninguém trai o Satanás, porque a vingança é infernal.

— Precisamos atrair Sykes para fora da toca — falou Jack. — O problema é que ele conhece todos nós e sabe o que sentimos pela Frannie. Ele não confiaria se pedíssemos para nos encontrar.

— Ele não me conhece — pontuou Sterling.

O silêncio na sala foi tão intenso que seria possível ouvir uma pena caindo no chão.

— Pode funcionar — afirmou Feagan depois de um tempo, coçando a barba.

Sterling esperava que o homem não tivesse piolhos, embora — que Deus o ajudasse — estivesse disposto a ter a casa infestada por pragas se isso significasse ter Frannie de volta.

— O que pode funcionar? — perguntou Swindler, impaciente.

— Sykes não é só um ladrão. Ele fornece meninos pra outros do ramo. Certo? Certo. Então ficamos sabendo que um tal de senhor... — Feagan olhou para Sterling, como se tentasse mensurar seu valor — ... Knight? Acho que serve. Um tal de sr. Knight precisa de um garoto para uma invasão e quer se encontrar com o sr. Sykes para negociar.

— Sykes não vai aceitar o encontro sem investigá-lo antes — afirmou Claybourne.

— Claro que não. Ele não é bobo. Vocês ficam nas sombras vendo tudo. Sykes vai acabar aparecendo, porque o sr. Knight vai insistir em fazer negócios apenas pessoalmente. E, quando ele chegar, vocês cuidam da situação.

Swindler encarou Sterling com firmeza.

— Acho que precisamos ter certeza de que a Sua Graça aqui entende exatamente o que está sendo proposto.

— Garanto que não sou o burro que você parece pensar que sou. Serei uma isca, e vocês o matarão quando ele morder a isca. E presumo, inspetor, que você investigará e determinará que foi um acidente.

Swindler deu de ombros.

— Ou legítima defesa.

Claybourne se inclinou para a frente, sentado no canto da mesa.

— Você precisa entender, Greystone, que não é fácil viver com a responsabilidade da morte de um homem pesando na consciência. Não é uma decisão a ser tomada com pressa ou raiva.

Sterling virou-se para o velhote.

— Espalhe a notícia.

Sterling sentou-se ao lado da cama de Frannie, segurando e acariciando a mão dela. Ela ainda não tinha acordado. Graves achava que ela acordaria... em algum momento. Tinha quebrado duas costelas e estava com hematomas imensos, mas nenhum outro dano interno. O médico tentou dar crédito a Sterling por ter chegado até ela rápido.

Mas todos na biblioteca perceberam a tentativa desesperada de Graves de transferir a culpa para algum sujeito não identificado, quando sabiam quem realmente era o culpado pela terrível condição de Frannie. Um homem que não conseguia ver a própria mão à sua frente. Um homem que tinha a escuridão como inimiga. Eles não entendiam os detalhes, é claro, e Sterling não estava disposto a contar. Não precisava enxergar o tal de Sykes para atraí-lo. A menos que pretendesse atirar nele — e essa era uma possibilidade real. Durante sua estadia na África, ele usara mais rifles do que pistolas. Mas seria muito mais fácil esconder uma pistola.

Às vezes, um dos rapazes de Feagan aparecia para trocar a vigília de Frannie ou para relatar que Sykes ainda não dera sinal de interesse. Provavelmente levaria um ou dois dias para que conseguissem marcar alguma coisa.

Sterling sabia que estava sendo imprudente ao se oferecer como isca. No entanto, como fora incapaz de protegê-la antes, queria garantir que Frannie fosse protegida para sempre — não importava o que custasse.

Ele ouviu passos suaves e virou-se para ver Catherine, que puxava uma cadeira para sentar-se ao seu lado.

— Como ela está?

— Ainda não acordou.

— Ela vai acordar. — A irmã apertou a mão dele. — Pode confiar neles, Sterling.

— Não conte com isso. Eu não ficaria nem um pouco surpreso se Swindler usasse esta oportunidade para me ver enforcado. Ele tem uma opinião péssima sobre mim.

— Eles a amam.

— Ela é alguém muito fácil de amar.

— Você a ama?

Sterling assentiu.

— Ela é tão boa, Catherine. Nunca conheci ninguém tão altruísta quanto Frannie. Queria que ela fosse um pouco egoísta. Eu mesmo poderia ensiná-la a colocar os próprios prazeres em primeiro lugar.

— Foi por isso que você e o papai brigaram?

— Foi um dos motivos. — Ele olhou para a irmã. — Eu fui vê-lo, Catherine, quando voltei para Londres. Ele não quis me ver.

— E por que não foi me ver?

— Você estava cuidando muito bem das coisas sem mim, e minha presença teria apenas complicado tudo.

Catherine acariciou o braço dele.

— Vou acreditar em você.

Eles ficaram em silêncio por vários minutos. Sterling pensou em pentear o cabelo de Frannie, em se deitar ao lado dela e abraçá-la uma última vez. Depois que cuidassem de Sykes, tudo mudaria. Ele garantiria isso. Sabia o que tinha que fazer e, por mais que não quisesse, faria o necessário. Era estranho pensar que Frannie era a responsável por transformá-lo no homem que seu pai duvidou que um dia seria.

— Sterling, eu sei que você quer fazer isso, mas é muito perigoso — sussurrou Catherine. — Se algo acontecer, você não deixou nenhum herdeiro...

— Temos o nosso primo.

— Wilson? Você o odeia.

Ele continuou em silêncio. Nada, nem mesmo seu título, era mais importante que a mulher deitada em sua cama.

Catherine o abraçou e apoiou a cabeça contra o ombro dele.

— Sabe, Sterling, sinto que você finalmente voltou para casa.

22

Sterling tinha que admitir que parecia mesmo um criminoso. Não se barbear ou dormir o deixara com uma aparência selvagem. Não fazer a barba tinha sido ideia de Dodger, já a falta de sono vinha das horas sentado ao lado de Frannie. Queria desesperadamente que ela acordasse, mas pelo menos estava evitando mentir para ela. Sabia que Frannie não aprovaria o que ele estava prestes a fazer, mas precisava fazê-lo. Para o bem dela. E talvez um pouco para o dele.

O duque não perguntou de onde eram as roupas sujas e pinicantes que Swindler trouxera. Embora não parecesse um mendigo, também não aparentava ser um homem que frequentava os alfaiates mais exclusivos de Londres.

Feagan mandara um recado dizendo que o sr. Knight deveria estar às dez em uma mesa de canto no bar designado. Alguém iria encontrá-lo lá.

— Provavelmente não será o Sykes em pessoa — explicou Swindler para o grupo composto por Sterling, Dodger, Claybourne e Feagan. Eles estavam em um beco escuro aguardando a hora marcada. — Será um dos capangas dele. Você precisa insistir que só fará negócios com o sr. Sykes. Tente ser mais informal e soar como um plebeu.

— Eu estava planejando imitar vocês.

— Talvez você deva ser ainda mais grosseiro — comentou Dodger. — Lembre-se de que todos nós fomos educados até certo ponto.

— Eu falo da droga do jeito que eu quiser — disse Sterling.

Dodger sorriu.

— Nada mal. Desse jeito, você ainda vai virar um dos rapazes de Feagan.

— Não, obrigada. Esta será uma encenação única. — Ele desviou o olhar para Swindler. — A propósito, Frannie acha que foi Sykes quem matou Nancy, a mulher que deixou o filho deles aos cuidados dela.

— Do que diabo você está falando?

— O menino estava na minha casa, mas fugiu. O nome dele é Peter, mas diz que se chama Jimmy, embora só Deus saiba o porquê. Quando tudo isso acabar, tente encontrá-lo. Significará muito para Frannie.

— Encontre-o você mesmo.

— Não pretendo vê-la de novo quando terminarmos aqui.

Swindler puxou Sterling pelo paletó, para longe dos outros. Então, abaixou o rosto até que estivesse a centímetros do de Sterling.

— Ela te ama.

— Bom, que triste para ela. Se bem me lembro, você mesmo disse que eu não me casaria com ela, mas que o faria no meu lugar. Portanto, cuide bem dela e faça tudo o que estiver ao seu alcance para que Frannie seja feliz.

O duque passou por Swindler, sentindo uma satisfação juvenil pelo encontrão que deu no homem, e saiu do beco antes que qualquer um dos outros pudesse reagir.

Sterling acabara de fazer a encenação mais difícil da noite: fingir que Frannie não significava nada para ele. O restante deveria ser mais fácil.

A cabeça de Frannie latejava com força, e a luz machucava seus olhos. Mas ela reconheceu o dossel. Estava na cama de Sterling. Por que tudo doía?

— Ela acordou! — exclamou uma voz suave, e então Catherine se inclinou sobre ela. — Olá, como está se sentindo?

— Como uma casca de ovo quebrada.

— Você se lembra de alguma coisa? — perguntou Bill, enquanto puxava uma lamparina e iluminava os olhos dela. Frannie tentou se virar, mas ele a segurou no lugar. — Não se mexa e me responda.

— Erm, hum… — Ela tentou pensar. — Estávamos procurando o… Jimmy… Peter.

— A última coisa que você se lembra é de estar no orfanato?

— Não, estávamos aqui.

— Onde é aqui?

— Você não sabe onde estamos?

Ele sorriu.

— Eu sei, mas você levou um golpe na cabeça e quero garantir que você sabe onde está.

— Na casa do Sterling. Onde ele está?

Bill pigarreou e colocou a lamparina na mesa.

— Você está dormindo há quase um dia inteiro. Gostaria que tentasse comer um pouco de caldo quente. Catherine, pode cuidar disso?

— Mas é claro!

A mulher saiu do quarto, e Frannie sentiu uma sensação de pânico crescente.

— Cadê o Sterling?

Bill sentou-se na beira da cama.

— Você lembra do que aconteceu?

Ela se sentou tão rápido para agarrar a mão de Bill que sua cabeça quase se partiu em duas com a dor.

— Ele morreu? Ah, meu Deus! Não!

— Não, não, ele está bem. — O médico apertou a mão dela, colocou alguns travesseiros às suas costas e a ajeitou. — Ele está bem. Você foi atacada. Você se lembra disso?

Frannie negou com a cabeça.

— Não.

— Você se lembra do Sykes?

— Claro. Quem poderia se esquecer daquele monstro?

— Ele quer você morta, Frannie.

— Ele matou a Nancy.

De repente, ela se lembrou desse fato com uma clareza surpreendente.

— Não sei nada quanto a isso. Só sei que ele está atrás de você, então os outros estão tentando atraí-lo para uma armadilha.

— Os outros?

Ela apertou os olhos com força, tentando pensar em seus nomes. Como não lembrava do nome deles?

— Luke, Jack e Jim.

Assentindo com a cabeça, ela abriu os olhos. Sim, os três. Ela lembrava que se acostumara a pensar que Luke não fazia mais parte do grupo, mas estava errada. Ele ainda fazia, ainda mais quando algum dos outros estava em apuros.

Ela olhou para Bill, que parecia estranhamente quieto. Já o vira examinar os outros, e ele sempre fazia muitas perguntas.

— E o Sterling?

— Está com os outros.

Aquilo não fazia sentido algum.

— E onde estão os outros?

— Como disse: tentando encontrar Sykes.

— Nas ruas? Nas margens da cidade?

— Sim.

— Não...

Ela tentou sair da cama, mas Bill a segurou.

— Cuidado, Frannie. Você vai se machucar.

— Ele não é um de nós. Ele nunca...

— É por isso que ele é a isca perfeita. Sykes não o conhece.

Frannie deu um soco no ombro dele, e Bill saiu da cama para se afastar.

— Vejo que está se sentindo um pouco melhor.

— E qual é o plano, exatamente?

— Frannie...

— Fala.

Ela ouviu horrorizada enquanto o amigo explicava. Sterling não era como eles. Ele hesitaria na hora final... e acabaria morto.

Sterling sentou-se no canto escuro e olhou ao redor. Pelo menos era improvável que alguém aparecesse ao seu lado sem que ele visse. A pessoa até poderia vir da sua lateral, mas, para sentar-se, teria que entrar na linha de visão.

É claro que o bar estava lotado. O balcão reluzente que tinha a largura do salão inteiro parecia novo. Ele bebeu a cerveja devagar, para não se destacar, mas sabia que era imperativo não se embebedar. Estava com uma pistola no bolso do paletó. Se Sykes fosse o primeiro a aparecer, Sterling poderia apenas atirar no homem logo e acabar com tudo. Se o bar não estivesse tão lotado, era exatamente o que teria feito. Mas, como estava, ele não poderia colocar inocentes em risco — embora duvidasse que existissem muitos inocentes naquele lugar de fama duvidosa.

Sua consciência logo apareceu para julgar seu pensamento retrógrado. Sterling acreditara que Catherine estava se rebaixando ao se casar com Claybourne — e, em vez disso, ela se casara com um homem disposto a vingar os amigos, independentemente do custo pessoal. Havia considerado os três amigos de Claybourne pouco mais que ladrões, e estava descobrindo o que Catherine já sabia: eles eram leais. Será que Wexford faria o que fosse necessário para proteger Sterling? Ou só cuidaria de assuntos que fossem convenientes?

Ele sabia que era injusto julgar Wexford nos mesmos critérios de pessoas que cresceram na rua. Não era como se os dois tivessem sofrido os mesmos perigos que os outros. Sterling percorrera o mundo em busca de emoções, mas seu coração nunca batera tão rápido como enquanto esperava no bar.

— Senhor Knight?

Ele ergueu o olhar e viu um homem loiro. Ou seja, não era o Sykes.

— Quem quer saber?

— Um parceiro do sr. Sykes — falou o homem, puxando uma cadeira para se sentar.

— Perdeu seu tempo vindo aqui. Não lido com parceiros.

— E o sr. Sykes não lida com caras que não conhece.

— Ele vai, se quiser ganhar dez mil libras.

— Isso é grana pra caramba.

Sterling deu um sorriso arrogante e tomou um gole de cerveja.

— E qual é o trabalho?

— Seu nome é sr. Sykes?

O homem olhou ao redor.

— Volte amanh...

— Não.

O homem olhou para ele como se de repente estivesse sendo ameaçado por uma pistola. Sterling deu de ombros.

— Eu preciso do menino hoje. Tô com a agenda apertada.

— Parece que você não planejou direito.

— Planejei muito bem. Vai ser tudo muito rápido. Menos chance de descobrirem assim.

— Você é um homem precavido, sr. Knight.

— E também prestes a ficar rico.

Assentindo, o sujeito sorriu e coçou a barba desgrenhada.

— Tá bom. Me encontre no beco atrás do bar em dez minutos. Vou te levar pro sr. Sykes.

Depois que o homem saiu, Sterling terminou a cerveja. Por hábito, ele moveu a mão para pegar seu relógio e verificar a hora, mas se lembrou de que não o trouxera. O brasão podia denunciá-lo. Até tinha pensado em dizer que era um relógio roubado, mas decidiu que era melhor não arriscar. Se sobrevivesse, queria deixá-lo para seu herdeiro. Se não sobrevivesse... ele o deixara em sua mesa junto a um bilhete para Frannie.

Era estranho pensar que ela só descobriria o quanto Sterling a amava caso ele morresse.

Quando decidiu que já haviam se passado dez minutos, Sterling saiu pela porta, parou como se estivesse vendo onde estava e ergueu o colarinho contra o frio da noite. Era o sinal de que o contato havia sido feito e que uma reunião fora marcada.

Ele deu a volta na esquina e entrou no beco entre os edifícios. Mal colocou o pé no chão quando foi agarrado, virado e empurrado com o rosto na parede de tijolos.

— Calma, sr. Knight — disse a voz do homem do bar. — Só estamos vendo se você tá armado.

— Ele tem uma arma.

Sterling foi virado e se viu cara a cara com um gigante. Que maravilha...

— Você não acha que eu ia vir pra essa parte de Londres desarmado, né? Achei que era mais esperto — falou Sterling.

O homem do bar apenas sacudiu a cabeça.

— Por aqui.

Ele o seguiu pelo beco até uma escada onde outro homem ameaçadoramente grande estava sentado. Ele vestia preto dos pés à cabeça, e seu cabelo escuro caía sobre seus olhos. A semelhança com o desenho de Peter não era perfeita, mas era suficiente. Lá estava o infame sr. Sykes.

— Passe pra cá, Nanico.

O homem que revistara Sterling entregou a pistola para Sykes.

Nanico? Devia ser algum tipo de piada, embora Sykes não parecesse ser alguém muito bem-humorado ou engraçado.

Sob a luz fraca da lamparina que pairava sobre sua cabeça, Sykes estudou a pistola, virando-a de um lado e para o outro.

— Muito bom.

Ele olhou para Sterling e deu um sorriso maligno.

— Tire o chapéu, sr. Knight.

Sterling estreitou os olhos.

— Por quê?

— Porque gosto de ver a cara de um homem quando vou fazer negócios com ele.

Sterling deu de ombros, como se não se importasse, e tirou o chapéu.

— Jimmy! — gritou Sykes.

Das sombras sob as escadas saiu um menino pequeno e magro. Jimmy, também conhecido como Peter. A esperança de Sterling de ser a melhor escolha para a armadilha foi por água abaixo. Quando a criança se aproximou o suficiente, Sykes o agarrou e o puxou contra o joelho.

— Já viu este homem antes, garoto?

Jimmy olhou para Sterling e inclinou a cabeça de um lado para o outro, como se procurasse o ângulo perfeito para vê-lo.

— Não, senhor.

Sterling se esforçou para não demonstrar alívio. Ele sabia que estava bem diferente, mas seria o suficiente para não ser reconhecido pelo menino?

— Posso ir agora? — perguntou Jimmy.

— Vai — respondeu Sykes, como se não estivesse muito feliz com a resposta do menino.

Jimmy passou correndo por Sterling, que rezou para que Swindler o visse e o pegasse.

— Esse é meu. Eu chamo ele de Jimmy. Mas a mãe deu o nome de Peter. Sabia que eu não gosto desse nome e escolheu mesmo assim. O que se faz com uma mulher que não faz o que você quer?

— Mata ela — respondeu Nanico, rindo.

Sterling nunca tinha visto um homem rir daquele jeito, ainda mais um tão grande quanto aquele.

— Fica quieto, Nanico, ou eu te mato também — alertou Sykes, antes de voltar a atenção para Sterling. — Quero que entenda, sr. Knight, que não sou alguém que você vai querer chatear. Agora me conte sobre esse tal plano de assalto.

Sterling desejou poder enxergar as sombras para saber se os outros estavam por perto.

— Sabe o diamante Koh-i-noor, que tá em exposição no Palácio de Cristal? O maior diamante do mundo?

— Sei, sim. — Sorrindo, Sykes ficou de pé. — Tem planos de roubar ele?

— Tenho.

— Conte, então.

— Mande esses dois pra longe.

Sykes pareceu hesitar.

— Você tá com a minha pistola, pode apontar ela pra mim se quiser.

Sykes assentiu.

— Vocês dois, pra dentro.

Sterling ouviu os dois se afastarem o suficiente.

— E então? — insistiu Sykes.

— É muito simples. Você vai direto para o inferno.

Sterling sentiu o calor antes de ouvir o estrondo. Não que isso importasse. Ele se atirou em Sykes e o derrubou no chão. Seu primeiro golpe no queixo do homem deve tê-lo desnorteado, porque ele nem tentou se defender.

Sterling perdeu as contas de quantas vezes bateu em Sykes até alguém puxá-lo de cima do homem.

— Me solta! Ele ainda está vivo!

— Você não precisa matá-lo — disse Claybourne, ajoelhando-se ao lado dele. — Nós ouvimos o que ele disse. Swindler diz que é o suficiente para que ele seja enforcado.

Sterling balançou a cabeça.

— Não há razão para matá-lo se a lei pode fazer isso por você — afirmou Claybourne calmamente. — Confie em mim, Greystone. Você não quer matá-lo se não for realmente necessário.

— Ele machucou a Frannie.

— Frannie vai ficar bem. Ela nunca mais olhou para mim da mesma forma depois que matei Geoffrey Langdon. Ela também carrega essa culpa.

Sterling assentiu. Se fosse melhor para ela…

De repente, ele percebeu a dor que o atravessava.

— Cadê o Swindler?

— Aqui. — Ele se agachou ao lado de Sterling. — Pegamos o garoto.

Sterling puxou a camisa do homem, mas logo praguejou e caiu para trás, levando Swindler com ele.

— Nunca a faça chorar.

Ele não soube dizer se Swindler assentiu, pois todo o seu mundo ficou preto.

23

Quando Sterling acordou com o ombro doendo e a cabeça latejando, a primeira coisa que viu foi James Swindler parado ao pé da cama, com os braços cruzados e a costumeira expressão desconfiada.

— Frannie... Ela está bem? — perguntou Sterling com a voz rouca.

— Você pode perguntar direto para ela — respondeu uma voz suave.

Ele virou a cabeça para o lado e lá estava ela, sentada em uma cadeira perto da cabeceira da cama, em um lugar onde qualquer homem com visão normal veria. Frannie passou os dedos pelo cabelo dele, do mesmo jeito que fazia com os meninos que dava a vida para proteger. Ela segurou a mão dele e a levou aos lábios, beijando seus dedos enquanto lágrimas molhavam a pele dele.

— Não chore — pediu Sterling.

— Você podia ter morrido, seu tolo. — Frannie afundou com força os dedos no cabelo dele, como se quisesse mantê-lo ali para sempre. Ela virou a cabeça para o lado e olhou para o homem que Sterling sabia que a amava. — Pode trazê-lo, por favor?

Swindler saiu do quarto.

— Trazer quem? — perguntou Sterling.

— Peter. Ele está preocupadíssimo com você.

Afofando alguns travesseiros atrás dele, ela o ajudou a se sentar.

— Há quanto tempo estou aqui?

— Três dias. Sua febre baixou ontem à noite. Você teve sorte. Perdeu muito sangue quando a bala atravessou seu ombro, mas não sofreu danos graves. Bill conseguiu cuidar de tudo.

O duque assentiu. Estava exausto. Segurando a cabeça de Sterling, Frannie levou um copo de água aos lábios dele. A sensação do líquido descendo por sua garganta foi gostosa.

Ele ouviu a porta se abrir e o som de passos se aproximando rapidamente. O menino apareceu, e Frannie o agarrou antes que ele pulasse na cama.

— Você vai ficar bem? — perguntou Peter.

Sterling assentiu.

— Você mentiu para Sykes.

Peter fez que sim com a cabeça.

— Ele não é um dragão.

Sterling sorriu.

— Não, não é. Você não vai fugir de novo, hein?

— Eu não fugi, eles que vieram me buscar.

— Eles não virão atrás de você de novo. Virão, Swindler?

De pé em sua posição no pé da cama, Swindler respondeu:

— Não. Sykes está preso e não vai sair de lá — falou ele em tom determinado.

Era claro que, mesmo que o tribunal considerasse Sykes inocente, o homem nunca mais andaria pelas ruas. Swindler cuidaria disso. Se não o fizesse, Sterling o faria. Ele esperava nunca se arrepender de não ter acabado com Sykes quando tivera a chance.

Frannie abraçou Peter com força.

— Despeça-se do duque agora.

— Tchau, senhor.

— Comporte-se, Peter.

— Jim, pode levá-lo, por favor? — perguntou Frannie.

O inspetor deu um aceno brusco, mas olhou para Sterling antes de sair.

— Você não foi tão mal para alguém que não cresceu nas ruas. Foi uma honra lutar ao seu lado.

Antes que o duque pudesse retribuir o elogio, Swindler conduziu Peter para fora do quarto e fechou a porta.

Sterling voltou sua atenção para Frannie. Ela era tão linda. Ele queria acreditar que ela estava segura, mas sua Frannie continuava a viver em um mundo muito perigoso.

— Você vai continuar indo para as ruas de Londres, não vai?

Ela olhou para as mãos entrelaçadas dos dois e assentiu. Encarando os olhos azuis, Frannie respondeu:

— É onde as crianças estão.

E onde ele não poderia protegê-la. Sterling tivera sorte com Sykes, mas havia apostado o suficiente no clube do Dodger para saber que a sorte era uma amante incerta.

Os dias passaram tranquilos enquanto Sterling se recuperava aos poucos. Frannie levava-lhe as refeições e lhe dava banho. Dormiam abraçados todas as noites.

Quando sua força voltou, Sterling começou a fazer pequenas caminhadas pela casa e, então, caminhadas maiores pelo jardim — muitas vezes na companhia de Peter.

Eles não conversavam durante o passeio, mas havia uma certa camaradagem entre os dois que Sterling não conseguia explicar. Sentiria falta do menino quando chegasse a hora de se separarem, e sabia que esse momento estava mais próximo do que desejava.

Frannie estava sentada no terraço e observava com melancolia o lorde bonito e seu companheiro arruaceiro passeando pelo jardim. Era estranho como laços entre as pessoas mais diferentes poderiam ser formados.

Ela sabia que seu tempo com Sterling estava acabando. Eles não faziam amor desde a noite em que ela fora atacada, mas sentia que ele estava se afastando. E sabia que também fazia o mesmo, lutando para proteger seu coração e temendo que fosse tarde demais.

Desde o início, entendia que Sterling era uma adição temporária à sua vida, e acreditava ter feito as pazes com esse fato. Às vezes, no meio da noite, desejava com todas as forças dizer a ele que o amava, mas suspeitava que isso só complicaria ainda mais a separação inevitável.

Naquela noite, durante o jantar, disse ao duque:

— Preciso ir às ruas, e gostaria que fosse comigo.

Sterling a encarou.

— Acredito ter provado que não sou o melhor segurança.

— Você provou que arriscaria sua vida por mim. Isso não é irrelevante.

Balançando a cabeça, ele voltou a prestar atenção ao prato.

— Você deveria pedir ao Swindler.

Mas ela queria que Sterling fosse com ela.

— Quero falar com Feagan. Tenho quase certeza de que vou encontrá-lo em seu bar favorito. Não vai demorar muito. Gostaria muito de você lá.

Como se entendesse a importância do que ela planejava fazer, Sterling deu um rápido aceno de cabeça.

— Vou mandar prepararem a carruagem.

A jornada foi tão silenciosa quanto os últimos dias estavam sendo, e Frannie encontrou consolo no fato de que Sterling a abraçou durante todo o trajeto. Ele sempre parecia sentir quando ela precisava ser abraçada.

Apesar dos muitos balanços, paradas e curvas, o motorista conseguiu manobrar a carruagem pela área até que estivessem muito perto de onde Frannie esperava encontrar Feagan. O lugar sofrera com os anos desde a última vez que ela estivera ali acompanhando aquele que a criou, que insistia em sempre ficar de olho nela.

Como sabia qual era a mesa preferida dele, não demorou muito para encontrá-lo. O coração dela balançou ao vê-lo, sozinho, no canto — um homem que já estivera cercado por crianças. Erguendo a cabeça, ele deu um sorriso.

— Frannie, querida, a que devo o prazer?

Sterling puxou uma cadeira e ela se sentou ao lado de seu antigo mentor.

— Sua Graça, pode me pagar uma bebida? — perguntou Feagan.

Sterling olhou para Frannie e ela assentiu.

Enquanto Sterling se afastava, Feagan disse:

— Ele até que é um homem gentil. Gosta de você.

— Você quase o matou.

— A ideia não foi minha. Foi dele. Não pode me culpar.

Lá estava o Feagan que conhecia, aquele que nunca assumia responsabilidades... Sempre que um dos rapazes era preso, a culpa era do menino por ter sido imprudente, e não de Feagan por tê-lo colocado em perigo.

Sterling voltou, colocando a caneca na frente de Feagan antes de se sentar ao lado de Frannie. Debaixo da mesa, ele segurou a mão dela, e ela tirou forças do toque.

Engolindo em seco, Frannie respirou fundo e forçou as palavras a saírem:

— Feagan, você é meu pai?

Rindo baixinho, o homem esfregou a boca com a mão.

— Ah, Frannie, querida, de onde você tirou uma ideia boba como essa?

— Eu sempre pensei que... não sei. Sempre pensei que você fosse.

— Não. Você é muito boa pra ter vindo de um sujeito como eu. Eu te encontrei em uma cesta na frente de uma porta e te peguei. Você sabe como sou. Se vejo algo dando sopa, eu pego.

Frannie não sabia se ficava decepcionada ou aliviada.

— Mesmo assim, eu te amo — disse ela, sorrindo.

— Eu também te amo, minha doce menina — falou ele, piscando para ela e dando um gole na bebida.

Como se entendesse que o assunto estava encerrado, Sterling ficou de pé e puxou a cadeira dela.

Do lado de fora, Frannie deixou o ar frio da noite refrescar sua cabeça.

— Você acreditou nele? — perguntou Sterling em voz baixa.

Ela o encarou.

— Você acreditou?

— Não sei.

Frannie respirou fundo.

— Não importa. É o que ele quer que eu acredite.

— Frannie…

O tom dele deixou claro o que ele diria antes mesmo das palavras saírem.

— Vou para o campo amanhã.

Ela assentiu.

— Isso é um adeus, então?

— Muito em breve, sim.

— E o Peter?

— Ele é seu. Você é a rainha dos dragões, afinal.

Sterling estava se esforçando para amenizar algo que estava partindo o coração dela.

— Peter ficou muito apegado a você. Você contou a ele?

— Ele sabe e entende.

Então a criança era muito mais sábia que ela.

Naquela noite, Sterling fez amor com Frannie pela primeira vez em tempos. Foi um pouco bruto, como se ambos estivessem tentando se agarrar a algo que nunca poderiam ter para sempre.

Depois, quando se deitaram nos braços um do outro, foi agridoce. Frannie sempre soube que chegaria o momento em que não estaria mais na vida de Sterling, só não esperava que fosse doer tanto.

Quando Sterling acordou na manhã seguinte, estava sozinho. Ele sabia que era inútil procurá-la. Nem Frannie nem Peter estariam na casa. Ele sentia a ausência deles como um vazio devastador em sua alma.

Ele gritou, reverberando sua angústia pelo quarto, mas não sentiu conforto algum.

Com um suspiro cansado, Frannie fechou o livro. Um mês havia se passado desde que Sterling viajara para o campo, e ela conseguia passar, no máximo, meia hora por dia sem pensar nele. Por isso, no dia seguinte, tentaria não pensar nele por mais um minuto até que, eventualmente, não se lembrasse mais do que viveram.

Peter se adaptara bem à vida no orfanato, e lhe trazia muita alegria. Frannie não sabia como poderia ter sobrevivido à despedida sem o amor do menino.

De repente, percebeu que alguém estava na porta, e não ficou nada surpresa quando ergueu os olhos e viu Jim.

Ela ficou de pé.

— Você sabe que não precisa me acompanhar ao orfanato todas as noites.

— Mas eu gosto de andar na sua carruagem chique.

O veículo havia chegado uma semana depois que ela saíra furtivamente da casa de Sterling.

Ela não aguentaria se despedir dele. Era uma covarde...

O bilhete que o cocheiro lhe dera dizia apenas:

> *Para que você sempre viaje em segurança. E não se preocupe. Cuidarei da manutenção dos cavalos.*
>
> *Greystone*

Jim ajudou-a a vestir a capa em volta dos ombros.

— Você teve notícias dele?

— Não, e espero não ter. Ele foi para o campo. Você sabe como é a nobreza. Eles não gostam de Londres no inverno.

— Eu também não gosto.

Ela riu.

— Faz tempo que não ouço esse som — afirmou Jim.

— Então você deveria ir mais ao orfanato. Eu dou bastante risada lá. As crianças são incríveis.

Assim que chegaram ao orfanato, o valete a ajudou a descer e ela caminhou na direção do prédio. Ao se aproximar, apertou o passo. Era sempre bom estar em casa.

24

O conde e a condessa de Claybourne convidam você a desfrutar de uma leitura feita pelo sr. Charles Dickens em 15 de dezembro de 1851.

O evento será seguido por uma recepção e um baile.

Apreciamos a doação de brinquedos para serem distribuídos no Orfanato Feagan na manhã de Natal.

A curta temporada acontecia em dezembro, quando os lordes voltavam a Londres para uma rápida sessão no Parlamento. Sterling ficou surpreso ao ver que Catherine — com um incentivo de Frannie, sem dúvida — planejava aproveitar a oportunidade para fazer um evento beneficente. Ele não sabia se considerava o convite recebido como um presente ou um castigo.

Sterling havia se recuperado bem do ferimento e viajara para sua casa no campo assim que estava forte o suficiente. Achou que ficar longe de Londres facilitaria o processo de esquecer Frannie, mas não parava de pensar nela um segundo enquanto caminhava todos os dias pelos enormes jardins até quase a exaustão.

Sterling entrara em contato com Charles Beckwith, o advogado da família, para pedir que o homem preparasse os papéis para Catherine assinar, dando permissão para que ele enviasse a herança mensal da irmã ao orfanato, como ela solicitara antes. Suas doações eram feitas anonimamente, exceto pelas encomendas ao sapateiro que ele manteve. Com a chegada do inverno, Sterling queria que todas as crianças ficassem com os pés quentinhos.

Em Londres, quando dormia em sua cama, ele jurava que ainda podia sentir o cheiro de Frannie no travesseiro, mesmo que fosse bastante improvável. Era outro presente em sua vida pelo qual não sabia se deveria ser grato, já que o deixava com mais saudade dela.

Quanto ao convite que havia lido e contemplado uma dúzia de vezes desde que chegara...

Sterling vestia luvas brancas no saguão enquanto seus criados carregavam centenas de conjuntos de aquarelas que ele havia comprado. O duque sabia que *não* poderia deixar de ir. Que tipo de mensagem sua ausência passaria? Catherine era sua irmã, e ninguém ignorava o convite da própria irmã. Além disso, era essencial que homens com títulos importantes como o de Sterling apoiassem eventos beneficentes. Era uma afirmação de que ações de caridade eram dignas de seu tempo, dando-lhes credibilidade. Como ele e Claybourne estavam elaborando uma legislação para proteger crianças, era imperativo que Sterling deixasse claro que acreditava no trabalho que estavam realizando. E havia maneira melhor de fazer isso do que participando do evento?

Seria perfeito. Ele não precisava ficar muito tempo. Bastava fazer uma aparição rápida, ver se Frannie estava bem, perguntar sobre Peter e depois seguir seu rumo. Ele certamente era capaz disso.

No saguão, ao lado de Catherine, Frannie cumprimentava os convidados que chegavam em trajes elegantes. Ela mesma usava um vestido roxo-escuro que encomendara especialmente para a ocasião, pois queria fazer jus ao orfanato. Estava ansiosa, mas isso pouco tinha a ver com a presença da nobreza. Na verdade, ela temia que seria incapaz de olhar para Sterling sem revelar o quanto sentia falta dele em sua vida. Isso se ele aparecesse...

Como uma boa irmã dedicada, Catherine dissera a Frannie que Sterling estava bem no campo, mas tinha compartilhado apenas informações superficiais. Frannie não sabia como ele estava de verdade. Se havia conhecido alguém. Se estava feliz. Ela queria, acima de tudo, que ele fosse feliz.

Conforme as pessoas chegavam, valetes levavam os brinquedos para uma saleta enquanto Frannie direcionava os convidados para a sala de estar, onde havia cadeiras enfileiradas em frente a um púlpito.

Então, viu um rosto na multidão que entrava pela porta e sorriu.

— Senhor Dickens! Fico muito feliz em vê-lo.

— Senhorita Darling, você está linda como sempre.

— Você é muito gentil. Permita-me guardar seu chapéu e casaco.

Ela o levou para longe da multidão e pediu ao mordomo que guardasse as peças do convidado.

— É impossível agradecer o suficiente por sua vinda. Muita gente só aceitou o convite por isso — disse ela ao sr. Dickens.

— Fico feliz em ajudar a causa. — Olhando para além do ombro dela, o sr. Dickens sorriu. — Ora, sr. Dodger, achei que já estaria em outro continente a essa hora.

Acompanhado da esposa e do enteado de 5 anos, Henry, Jack riu.

— Ah, sr. Dickens, você sempre subestimou minha capacidade de escapar de situações difíceis. Lady Olivia, permita-me apresentar o sr. Charles Dickens.

— É uma honra conhecê-lo, senhor — cumprimentou Olivia.

— E meu enteado, o duque de Lovingdon — disse Jack.

O sr. Dickens fez uma reverência.

— Sua Graça.

— Eu sei que crianças não foram convidadas, mas Henry gosta muito do seu trabalho, e implorei a Catherine para abrir uma exceção — explicou Jack.

— Então você gosta das minhas histórias, jovem?

Henry assentiu.

— Posso fazer uma pergunta?

— Certamente, Sua Graça.

Ele apontou para Jack.

— Ele é o Matreiro?

O sr. Dickens se abaixou para ficar da mesma altura que o menino.

— Eu escrevo ficção, Sua Graça. Os personagens dos meus livros não existem, mas, se existissem... Acredito que *ele* seria um bom Matreiro — falou o homem, dando uma piscadela.

— Eu sabia!

— E está vendo aquele cavalheiro ali?

— O lorde Claybourne?

Dickens assentiu.

— Ele seria o Oliver.

— E a srta. Frannie? — perguntou Henry.

— Ela é toda garota gentil que aparece nas histórias.

Henry riu com alegria, e Frannie rezou para que um dia todas as crianças de seu orfanato rissem da mesma maneira, sem uma única preocupação na vida.

— Lamento interromper, mas é melhor começarmos — falou Catherine.

Frannie apertou a mão do sr. Dickens.

— Vou apresentá-lo.

— Está bem.

Frannie caminhou ao lado de Catherine até a sala de estar.

— Seu irmão...

— Não... Sinto muito. Achava que...

— Ele deve estar muito ocupado.

— Ele pode já ter voltado ao interior.

— Claro...

Era onde Sterling obviamente preferia morar.

Eles caminharam até a frente da sala de estar, e Catherine bateu palmas para chamar a atenção dos convidados.

— Quero agradecer a presença de todos. Espero que apreciem a noite tanto quanto meu marido e eu apreciamos recebê-los. Somos ávidos apoiadores do Orfanato Feagan. Entregaremos os brinquedos que trouxeram para as crianças na manhã de Natal. Para muitos deles, será a primeira vez que receberão um presente. Gostaria de apresentar a srta. Frannie Darling, a proprietária e supervisora do orfanato.

As pessoas aplaudiram com educação, e Frannie desejou que não o tivessem feito. De repente, sentiu-se nervosa por ser o centro das atenções, mas queria dar orgulho às crianças.

— Obrigada — disse ela, soando como um sapo.

Frannie pigarreou...

E então o viu parado no fundo da sala, logo depois da porta e lindo como sempre. *Talvez o nervosismo desaparecesse se falasse apenas para ele...*

— Eu cresci nas ruas de Londres. Uma órfã que nunca conheceu os pais. Feagan foi o homem que me abrigou, mas, em troca de proteção, eu precisei furtar e mentir. Deve parecer estranho dar a um orfanato o nome de um criminoso, mas ele não era um criminoso para mim, porque eu não sabia o que era um crime. Foi Feagan quem me alimentou, me vestiu e me deu um lugar para dormir. Quando eu tinha 12 anos, o antigo conde de Claybourne me acolheu, e foi então que aprendi que era errado roubar. O atual conde de Claybourne ainda não sabe disso, mas acabei de comprar um terreno onde construirei outro orfanato, que nomearei em homenagem ao avô dele.

As pessoas aplaudiram. Luke, que segurava uma taça de champanhe e estava no fundo da sala, acenou com a cabeça e ergueu a taça em saudação. E Frannie soube que ele havia gostado da ideia.

— As crianças nas ruas não passam apenas necessidades físicas, mas também emocionais. Com os orfanatos, espero dar a elas o que toda criança merece: um lar amoroso. Então, assim como a condessa de Claybourne, agradeço pelos brinquedos que trouxeram, pois eles darão muita alegria às crianças. E agora, sem mais delongas, apresento o sr. Charles Dickens.

Mais uma vez, todos aplaudiram. Ao se aproximar do púlpito, Dickens beijou a bochecha de Frannie. Ela ouvira uma vez que o escritor ficava tão desconfortável quanto ela perto da nobreza, então sua presença ali era realmente especial. Quando se conheceram, Frannie era apenas uma garotinha e ele era um jovem vasculhando as margens de Londres em busca de histórias.

Mantendo-se perto da parede, ela passou pela fileira de cadeiras e foi até o fundo da sala. Quando chegou em Luke, ele a abraçou.

— Meu avô teria adorado sua ideia — falou ele baixinho, para não atrapalhar a leitura de *Um conto de natal* que Dickens havia começado.

Assentindo, Frannie olhou ao redor da sala.

— Ele já foi embora — disse Luke.

Ela sorriu de uma forma que esperava esconder sua decepção.

— Vou verificar o salão de baile. Garantir que esteja tudo pronto para depois.

Mas, quando chegou ao saguão, não foi para o corredor que levaria ao grande salão de baile. Em vez disso, partiu para a biblioteca. Hesitou na porta ao ser tomada pelas lembranças, em especial a de seu encontro com Sterling naquele dia cinzento e chuvoso meses atrás. Mas queria se lembrar do encontro. Queria se lembrar dele.

Frannie entrou e fechou a porta atrás de si. Várias lamparinas estavam acesas dentro do cômodo, bem como no jardim. As cortinas estavam abertas, e Sterling observava o exterior pela janela, com as mãos às costas. Quando notou a entrada de Frannie, ele olhou por cima do ombro e deu um meio-sorriso.

O coração dela trovejava com tanta força que Frannie temia ser possível ouvi-lo mesmo de longe. Com o máximo de calma que conseguiu, foi até o lado dele. O duque voltou sua atenção para o jardim, onde grandes flocos de neve caíam lentamente.

— Começou a nevar. Paramos para ajudar alguém que estava tendo problemas com a carruagem. Foi por isso que me atrasei.

— Fico feliz que tenha vindo. Eu estava nervosa para falar com o público até vê-lo.

— Não acredito que você conseguiu trazer Charles Dickens para fazer uma leitura. Você o conheceu por causa do conde de Claybourne?

— Não. Na verdade, Feagan nos apresentou. O sr. Dickens estava pesquisando a vida nas ruas e entrevistou alguns de nós. Parece que ele nos colocou em algumas de suas histórias, mas não vejo as semelhanças.

— Eu não li as obras dele. Talvez eu contrate alguém para ler para mim.

— Você ainda tem dor de cabeça ao ler?

— Piorou. Então, como está o Peter? Encontrou uma família para ele?

— Não. Decidi que ele ficará comigo. Prometi a Nancy que cuidaria dele e cumprirei a promessa. Nós dois moramos no orfanato no momento, mas vou construir uma casa no terreno para nos acomodarmos. Ele será o filho que nunca terei.

— Swindler vai lhe dar filhos, não?

— Não vou me casar com o Jim.

— Ele ainda não a pediu em casamento?

— Não, nem vai. Ele sabe qual será a resposta. Eu não o amo dessa maneira. Seria muito injusto com ele. — Frannie queria muito abraçá-lo. Em vez disso, respirou fundo. — E você, como está?

Sterling finalmente a encarou, e Frannie conseguiu olhar para os lindos olhos azuis que assombravam seus sonhos havia semanas.

— Eu estava lembrando do casamento de Catherine, quando você roubou meu relógio com tanta facilidade... — disse ele baixinho.

— Ah, meu Deus, não me lembre disso! Não sei por que roubei seu relógio aquele dia. Que vergonha...

Ele tocou os lábios de Frannie com o dedo, silenciando o apelo dela para que ele se lembrasse de coisas mais agradáveis.

— Você fez a mesma coisa com o meu coração, não foi, Frannie? Você o roubou, e eu nem percebi...

Frannie sentiu os olhos queimarem com lágrimas e o peito doer com a emoção que viu refletida nos orbes azuis. Seu coração palpitou com a possibilidade de que algo real e verdadeiro pudesse existir — já existisse — entre eles.

— Ah, Sterling, eu...

Antes que pudesse professar seu amor por ele, Sterling colocou o dedo sobre os lábios dela de novo.

— Pensei que, se mantivesse distância, meu coração retornaria para mim de alguma forma.

Frannie negou com a cabeça.

— Enquanto eu o tiver, não vou devolvê-lo.

— Você precisa...

Sterling voltou a olhar para o jardim, e Frannie achou que iria se despedaçar com a ideia de perdê-lo. Desde que ele fora para o interior, ela nunca se sentira tão só. Seu sonho de ajudar órfãos perdera o brilho comparado ao sonho de tê-lo mais uma vez em sua vida. Ela queria poder conversar com Sterling a qualquer hora do dia ou da noite. Queria imaginar novos sonhos e compartilhá-los com ele. Queria olhar para o outro lado da sala e vê-lo observando-a. Queria acordar e adormecer ao lado dele.

— Sterling...

— Estou ficando cego, Frannie.

O coração de Frannie palpitou, e ela sentiu um nó se apertar em seu peito.

— No momento, não consigo vê-la — continuou ele, com a voz fraca. — Você está olhando para o jardim?

— Não, estou olhando para você.

— Olhe para o jardim.

Mas ela não queria olhar para o jardim, queria olhar para ele. Mesmo assim, fez o que o duque pediu.

— Você consegue me ver? — perguntou ele.

— Pelo canto do olho, sim.

Ela se virou para Sterling, e descobriu que ele a encarava.

— Consigo vê-la agora — disse ele, com um sorriso autodepreciativo. — Mas, ao contrário de você, não consigo ver pelo canto do olho, nem mesmo muito de lado. E quando há muitas sombras, como no anoitecer, enxergo ainda menos.

— O que aconteceu? Foi por causa da sua briga com Sykes? — indagou ela, horrorizada ao pensar...

— Não. Isso já vem acontecendo há algum tempo. Lembra dos meus desenhos do salgueiro?

— Sim, neles você começou a se concentrar... apenas na árvore.

— Não tenho tanta sensibilidade artística assim, afinal. Quando eu tinha 21 anos, percebi que não estava desenhando tanto da paisagem quanto antes, mesmo que eu estivesse no lugar de sempre. Peguei meus desenhos anteriores e comecei a comparar. A diferença era sutil entre as sequências, mas, quando comparei o primeiro com o último... Sinto um pouco de vergonha em admitir que minha primeira reação foi o medo absoluto.

Frannie estendeu a mão para tocar a bochecha dele, mas será que ele aceitaria o gesto? Ela abaixou a mão.

— Não posso culpá-lo por isso. Você já consultou um médico?

— Uma dúzia ou mais. Em várias cidades da Grã-Bretanha e em vários países ao redor do mundo. Não há cura. Minha visão diminuirá até algum dia sumir por completo.

— E quando isso vai acontecer?

— Não faço ideia. Pode levar anos.

— Foi por isso que você contrariou a vontade do seu pai e viajou pelo mundo?

Sterling assentiu.

— Não sei por mais quanto tempo minhas oportunidades continuarão abertas, pois minha visão está se fechando lentamente.

— Catherine sabe?

— Não. Tenho quase certeza de que meu pai levou a vergonha da minha imperfeição para o túmulo.

— Ele não deveria se envergonhar de algo sobre o qual você não tem controle.

Sterling voltou a observar o cair da neve.

— Você está errada. Na verdade, ele me disse que desejava que o segundo filho tivesse vivido e que eu tivesse morrido. Nunca contei isso a Catherine. Ela adorava nosso pai, achava que ele era perfeito. Ele também a adorava. Não quero estragar as lembranças dela.

E Sterling dizia ser um homem que se importava apenas com os próprios desejos e interesses...

— Você me contou que achou ter amado uma mulher, mas que ela descobriu suas falhas. Foi isso?

— Sim. Angelina. Eu a estava cortejando. Ela adorava dançar, mas é muito difícil guiar uma mulher pela pista de dança com uma visão limitada. Ela começou a se ofender porque eu não dançava mais e, quando finalmente expliquei o motivo, ela me rejeitou e começou a demonstrar interesse por outro. Pelo que sei, ela não contou a ninguém. Sou grato por isso.

— Ela não merecia você.

Ele riu sem vontade.

— Nenhuma mulher me merece.

— Isso não é verdade.

De frente para Frannie, Sterling embalou o rosto dela com uma mão.

— Na noite em que fomos atrás de Sykes, deixei uma carta porque, se eu morresse, queria que soubesse que você roubou meu coração com tanta facilidade quanto roubou meu relógio. Ao caminhar pelo campo por todas essas semanas, pensei em como era injusto que você não soubesse o quanto eu te amo.

Frannie colocou a mão sobre a de Sterling e deu um beijo no centro da palma dele.

— Sterling, eu também te amo.

— E é por isso, minha querida, que não me casarei com você. Não vou fazê-la sofrer com o que me tornarei.

— Que bobagem! O que você se tornará é um duque poderoso, um marido amoroso, um exemplo maravilhoso como pai...

Ele pressionou o polegar sobre os lábios dela mais uma vez.

— Frannie, você vai a lugares perigosos procurando órfãos, e eu não consigo nem ver se alguém está prestes a atacá-la. A escuridão é minha inimiga, meu amor.

— Então vou parar de ir a lugares perigosos.

— E, com o tempo, passará a se ressentir comigo.

— Não vou. Posso contratar alguém para fazer isso por mim. Consigo encontrar uma solução para qualquer problema que você venha a enfrentar.

— Você não quer fazer parte da aristocracia...

— Ainda hoje falei com algumas das damas e elas pareceram simpáticas. Não eram mais como foram no passado.

— Se formos a bailes, como o desta noite, terei que me contentar em vê-la dançar com outros homens, já que não poderei fazê-lo.

— Não seja tolo. É claro que pode.

— Você não me ouviu? Se eu guiar a dança, acabaremos batendo nos outros e...

— Então eu guio. — Frannie estendeu a mão para ele. — Nós somos capazes de enfrentar todos os problemas juntos, Sterling.

Ele olhou para a mão dela.

— Eu te amo, Sterling, com todo o meu coração.

O duque a encarou.

— Angelina também me amava.

— Não, ela não amava. Se o fizesse, nunca teria desistido de você por algo tão irrelevante quanto dançar em bailes. Vamos tentar esta noite e, se não funcionar, nunca mais precisamos dançar. Eu consigo viver sem dançar, mas não consigo viver sem você.

Sterling pareceu considerar a proposta, e então fez uma reverência.

— Senhorita Darling, posso ter a honra da próxima valsa?

Ela sorriu.

— A honra será toda minha, Sua Graça.

Sterling não estava preparado para o impacto de vê-la de novo. Com seu cabelo em um penteado chique e um vestido que valorizava sua figura, Frannie parecia completamente confortável com o ambiente. Ele suspeitava que, se não dançassem, isso não seria um problema para ela, mas queria tentar mesmo assim.

As notas da valsa começaram, e ele a acompanhou até a pista de dança.

— Basta manter os olhos em mim — falou ela.

— Isso vai ser fácil. Você está deslumbrante esta noite.

— Mandei fazer este vestido pensando em você. Queria chamar sua atenção, caso viesse.

— Você chamou a minha atenção no casamento de Catherine, embora estivesse vestindo algo bem mais simples.

Era estranho deixá-la guiá-lo, mas ao mesmo tempo parecia tão… certo.

— Foi o meu cabelo, provavelmente. Nunca gostei da cor dele…

— Eu adoro. Você é muito boa em guiar.

— Sou muito boa com esquivas.

Sterling a estudou por um instante.

— Esquivas?

— É quando você cria uma situação para roubar alguém. Existem diversos tipos de esquivas, mas na maioria delas você tem um parceiro. Você precisa aprender a ler a situação de forma rápida e saber o que seu parceiro vai fazer. Nunca desafie Luke e Jack, pois são parceiros. Eles sempre sabem o que o outro está pensando. De qualquer forma, dançar é como uma esquiva. Você segue seu parceiro ou deixa que ele siga você.

— Vejo por cima dos seus ombros que tem muita gente na pista.

Ela sorriu contente.

— Sim, tem, e não esbarramos em ninguém.

— Isso vai mudar já, já.

Frannie pareceu assustada quando ele parou de supetão. Sterling sentiu alguém esbarrar nele, e os outros casais começaram a abrir espaço entre eles. Então, ele se ajoelhou no meio do salão e Frannie arregalou os lindos olhos verdes.

Sterling percebeu quando todos pararam de dançar e, quando a música parou, a antecipação das pessoas ao redor era quase palpável. Ele pegou a mão de Frannie.

— Senhorita Frannie Darling, você me daria a honra de ser minha esposa, minha duquesa e meu amor?

O arquejo dela não foi o único, mas era o único que importava. Os olhos verdes lacrimejaram enquanto ela assentia com a cabeça e abria um sorriso radiante.

— Sim! Mil vezes sim!

Sterling se levantou para abraçá-la e dar-lhe um beijo longo.

Sua vida sem Frannie era um tormento. Ele havia viajado pelo mundo em busca de algo que nunca conseguira identificar. Mas, naquela noite, pela primeira vez, Sterling entendeu o que estivera procurando por todo aquele tempo: a mulher que estava em seus braços.

25

No dia seguinte, Sterling recebeu um pedido para uma reunião com Claybourne e chegou à residência do conde na hora marcada. Ao entrar na biblioteca, ele não esperava encontrar Claybourne, Dodger e Beckwith — o advogado de sua própria família. O homem devia trabalhar para pelo menos um dos cavalheiros. Frannie também estava presente, parecendo um pouco agitada.

— Achei que o objetivo desta reunião era me alertar para ser um bom marido ou então… — disse Sterling, laconicamente. — Um advogado é mesmo necessário?

— Pensamos ser necessário esclarecer a situação do acordo — explicou Claybourne.

— Acordo? Por acaso estão pensando em fornecer um dote? Eu garanto que não é necessário. Não tenho problema algum em me casar com Frannie sem que ela tenha nada.

— Viram? — resmungou Frannie. — Eu disse que essa reunião era desnecessária.

Claybourne suspirou profundamente.

— É necessária sim, Frannie, porque você não vai se casar sem *nada*.

— Espere um pouco — falou Dodger, finalmente descruzando os braços e relaxando a postura. — Você acha que ela não tem nada?

— Além de qualquer salário lamentável que você pague a ela pelo trabalho de contadora, sei que ela gosta de utilizar o dinheiro para a caridade — comentou Sterling. — Seja qual for o valor do salário, vou adicioná-lo a uma quantia que ela poderá usar para o que quiser. Podemos colocar por escrito, se preferirem. E, se ainda não o fez, ela precisa avisá-lo de que não trabalhará mais como contadora.

Frannie deu um passo à frente e colocou a mão no braço dele.

— Sterling, não é bem assim... Não sou paga para cuidar da contabilidade. Isso é apenas a minha responsabilidade.

O duque olhou feio para Dodger.

— Seu desgraçado! Você tem se aproveitado dela esse tempo todo?

— Não, Sterling. — Frannie apertou o braço do duque até que ele voltasse a olhar para ela. — Nós três somos sócios. Em vários empreendimentos, na verdade. Eu cuido da contabilidade porque, bem... são minhas contas também. *Nossas* contas. Eu tenho uma quantia considerável de dinheiro.

— Que se tornará sua assim que se casar com ela, a menos que cheguemos a um acordo — disse Claybourne.

— Minha recomendação é que o dinheiro atual da srta. Darling, assim como qualquer quantia futura que ela receba das empresas das quais é sócia, seja colocado em um fundo que será supervisionado e administrado por ela — afirmou Beckwith.

Sterling deu de ombros.

— Não vejo problema nessa recomendação. Não vou me casar por dinheiro. — Ele deu um beijo na palma da mão dela. — Vou me casar com Frannie por amor.

Ela deu um lindo sorriso.

— Sendo justa, você deveria ao menos saber o valor — falou ela, ficando na ponta dos pés e sussurrando o número no ouvido dele, que quase cambaleou.

— Dois milhões?! — exclamou Sterling.

— Mais ou menos.

— Todos os lordes da Inglaterra teriam pedido sua mão em casamento se soubessem disso.

— E é por isso que guardamos segredo — explicou Dodger. — Para evitar os oportunistas.

Sterling assentiu.

— Só preciso saber onde assinar. Mas não vou mais lhe dar uma quantia mensal tão alta quanto planejava — comentou ele, piscando para ela.

Frannie o abraçou.

— Nunca deixarei de te amar, prometo.

Ele a abraçou com força e sussurrou:

— Enquanto eu puder, darei tudo o que você deseja.

Usando um vestido branco e com flores alaranjadas adornando seu véu, Frannie viajava até a igreja em uma carruagem aberta emprestada por Luke. Catherine estava na carruagem à frente. O filho do casal, nascido na primavera, havia ficado em casa com a babá.

Frannie e Sterling seguiram as regras de etiqueta e esperaram o mês de junho para se casar. Não houve escândalos, por isso não precisaram de licença especial ou tiveram que arranjar um casamento às pressas por conta de um bebê a caminho. Mas, se o desejo de Frannie se realizasse, ela teria um em nove meses depois do casamento. Fora uma verdadeira tortura não poder se deitar nos braços de Sterling por tanto tempo. Ela sabia que o duque também havia sofrido, e suspeitava que nenhum deles dormiria naquela noite.

— Você está linda, Frannie — disse Luke.

Ela não tinha pai para levá-la ao altar, então o amigo faria as honras. Parecia um tanto apropriado, embora ele tivesse sido o primeiro homem a pedir a mão dela em casamento. Era difícil acreditar que o motivo que a fizera recusar o pedido dele era o medo da solidão de viver em meio à aristocracia.

— Você também está muito bonito, mas com uma cara um pouco cansada — brincou ela.

— Eu acordo toda vez que meu filho acorda. Deus o proteja, mas o menino não parece gostar de dormir a noite toda...

— Aposto que ele continuará te mantendo acordado no futuro, mas por outros motivos.

— Temo que esteja certa. Catherine diz que ele tem um ar de quem vai aprontar muito.

— Jack falou que não vai deixar a filha sair de casa até ela completar 40 anos.

Emily, batizada em homenagem à mãe dele, nascera no final da primavera, às vésperas do verão, e já tinha o pai na palma da mão minúscula.

Luke riu.

— Você já o viu tão apaixonado antes? Até parece que ele é o único homem do mundo a ter uma filha.

Ela se absteve de comentar que Luke agia como se pensasse que era o único homem a ter um filho.

— Ele dispensou todas as mulheres do Dodger — contou Frannie. — Embora sempre tenha pagado bem o suficiente para que elas não precisassem vender seus corpos para ganhar dinheiro, refletiu e decidiu que os clientes sempre teriam essa expectativa. Elas vão trabalhar no orfanato, mas ele continuará pagando o salário delas.

— Para um homem que não se importava com nada além do dinheiro, ele está gastando bastante agora, hein?

— Ele pode se dar ao luxo. Todos nós podemos... Tivemos uma vida boa, no fim das contas.

— Não tenho como discutir.

Mas, por melhor que a vida dela tivesse sido até então, Frannie estava ansiosa para ter um futuro ainda melhor com Sterling. Ansiosa para estar ao lado dele todos os dias e noites. Para conversar e fazer amor com ele. Para dar longas caminhadas e conhecer o mundo através dos seus olhos. E, quando chegasse a hora, para mostrar o mundo através dos olhos dela.

Quando se aproximaram da igreja, ela apertou a mão de Luke e respirou fundo. Havia muitas carruagens na rua e muitas pessoas no gramado.

— A igreja já deve estar cheia — comentou Luke.

A lei não permitia cerimônias particulares na igreja, por isso até aqueles que não foram convidados podiam participar se quisessem. E parecia que o casamento de um duque atraía muitas pessoas não convidadas...

— Você não precisa fazer isso, Frannie — disse Luke baixinho. — Podemos passar reto e vocês podem se casar no interior.

Com lágrimas nos olhos, ela olhou para o amigo e sorriu.

— Sterling convidaria o mundo se pudesse. É a maneira de mostrar que não tem dúvidas de que sou a esposa que ele quer. Ele é um duque, Luke, e me escolheu. Eu o amo muito e andaria pelo inferno por ele. — Respirando fundo, Frannie continuou: — O que são algumas centenas de pessoas comparadas a isso?

Ele a abraçou e falou:

— É, não são nada...

Parcialmente escondido atrás de um olmo, Feagan deu um sorriso travesso. A elite sempre atraía uma multidão. Sentiu os dedos coçando para vasculhar bolsos, então segurou a bengala com força e amaldiçoou seus olhos marejados. Não queria reconhecer que a umidade poderia ter sido causada pela visão de Frannie cumprimentando as pessoas com confiança enquanto caminhava ao lado de Luke.

Quando ela se aproximou dos degraus da igreja, Feagan viu que sua querida menina usava o colar de pérolas que pertencera ao amor de sua vida.

Erguendo os olhos para o céu claro e sem nuvens, disse:

— Tá vendo, Mags? Tá vendo nossa anjinha? Linda, muito linda. Vai ser uma duquesa! — Ele balançou a cabeça, maravilhado. — Prometi que cuidaria dela, e talvez tenha feito um bom trabalho, afinal.

Assim que os dois entraram na igreja, Feagan começou sua jornada de volta às margens da cidade.

— Sinto sua falta, Mags, meu amor, com certeza. Acho que não falta muito pra te ver de novo.

Mas, até lá... Bom, sempre havia um bolso implorando para ser furtado.

Frannie estava na proa do barco, vendo a embarcação cortar as ondas, sentindo o vento no cabelo. Sterling planejara uma viagem para o sul da França por alguns dias. E estavam indo de navio! Ela estava em um navio, no mar!

Ele havia soltado o cabelo dela, que agora esvoaçava sem controle. De vez em quando, Frannie tentava prendê-lo, mas logo desistia.

— Está gostando? — perguntou ele, cheirando o pescoço dela.

— É maravilhoso.

Após a cerimônia de casamento, a recepção foi realizada na casa de Luke. Muitos nobres estavam presentes, incluindo lady Charlotte — embora Marcus Langdon já não estivesse mais a cortejando.

O momento mais difícil foi quando Jim se aproximou para oferecer felicidades ao casal. Os olhos verdes do amigo estavam cheios de melancolia.

"Eu não era a pessoa certa para você, Jim. Ela está por aí, em algum lugar. Você vai encontrá-la." Mas Frannie sabia que ele não acreditava em suas palavras.

Após a recepção, Sterling a levou direto para o navio.

— Espere só para ver quando a noite chegar — disse ele. — Teremos uma lua cheia e muitas estrelas.

— Eu não sei nadar.

— Espero que você não precise. Mas posso ensinar quando voltarmos para casa.

Eles ficaram no convés por uma hora antes de finalmente irem para a cabine. Fazia tantos meses desde que estiveram juntos daquela maneira que as roupas foram parar no chão em questão de segundos. Então, caíram na pequena cama em um abraço apaixonado.

— Teremos acomodações muito melhores na França — assegurou Sterling, beijando o pescoço da esposa.

— Não importa. Contanto que você esteja lá, não importa.

— Você sabe que, como minha esposa, espero que compre uma quantidade desmedida de roupas.

— Já encomendei cinquenta peças.

Ele mordiscou o lado do seio dela.

— Não para os órfãos. Para você.

Frannie embalou o rosto dele com as mãos.

— Eu nunca comprei roupas antes porque não havia ninguém que eu realmente quisesse impressionar. Então fique tranquilo, pois tenho toda a intenção de impressioná-lo.

— Ótimo. Embora eu sempre vá preferi-la sem roupas...

Sterling a beijou intensamente enquanto eles se exploravam, reaprendendo a forma e as curvas do corpo um do outro. Ele tinha mais cicatrizes agora. Frannie beijou a longa cicatriz na lateral do corpo dele, causada por sua adaga, e depois beijou a marca onde ele fora baleado. Ele beijou a cicatriz na testa dela. Mas mudança nenhuma alterou o que sentiam... Na verdade, se o fez, foi apenas para aprofundar ainda mais seus sentimentos. Eles sobreviveram. Eles sempre sobreviveriam.

Quando Sterling a penetrou, não havia nada para separar o contato entre as peles quentes.

— Você é uma delícia — sussurrou o duque no ouvido dela. — Tão quente, tão molhada... Eu nunca fiz assim antes, sabia? — Frannie o encarou com uma expressão de confusão, e ele sorriu. — Você é a primeira mulher com quem faço amor sem proteção, e devo dizer que estou gostando. E muito. Temo que você terá muitos filhos, duquesa.

Rindo, Frannie o abraçou com as pernas e se contraiu ao redor dele até Sterling gemer de prazer. Duquesa. Nunca achou que adoraria ser chamada daquela forma. No entanto, adorava ainda mais a ideia de ter filhos com Sterling.

— Espero que todos puxem você — disse ela.

— E espero que todos puxem você.

— Mal posso esperar para te dar um filho, Sterling.

— Você terá que esperar pelo menos nove meses.

— Só nove meses. Meu Deus, estou tão feliz. Eu te amo muito.

— Eu te amo com todo o meu coração.

Sterling começou a se mover, cada estocada intensificando as sensações para uma liberação gloriosa.

Quando derreteram na cama, ela o segurou com força, saboreando o momento.

— Eu te amo, querida Frannie — murmurou ele.

Ela sorriu. Não havia como imaginar uma vida melhor.

Epílogo

Do diário de Frannie Mabry,

Duquesa de Greystone

Minha lembrança mais preciosa é de Sterling, com lágrimas nos belos olhos azuis, segurando nosso primogênito momentos após o nascimento. Embora não seja comum que o marido acompanhasse a esposa durante o parto, Sterling insistiu. Ele não queria perder nenhuma parte da vida enquanto ainda tinha a capacidade de ver toda a sua glória.

Sterling também veria nosso segundo filho e nossa única filha virem ao mundo. Ele dançou com ela na noite em que Grace foi apresentada à sociedade e no dia em que ela se casou com o duque de Lovingdon. Embora sua visão tivesse diminuído consideravelmente quando nosso primeiro neto nasceu, Sterling ainda conseguia ver o rostinho amassado do bebê e rir, feliz da vida.

Tivemos pouquíssimos problemas depois da prisão de Sykes. O julgamento não foi nada bom para ele. Para a infelicidade do homem, uma das principais testemunhas de acusação não era apenas um duque, mas também alguém que vinha de uma linhagem longa e influente, cujo título estava entre os mais poderosos da Grã-Bretanha. A outra testemunha era um inspetor respeitado da Scotland Yard que tinha a incrível habilidade de decifrar assassinatos com poucas pistas.

Jim sempre me disse que eu deveria evitar testemunhar um enforcamento a todo custo, mas, como os enforcamentos ainda eram públicos em 1852, Sterling e eu assistimos à justiça ser feita de um quarto alugado que dava para a prisão Newgate. Talvez tenha sido mesquinho da minha parte, mas senti grande satisfação em ver aquele homem tão mau e desagradável choramingando e borrando as calças quando o laço foi colocado em seu pescoço. Esse foi o único enforcamento que presenciei. Jim estava certo. Era uma coisa horrível de se ver, mas eu dormia mais tranquila à noite sabendo que pessoas como Sykes nunca mais perturbariam a nossa vida ou a vida de crianças inocentes.

Sterling e eu adotamos o filho de Nancy. Nunca pensei em Peter como filho de Sykes, e ele nunca exibiu a mesquinhez do homem. Contei a ele muitas histórias maravilhosas sobre sua mãe, e ele sabia apenas que o pai tivera um fim prematuro e trágico. Peter trouxe imensa alegria para nós, e somos muito gratos por tê-lo em nossa vida.

Ao longo dos anos, nossa família viajou pelo mundo. Sterling e eu construímos mais dois orfanatos e uma casa para mães solo. Fizemos muitas obras de caridade, sempre tecendo nelas o legado de Feagan em dar um lar para órfãos. Continuo sem saber se ele era ou não meu pai, pois, embora negasse, eu nunca acreditei nele. O mundo de Feagan era cheio de mentiras e traições. Mas, mesmo que ele não fosse meu pai biológico, ainda foi meu pai de coração.

Jim – ou sir James, como foi chamado depois de ser nomeado cavaleiro – continuou a ocupar um lugar muito especial em meu coração. Certa vez, quando nossos caminhos se cruzaram, ele me disse que a coisa mais gentil que eu fiz foi não ter me casado com ele. Talvez porque ele estivesse apaixonado por uma mulher que era sábia o bastante para amá-lo como ele merecia.

Quando a visão de Sterling finalmente se foi, já estávamos bem mais velhos, contentes em aproveitar o jardim e refletir sobre a vida maravilhosa e emocionante que tivemos. Ele não viu meu cabelo ficar grisalho. Para ele, sempre foi vermelho vibrante. Eu o vi envelhecer com graça e dignidade. Ele se apoiava em mim muito mais do que em sua bengala, como deveria ser, pois ele sempre foi um apoio quando precisei. Eu achava que não poderia amá-lo mais do que já o amava, mas era sempre desmentida na manhã seguinte, quando acordava amando-o um pouco mais.

Eu nunca quis fazer parte da aristocracia, mas não podia negar que, com Sterling ao meu lado, era exatamente onde eu pertencia.

"A vida é uma jornada, Frannie, querida", disse Feagan para mim certa vez. "Escolha bem quem vai acompanhar você."

Como sempre, segui o conselho de Feagan.

LORRAINE HEATH é filha de mãe inglesa e pai americano. Nasceu em Hertfordshire, na Inglaterra, e se mudou ainda criança para o Texas, nos Estados Unidos, onde se graduou em Psicologia, formação que a ajudaria na construção de seus aclamados personagens. Autora best-seller do *New York Times* e do *USA Today*, ela também é vencedora do RITA Award de melhor romance histórico.

Este livro foi impresso pela Santa Marta, em 2025,
para a Harlequin. O papel do miolo é pólen bold $70g/m^2$
e o da capa é couchê fosco $150g/m^2$.